STRANGER THINGS

STRANGER THINGS

RAÍZES DO MAL

GWENDA BOND

Tradução de Stephanie Fernandes

intrínseca

Um obrigada afetuoso ao consultor criativo Paul Dichter

Tradução publicada mediante acordo com Del Rey, um selo da Random House, divisão da Penguin Random House LLC.

TÍTULO ORIGINAL
Stranger Things: Suspicious Minds

REVISÃO
Giu Alonso
Marcela de Oliveira

DIAGRAMAÇÃO
Ilustrarte Design e Produção Editorial

DESIGN DE CAPA
Scott Biel

IMAGEM DE CAPA
Tony Mauro

ADAPTAÇÃO
Aline Ribeiro | linesribeiro.com

CIP-BRASIL. CATALOGAÇÃO NA PUBLICAÇÃO
SINDICATO NACIONAL DOS EDITORES DE LIVROS, RJ

B694s
Bond, Gwenda
Stranger Things : raízes do mal / Gwenda Bond ; tradução de Stephanie Fernandes. - 1. ed. - Rio de Janeiro : Intrínseca, 2019.
304 p. ; 23 cm. (Stranger Things ; 1)

Tradução de: Stranger Things : suspicious minds
ISBN 978-85-510-0436-4

1. Ficção americana. I. Fernandes, Stephanie. II. Título. III. Série.

19-55337 CDD: 813
CDU: 82-3(73)

[2019]
Todos os direitos desta edição reservados à
Editora Intrínseca Ltda.
Av. das Américas, 500, bloco 12, sala 303
22640-904 – Barra da Tijuca
Rio de Janeiro – RJ
Tel./Fax: (21) 3206-7400
www.intrinseca.com.br

Para todas as mães impetuosas e inspiradoras,
especialmente a minha

Prólogo

JULHO DE 1969
Laboratório Nacional de Hawkins
Hawkins, Indiana

O homem dirigia um carro preto impecável por uma estrada plana de Indiana e diminuiu a velocidade ao se aproximar da cerca metálica com um aviso de área restrita. O guarda na cabine apareceu na janela por não mais que um segundo, verificou o número da placa e acenou para que ele entrasse.

O laboratório obviamente estava à espera dele. Talvez já tivessem até seguido as diretrizes e especificações que ele enviara com antecedência para preparar o novo setor.

Quando ele parou ao lado da guarita, baixou a janela para apresentar o documento de identificação ao soldado que trabalhava no posto de segurança. O funcionário examinou sua carteira de habilitação e evitou olhá-lo nos olhos. Era comum que fizessem isso.

Ele dedicava toda a sua atenção a novas pessoas, pelo menos num primeiro momento — uma avaliação rápida, catalogando-as por gênero, altura, peso, etnia, e então pela possível inteligência e, mais importante, pelo potencial. Quase sempre, as pessoas se tornavam menos interessantes após esse último critério. Mas ele nunca se dava por vencido. Observava e examinava por força do hábito, elemento crucial de seu trabalho. A maioria das pessoas não tinha nada que lhe interessasse, mas quando tinham... E era por causa delas que estava ali.

O soldado foi fácil de medir: homem, 1,73 metro, 82 quilos, branco, inteligência mediana, potencial... alcançado na banqueta da guarita, verificando documentos de identidade, e o outro braço, que provavelmente nunca usava, estava apoiado no quadril.

— Seja bem-vindo, sr. Martin Brenner — disse o soldado, por fim, estreitando os olhos para comparar o homem na sua frente com a foto no documento.

Ironicamente, o documento apresentava informações que o próprio Brenner gostaria de saber se estivesse avaliando a si mesmo: homem, 1,85 metro, 88 quilos, branco. O resto: genialidade, QI, potencial... infinitos.

— Fomos informados sobre sua visita — acrescentou o soldado.

— Dr. Martin Brenner — corrigiu ele, com calma.

O guarda espiou o interior do carro, direcionando seu olhar não a Brenner, exatamente, mas ao banco de trás, onde a paciente Eight, de cinco anos de idade, dormia toda encolhida, espremida junto à porta, com as mãos fechadas sob o queixo. O cientista preferiu supervisionar o transporte dela para o novo prédio por conta própria.

— Claro, dr. Brenner — disse o guarda. — Quem é a garota? Sua filha?

Um clima de desconfiança pairava no ar. Eight tinha um tom de pele bem escuro, contrastando com o tom pálido e leitoso da dele, detalhe que Brenner poderia alegar que não significava nada. Mas o guarda não tinha nada a ver com isso, e, além do mais, ele não estava errado. Brenner não era pai de ninguém. Figura paterna, sim.

Para todos os efeitos, sim.

— Acredito que estejam me esperando lá dentro.

Brenner analisou o homem mais uma vez. Um soldado que regressara de alguma guerra passada, uma guerra que tinham vencido. Ao contrário do Vietnã. Ao contrário da escalada silenciosa contra os soviéticos. Já estavam engajados em uma guerra pelo futuro, mas aquele homem não sabia disso. Brenner manteve o tom amigável.

— Recomendo não fazer perguntas após a chegada dos demais pacientes. É confidencial.

O guarda pareceu não gostar do conselho, mas relevou. Seus olhos se voltaram para o complexo de diversos andares que se estendia diante deles.

— Sim, estão à sua espera lá dentro. Pode estacionar em qualquer vaga.

Outra coisa que nem precisava ser dita. Ele seguiu com o carro.

Uma repartição federal burocrática e tediosa havia pagado pela construção e manutenção geral das instalações, e outros braços do governo, braços secretos, tinham arcado com as despesas para equipá-lo segundo as especificações de Brenner. Por ser ultrassecreta, a pesquisa não podia ser divulgada. A Agência compreendia que grandes feitos nem sempre podiam seguir procedimentos-padrão. O governo russo podia até saber tudo que acontecia em seus laboratórios, mas era o primeiro a calar as vozes que se levantavam contra seus projetos. Em algum lugar, naquele exato momento, os cientistas comunistas estavam fazendo o mesmo tipo de experimento para os quais o complexo marrom de cinco andares e sabe-se lá quantos subsolos havia sido erguido. Os funcionários de Brenner eram lembrados disso sempre que se esqueciam ou faziam perguntas demais. O trabalho do dr. Brenner era prioridade máxima.

Eight ainda estava dormindo quando ele saiu do veículo e foi até a porta de trás. Ele a abriu devagar, escorando as costas da menina para que ela não saísse rolando pelo estacionamento. Havia sido sedada por questões de segurança. Era um recurso importante demais para ficar nas mãos de qualquer outra pessoa. Até então, as habilidades dos pacientes tinham sido... decepcionantes.

— Eight?

Brenner se inclinou para o banco de trás e sacudiu de leve o ombro da menina.

Ela balançou a cabeça, ainda de olhos fechados.

— Kali — murmurou.

O nome verdadeiro. Ela insistia em ser chamada assim. O cientista não costumava fazer as vontades dela, mas era um dia especial.

— Kali, acorda. Você está em casa.

Ela piscou, faíscas emanando de seus olhos. Mas entendera errado.

— Na sua *nova* casa — acrescentou.

As faíscas sumiram.

— Você vai gostar daqui.

Ele a ajudou a se levantar, deu um empurrãozinho para que se mexesse e estendeu a mão.

— Agora o papai precisa que você ande um pouquinho, que nem uma mocinha. Depois pode voltar a dormir.

Por fim, a mão pequenina dela se encaixou na dele.

À medida que se aproximavam da entrada, o dr. Brenner abriu o sorriso mais doce contido no arsenal de seus lábios. Pensou que seria recebido pelo diretor do laboratório, mas em vez disso se deparou com uma mulher e uma fileira de homens, todos de jaleco. Sua equipe de pesquisa, deduziu, todos à beira de um ataque de nervos.

Um homem bronzeado de rosto enrugado — muito tempo ao sol — deu um passo à frente e estendeu a mão. Olhou para Eight e então para o dr. Brenner, os óculos de armação grossa com as lentes engorduradas.

— Dr. Brenner, sou o dr. Richard Moses, o pesquisador principal. Estamos muito felizes por ter alguém do seu calibre aqui. Queríamos que você conhecesse a equipe assim que chegasse. E essa deve ser...

— Kali — respondeu a garota, com esforço, ainda meio grogue.

— Uma menininha sonolenta que está louca para conhecer seu novo quarto — completou o dr. Brenner, ignorando a mão estendida do pesquisador. — Eu pedi um só para ela, se não me engano. Depois que nos acomodarmos, gostaria de conhecer os pacientes que vocês reuniram.

Brenner observou as portas do saguão, avaliando qual seria a mais segura, e se dirigiu até lá com Eight, deixando pelo caminho um rastro de silêncio que parecia interminável. Seu sorriso era quase genuíno antes de desaparecer por completo.

Meio sem saber o que fazer, o dr. Moses, o dos óculos engordurados, logo foi atrás dele, seguido pelo restante do bando, todo mundo afoito e murmurando entre si. Moses acelerou o passo e foi até o interfone se identificar.

Dava para ouvir o burburinho do falatório hesitante e inseguro entre os demais médicos e funcionários do laboratório que os seguiam.

— Os pacientes não foram preparados — comunicou o dr. Moses, enquanto a porta dupla se abria.

Ele não tirava os olhos de Kali, que parecia cada vez mais alerta, de olho nos arredores. Não podiam perder tempo, era preciso acomodá-la.

Dois soldados armados estavam empertigados feito estátuas do outro lado da porta, um sinal de que pelo menos o esquema de segurança do lugar não deixava a desejar. Os homens verificaram o crachá do dr. Moses, e ele acenou para que poupassem o dr. Brenner do escrutínio.

— Ele ainda não tem o cartão de identificação.

Os homens não gostaram nem um pouco da situação, mas a aprovação da entrada do dr. Brenner rendeu mais alguns pontos ao laboratório.

— Da próxima vez já vou estar com o cartão — disse ele. — E vamos tirar cópias da papelada dos pacientes para deixar com vocês.

Ele meneou a cabeça discretamente na direção de Eight.

O soldado assentiu, e o grupo todo passou.

— Eu deixei bem claro que queria conhecer os novos pacientes assim que chegasse. Não deveria ser uma surpresa.

— Achamos que você só queria dar uma olhada — respondeu o dr. Moses. — Não seria melhor estabelecermos parâmetros? Para prepará-los para a sua visita? Pode acabar causando distúrbios e atrapalhando as pesquisas. Os psicodélicos deixam alguns deles paranoicos.

O dr. Brenner levantou a mão.

— Não, eu não quero dar só uma olhada, ou teria dito isso a vocês. Para onde estamos indo, afinal?

Luminárias pendiam do teto do longo corredor, emitindo o brilho sinistro que quase sempre ilumina as descobertas científicas desse mundo sombrio. Pela primeira vez naquela manhã, o dr. Brenner sentiu que poderia fazer daquele laboratório seu novo lar.

— Por aqui — indicou o dr. Moses. Ele vasculhou a horda em busca da única mulher presente e falou: — Dra. Parks, pode pedir para trazerem comida para a menina?

Ela mordeu o lábio, descontente por ter que fazer algo que claramente era visto como “trabalho de mulher”, mas assentiu.

Para o alívio do dr. Brenner, Eight ficou quietinha, e logo chegaram a um quarto modesto, com um beliche pequeno e uma escrivaninha. Ele solicitara um beliche para garantir à menina que estava *mesmo* em busca de companhias apropriadas para ela.

Eight logo notou.

— Para um amigo?

— Uma hora vai ser — disse ele. — Alguém vai trazer comida daqui a pouco. Tudo bem você esperar aqui sozinha?

Ela fez que sim. A animação que sentira pela chegada ao laboratório já estava se esvaindo — a dose de sedativo tinha sido pesada —, e ela afundou na beira da cama.

Quando o dr. Brenner se virou para ir embora, trombou com um faxineiro e a mulher da equipe.

— Ela vai ficar bem sozinha? — perguntou o dr. Moses, com as sobrancelhas arqueadas.

— Por ora, sim. — O homem se virou para o servente. — Sei que parece só uma criança, mas trate de seguir os protocolos de segurança. Ela pode surpreendê-lo.

O funcionário ficou confuso, mas não disse nada.

— Vamos até o primeiro quarto — ordenou o dr. Brenner. — Todos os demais podem aguardar com seus pacientes, mas não há necessidade de preparar qualquer um deles.

O restante da equipe esperou pela anuência do dr. Moses, mas ele só deu de ombros, aflito.

— Façam o que o dr. Brenner diz.

Eles se dispersaram. Estavam aprendendo como as coisas iam funcionar dali em diante.

O primeiro quarto abrigava um paciente inelegível para recrutamento por conta do pé torto. Ele tinha o olhar permanentemente vidrado de alguém cuja ferramenta predileta de distanciamento da realidade era a maconha. Mediano em todos os aspectos.

— Quer que mediquemos o próximo paciente? — perguntou o dr. Moses.

Era evidente que não estava familiarizado com os métodos do dr. Brenner.

— Eu aviso se precisar de alguma coisa, pode deixar.

O dr. Moses assentiu, e eles seguiram por mais cinco quartos. Era como ele esperava. Duas mulheres, nenhuma delas excepcional; três homens, diametralmente opostos ao espectro do excepcional. A não ser talvez pela mediocridade — nisso se destacavam.

— Reúna todo mundo em uma sala para que possamos conversar — pediu o dr. Brenner.

Ele foi conduzido até uma sala de reunião, onde aguardou até que o dr. Moses, sempre apreensivo, retornasse com a equipe completa, que se posicionou ao redor da mesa. Dois homens tentaram jogar conversa fora para fingir que os eventos daquela manhã não eram incomuns. Dr. Moses mandou que se calassem.

— Estamos todos aqui — avisou.

Brenner estudou a equipe com mais atenção. Dariam um pouco de trabalho, mas havia potencial em sua atenção silenciosa. Medo e autoridade caminhavam de mãos dadas.

— Todos os pacientes que conheci esta manhã estão dispensados. — Ele fez um aceno com a mão. — Paguem o que lhes foi prometido e tratem de lembrá-los do acordo de confidencialidade.

A sala assimilou as palavras do médico. Um dos tagarelas levantou a mão.

— Doutor?

— Pois não.

— Meu nome é Chad e sou novo nisso, mas... por quê? Como vamos conduzir os experimentos?

— "Por que" é um questionamento que sempre impulsiona a ciência — comentou o dr. Brenner.

Chad, o novato, assentiu, e Brenner acrescentou:

— Só que é preciso ter tato para fazer esse tipo pergunta aos superiores. Mas vou dizer por quê. É importante que todos estejam a par do que estamos fazendo aqui. Alguém tem um palpite?

A resposta seca direcionada a Chad deixou todos inibidos. Por um instante, Brenner imaginou que a mulher se pronunciaria, mas ela apenas cruzou os braços.

— Ótimo! Não tolero achismos e suposições. Estamos aqui para ultrapassar as fronteiras da capacidade humana. Não quero ficar estudando humanos insignificantes. Eles não nos darão resultados extraordinários.

Ele perscrutou a sala. Estavam todos absortos.

— Imagino que todos estejam a par das dificuldades do projeto, e a ausência de resultados de vocês foi o que me trouxe aqui. Passamos por alguns constrangimentos recentemente, e muitos deles estão ligados a pacientes inadequados. Quem achou que presos e sujeitos fadados a hospícios seriam de alguma ajuda estava redondamente enganado. Desertores e maconheiros tampouco servem. Estou transferindo mais alguns pacientes jovens para cá para um programa adjacente, mas gostaria de trabalhar com uma gama de faixas etárias. Tenho razões para acreditar que a combinação de substâncias químicas psicodélicas e estímulos certos pode revelar os segredos que buscamos. Pensem nas vantagens que teríamos se pudéssemos persuadir os inimigos a falar, se pudéssemos confundir a cabeça deles e assumir o controle de sua mente... Mas não vamos atingir os resultados que queremos sem as pessoas certas, e ponto final. Manipular uma cabeça fraca não é nada. Precisamos daqueles com potencial.

— Mas... onde vamos arrumar essas pessoas? — perguntou Chad.

Brenner decidiu que iria dispensá-lo até o fim do dia. Inclinou o corpo para a frente.

— Vou estabelecer um novo protocolo de controle para a identificação de candidatos nas universidades parceiras, e então selecionar os pacientes eu mesmo. O trabalho de verdade está para começar.

Ninguém se opôs. Sim, estavam aprendendo como as coisas iam funcionar dali em diante.

Capítulo Um

SÓ UM TESTE

JULHO DE 1969
Bloomington, Indiana

1.

Terry empurrou a porta de tela e se encolheu ao ser recebida pela bruma de fumaça adocicada que dominava o apartamento. Seu uniforme de garçonete — um vestido rosinha e um avental branco — perderia o cheiro de fritura e café e seria impregnado pelo de maconha num piscar de olhos. Ela colocou "lavar a roupa" na lista de afazeres do dia seguinte. Pelo menos o verão era sinônimo de menos lição de casa.

— Até que enfim você chegou, amor!

Andrew acenou para ela enquanto passava o baseado para a pessoa ao lado. O cumprimento entusiasmado ganhou o sorriso dela. O cabelo castanho do garoto era comprido e revolto, as pontas emoldurando o rosto feito parênteses; Terry adorava aquilo. Dava um ar meio perigoso a ele.

— O que eu perdi de bom? — perguntou ela, abrindo caminho por entre as pessoas e dando um oi para as que conhecia.

Sua irmã, Becky, estava sentada na poltrona, absorta na televisão de 19 polegadas em preto e branco que Dave, amigo de Andrew, ganhou quando o pai fez um upgrade para uma nova tela a cores. Acompanhava o frisson do momento: a *Apollo 11* tinha pousado naquela tarde.

— Tá de brincadeira? — gritou Dave.

Tinha música também, "Bad Moon Rising", do Creedence Clearwater Revival, ecoando de uma vitrola, misturando-se à falação exaltada de Walter Cronkite no televisor.

— Perdeu tudo! — exclamou o garoto. — Nossos homens já estão na Lua há horas! Por onde você andou?

— Trabalhando — respondeu Andrew no lugar dela, puxando a namorada para o colo, afastando as madeixas louras e dando um beijinho em sua bochecha. — Ela está sempre trabalhando.

— Nem todo mundo aqui ganha mesada para pagar o aluguel — disse Terry.

Andrew e Dave ganhavam, e era por isso que moravam num lugar tão legal, não no alojamento da faculdade.

Becky trocou olhares com a irmã, um reconhecimento mútuo, e voltou a atenção novamente para o televisor.

Terry roçou os lábios no pescoço de Andrew, que murmurou em aprovação.

A colega de quarto dela já estava trocando as pernas — certamente já tinha tomado algumas e fumado uns. Seu cabelo preto encaracolado pendia de um rabo de cavalo desgrenhado, prestes a se desfazer. Ela estava com a camisa para fora e encharcada de suor. Tinha tirado o dia de folga e não havia dúvidas de que estava aproveitando cada segundo.

— Você está sóbria demais, vamos mudar isso — disse Stacey, apontando um dedo acusador para Terry.

— A moça aqui tem razão — disse Dave, estendendo para Terry o baseado, que logo foi interceptado por Stacey, que tragou com vontade. — Traz uma cerveja para ela. A Terry não fuma.

Antes que Dave demonstrasse sua indignação, Andrew explicou:

— Ela fica paranoica.

O que era quase verdade. A melhor palavra para descrever a primeira experiência de Terry com maconha era "desagradável". Todo mundo disse que tinha sido só uma alucinação, mas ela ainda acreditava piamente que vira um fantasma... ou algo do tipo.

E Terry não gostava de deixar as pessoas decidirem por ela.

— É uma ocasião especial. A Lua.

Ela pegou o baseado dos dedos de Stacey, deu uma tragada curtinha e inofensiva, e o devolveu.

— Vou pegar uma cerveja, pode deixar — disse ela, dando um salto em direção à cozinha.

O estoque já reduzido de gelo e cerveja era mantido em um baú de brinquedos no meio do cômodo. Ela pegou uma latinha e esfregou na bochecha no caminho de volta para a sala. O calor intenso do verão era agravado pelos corpos apinhados no apartamento, jogo duro para o único ar-condicionado do recinto.

Quando ela voltou para o sofá, Stacey estava no meio de uma história. Terry se aconchegou no colo de Andrew para escutar a amiga, que gesticulava freneticamente.

— Então, tem esse cara que brinca de ratinho de laboratório e paga quinze dólares...

— Quinze dólares? — A história atraiu a atenção de Terry. — E o que você tem que fazer?

— Ah, é aquele experimento psicológico em que me inscrevi — respondeu Stacey, se ajeitando no chão. — Então, parecia tranquilo e tal, mas...

Ela parou um instante e deu de ombros.

— *Mas* o quê?

Terry se inclinou para a frente, curiosa, finalmente abrindo a cerveja e dando um gole. Andrew abraçou a cintura dela, como se a segurasse para não cair.

— Mas o negócio começou a ficar bem estranho — continuou Stacey.

Ela tentou arrumar o rabo de cavalo rebelde, que acabou se desfazendo por completo. Iluminada pela tela em preto e branco, o rosto dela, envolto num mar de cachos selvagens, de repente ganhou um ar sombrio.

— Ele me levou até uma sala escura com uma maca, e tive que me deitar.

— Vixe, já sei para o que eram os quinze dólares — comentou Dave.

Stacey e Terry o fuzilaram com o olhar. Andrew só riu.

Garotos. Típico.

— Continua — pediu Terry, revirando os olhos. — O que aconteceu?

— Ele mediu todos os meus sinais vitais, pulso, essas coisas, ouviu meu coração, e anotava tudo num caderno enorme. E então...

Stacey balançou a cabeça.

— Vai parecer loucura, mas ele me deu uma injeção e colocou um papelzinho debaixo da minha língua, que se dissolveu. Depois de um tempo, começou a fazer umas perguntas estranhas...

— Que tipo de perguntas?

Terry estava hipnotizada pela história. Por que pagariam quinze dólares a alguém para fazer isso? Em um *laboratório*?

— Não consigo lembrar de jeito nenhum. Sei que fui respondendo, mas ainda está tudo meio confuso na minha cabeça. Sei lá o que aquele cara me deu. Mas pareceu que eu estava numa viagem de ácido estragado, sabe? E... depois que saí de lá não me senti muito bem.

— Isso foi sexta? — perguntou Terry. — Por que você não contou antes?

Stacey se virou para dar uma olhada em Walter Cronkite e então continuou:

— Levei um ou dois dias para me recuperar, acho. — Ela deu de ombros. — Só sei que não vou voltar lá.

— Espera aí! — Andrew apoiou a cabeça no ombro de Terry. — Queriam que você voltasse?

— Quinze dólares por sessão. Mas, ainda assim, não vale a pena.

— Eles disseram para que era o experimento? — perguntou Terry.

— Não. E agora nunca vou saber.

Andrew estava perplexo.

— Eu vou! Não ligo de tomar ácido ruim. A grana é muito boa. Dá para pagar um mês de aluguel! Parece bem simples.

Stacey fez uma careta.

— Seus pais já pagam o seu aluguel, e lá no laboratório só estão interessados em mulheres.

— Tô dizendo... Já entendi muito bem para que são esses quinze dólares — insistiu Dave.

Stacey pegou uma almofada e jogou no amigo, mas ele desviou.

— Eu vou, então — disse Terry.

— Ihhh — murmurou Andrew. — A Garota Que Quer Mudar o Mundo se apresenta para o serviço.

— Só fiquei curiosa, ué — respondeu Terry, olhando feio para ele. — E não é por isso que quero ir.

Ela nunca conseguiria se desvencilhar daquelas palavras no anuário do colégio... ou da mania de fazer milhões de perguntas sobre tudo. O pai dela lhe ensinara a prestar atenção em toda e qualquer circunstância — e ela não queria perder a chance de fazer algo importante. Já bastava a frustração de morar tão longe de São Francisco ou Berkeley, onde tantas mudanças culturais incendiárias estavam acontecendo... onde desafiar o governo e protestar contra a guerra fazia parte do cotidiano, em vez de atrair olhares estranhos para ela, mesmo de pessoas que, no fundo, concordavam.

E daí se os questionamentos dela nunca davam em nada? Talvez fosse diferente daquela vez. E ela ainda ganharia quinze dólares. Diante dessa compensação, nem passaria pela cabeça de Becky se opor à ideia.

— Ahn? Como assim? — perguntou Stacey, confusa.

Terry se mostrou firme.

— Vou lá no seu lugar, participar do experimento... Se você não quiser mesmo voltar.

— Não vou — confirmou Stacey, dando de ombros. — Mas se acha que maconha deixa você paranoica...

— Não ligo. O dinheiro vale a pena. Vou lá, sim.

E daí se fosse mentira? Becky assentiu, exatamente como Terry imaginou que ela faria. E então Dave soltou um berro.

— Todo mundo quieto! Desliga essa música! É agora!

Andrew sussurrou no ouvido dela quando a música parou.

— Tem certeza de que vai se meter com esse cara dos ratinhos? Sei que você gosta de ter resposta para tudo, mas...

— Está com inveja porque não pode participar, né? — retrucou Terry, e virou a latinha para mais um gole da bebida com gosto de poeira e combustível.

— É... É isso mesmo, amor. Você me pegou.

Então todos ficaram em silêncio, de olho na TV com o volume no máximo. Neil Armstrong surgia e caminhava, um passo pesado atrás do outro.

Dave se virou por um instante e falou:

— A gente colocou um homem na Lua, mas ainda não descobriu como sair do Vietnã.

— Pode crer! — comentou Andrew.

Grunhidos de aprovação ecoaram pelo cômodo, até que Dave mandou todo mundo fazer silêncio, embora tivesse sido o primeiro a abrir a boca.

Houve uma pausa na tela, e Armstrong disse: "Vou descer do módulo lunar agora."

Todos prenderam a respiração. A sala estava em silêncio, como o próprio espaço deveria estar. A total ausência de som. Mas nessa ausência estava contida uma esperança aflita.

E então ele deu o passo. O astronauta no traje de bolha, desenhado para protegê-lo da atmosfera e dos germes inóspitos de outro mundo, colocou os pés na superfície árida e encantadora da Lua. Armstrong se pronunciou de novo. "É um pequeno passo para o homem, mas um grande salto para a humanidade."

Dave saltitava pela sala. De repente, todo mundo estava celebrando. Andrew rodopiava com Terry, uma dança envolta em deslumbramento e encanto. Walter Cronkite parecia prestes a verter lágrimas, e Terry também. Os olhos dela ardiam.

Eles se acalmaram para ver os astronautas fincarem a bandeira dos Estados Unidos no solo lunar. Neil Armstrong e Buzz Aldrin planavam sobre o corpo celeste que estampava o céu, levados até lá por uma máquina incrível, construída pelo próprio homem. Tinham atravessado o firmamento. Tinham sobrevivido, e naquele instante caminhavam na Lua.

Como era bom estar vivo e testemunhar aquilo tudo. Nada mais parecia impossível. Terry tomou outra cerveja e imaginou o encontro com o homem dos ratinhos de laboratório.

2.

Terry nunca tinha botado os pés no prédio de psicologia da universidade. Ficava escondido nos fundos do campus: um edifício de três andares sombreado por árvores, com galhos que se refletiam nas janelas. As copas balançavam sob um céu cinzento que prometia chuva.

Uma Mercedes-Benz cintilante e dois furgões pretos estavam estacionados na esquina do prédio — embora houvesse vagas de sobra no estacionamento, já que pouquíssimos alunos frequentavam o campus nas férias de verão.

Furgões de assassinos, pensou Terry. *Que coisa. Será que finalmente estou diante de algo significativo?*

À luz do dia, a ideia de um experimento importante sendo feito ali parecia... improvável, para dizer o mínimo. Mas lá estava ela. Quando perguntou para Stacey o que precisava saber, a amiga disse que bastava dar as caras numa sala no último andar. E a deixou com uma despedida reconfortante: "Finalmente um teste de refresco elétrico para chamar de seu!"

Terry abriu a porta de vidro e deu de cara com uma mulher de jaleco segurando uma prancheta, à espera. Tinha o cabelo castanho, encaracolado, testa larga e cara de quem não estava para brincadeira.

— O prédio está fechado hoje — disse a mulher. — A não ser que você esteja na lista.

Seria ela uma médica ou uma aluna? Terry nunca tinha visto uma médica mulher, mas sabia que existiam.

— Lista? — perguntou a garota.

Outra pessoa entrou correndo no prédio e quase a atropelou. Um pouco desnorteada, Terry se virou para ver o que estava acontecendo. Era uma garota de macacão — um macacão coberto de *graxa* —, que respondeu ao escrutínio com um sorrisinho.

— Desculpa — disse ela, sem jeito. — Achei que estivesse atrasada.

— Tudo bem.

Terry não se conteve e sorriu também. Lado a lado, as duas não poderiam ser mais diferentes. Terry estava com um delicado conjuntinho de saia e blusa e tinha ondulado o cabelo com bobes na noite anterior. Já a outra menina estava até com as unhas sujas de graxa, tinha o cabelo curtinho — na melhor das hipóteses — minimamente penteado e o rosto salpicado de sardas. Seu estilo era meio masculino.

Alguns anos antes, ela não teria sequer conseguido entrar no campus de calça.

— Nomes — pediu a mulher com a prancheta. — Preciso verificar se esperam por vocês.

— Alice Johnson — disse a garota, roubando a vez de Terry. — Não estudo aqui. Sou da cidade.

A mulher assentiu.

— Certo, você está na lista.

Ora, ora, quem diria.

Terry definitivamente não estaria. Até onde ela sabia, Stacey também não.

As duas mulheres olharam para Terry, e de repente era a vez dela de provar que deveria estar ali.

— E você? — perguntou a de jaleco.

— Stacey Sullivan — mentiu Terry, se perguntando se não estaria no lugar errado.

A mulher examinou a lista e ergueu o rosto. O coração de Terry estava acelerado.

— Ah, aqui está você — confirmou a mulher, ticando o nome. — Perfeito. Vocês já estiveram neste prédio, certo? Subam até o terceiro andar e falem com os meus colegas por lá.

— Qual é o objetivo do experimento? — perguntou Terry, hesitante. — Não lembro muito bem o que aconteceu da última vez.

— É um novo processo de recrutamento — respondeu a mulher. — Lá em cima vão explicar tudo direitinho a vocês.

Assim que se embrenharam pelo corredor, Alice comentou com Terry:

— Que bom, porque é a minha primeira vez aqui.

Terry estava louca para perguntar a Alice se ela sabia de algo sobre o experimento, mas, a duras penas, conseguiu se conter. Ela parou diante da porta para a escada.

— Quer subir por aqui? Os elevadores desses prédios velhos são tão lerdos...

— Não mesmo! — exclamou Alice, rejeitando a ideia. — Adoro andar de elevador.

— Hum... tudo bem, então.

O que mais Terry poderia dizer?

Alice relaxou e abriu um sorriso. Elas foram até o elevador e esperaram e esperaram. Quando finalmente chegou, suas portas se abriram aos solavancos e com grunhidos, deixando apenas uma brecha para as duas garotas passarem.

— Esse prédio é velho mesmo — disse Alice, passando a mão pelo batente de metal, encantada e empolgada por embarcar na geringonça.

Terry nem se atreveu a comentar que a velhice de um elevador não costumava deixar as pessoas tão entusiasmadas. Alice era uma figura. Não era de se admirar que tivesse se inscrito para participar de um experimento psicológico. Ainda assim, Terry foi com a cara dela.

— Você disse que é da cidade? — perguntou Terry. — Cresci em Larrabee, a uma hora daqui, mais ou menos.

— Minha família rala muito — comentou Alice. — Trabalho na oficina do meu tio. Lá a gente conserta equipamento pesado.

— Deve ser bom ser uma máquina — afirmou Terry.

Alice deu de ombros.

— Mas todos nós somos. Nosso corpo, no fundo, é só mais uma máquina.

Até que aquilo fazia sentido.

— E tem lugar para um coração nessa máquina aí? — brincou Terry.

— Mas é claro. O coração é a bomba que faz a gente funcionar.

As portas começaram a se abrir no terceiro andar, tão vagarosas como no térreo.

Alice só ficou observando, atenta.

— Eu poderia consertar isso aqui fácil, fácil. Com as peças certas, claro. Não está quebrado, só um pouco avariado, sem aquele esplendor original.

Terry jurou que nunca mais julgaria alguém por causa de um macacão sujo de graxa. O esplendor original de um elevador universitário.

— Espero que não esteja quebrado mesmo — comentou.

Alice abriu um sorriso.

— Eu também.

— Quer dizer que você nunca esteve aqui antes? — soltou Terry, por fim.

— Não. Meu tio viu um anúncio no jornal semana passada, procurando por mulheres jovens com habilidades notáveis. Eu respondi. Recebi uma carta dizendo para eu aparecer aqui.

Um novo processo de recrutamento, dissera a mulher na entrada. Será que Terry tinha alguma chance de ser selecionada? E o que seria uma "habilidade notável"?

Elas saíram do elevador — Alice deu mais um tapinha carinhoso no maquinário — e passaram por um corredor insípido repleto de portas e cartazes divulgando experimentos. Somente uma estava aberta, então Terry concluiu que só podia ser aquele o destino delas. A passagem era larga o bastante para as duas entrarem juntas, lado a lado, o que facilitou a vida delas, já que Alice se recusou a entrar na frente ou atrás de Terry. Assim como todas as esquisitices de Alice até aquele momento, aquilo teve seu charme.

Outro funcionário de jaleco estava à espera, um homem com penteado de âncora de jornal e óculos de armação grossa. Ele entregou um calhamaço de papel e uma caneta a cada uma.

— Formulários de autorização — explicou. — Preencham o quanto antes, que logo vão chamá-las.

Nossa, oi para você também.

Ele as conduziu até uma sala de espera de verdade, onde cadeiras haviam sido dispostas. Seis outras garotas já estavam por ali (ainda que, a exemplo de Alice, nem todas fossem alunas da universidade), além de um homem da mesma faixa etária, com cabelo comprido e castanho, barba de Jesus Cristo e calça boca de sino. Nesse momento Terry e Alice tiveram que se separar, porque só havia dois assentos livres, um de frente para o outro.

Alice se acomodou ao lado de uma jovem negra que lia um livro didático enorme e fazia até Terry parecer desleixada, quanto mais uma mera ajudante de oficina mecânica. A mulher vestia um terninho roxo bem cortado, a última moda. Modesto mas estiloso.

— Você também é da cidade, é? — perguntou Alice.

O cabelo encaracolado da mulher acentuava seu rosto bonito e pensativo. Ela se virou para Alice.

— Cresci aqui, sim. Glória Flowers.

— Flowers de... *Os Flowers*?

— Eles mesmo.

Alice arregalou os olhos e sussurrou para Terry, ainda que todos pudessem ouvir:

— A família dela é dona de uma floricultura enorme. A Flores Flowers.

— Sabe, eu não sou surda — comentou Glória, acrescentando, em seguida: — E a loja se chama Presentes e Flores Flowers.

— Você também viu o anúncio no jornal? — perguntou Alice.

— Não. Eu estudo aqui. Biologia.

— Ai, desculpa sair falando assim — disse Alice, corando. — Sério, tenho uma boca muito grande. Falo demais.

— Você precisava ter visto ela se declarando para o elevador — comentou Terry.

Alice respondeu com um olhar de gratidão.

Terry se inclinou e estendeu a mão para Glória, que hesitou um instante antes de cumprimentá-la, o livro agarrado ao peito. Alguma coisa se desprendeu das páginas e caiu no chão. Uma revista em quadrinhos.

Glória arregalou os olhos, mortificada.

Terry se agachou para pegar a edição de *X-Men*, o título proclamado pelas letras coloridas.

— Eu adorava *Archie*. Ficava horas lendo as histórias de Betty e Veronica — contou ela, devolvendo a revista.

— Esse é um pouco diferente — disse Glória, com um sorriso.

— Gostei! Que legal conhecer outra estudante. Eu me chamo...

Terry parou a frase no meio ao se dar conta de que não poderia dizer seu nome verdadeiro. Ainda não.

— Acho que sou a escória do grupo, então — comentou Alice. — Tudo bem, podem continuar conversando, finjam que não estou aqui...

O homem na sala se virou para Alice.

— Você é a mais inteligente daqui — disse, com um ar de sabedoria. — Eu me chamo Ken.

— Achei que só aceitassem mulheres — retrucou ela, sem dar bola para o elogio.

— Sou vidente — disse ele, quase sussurrando.

— Ah, é? — perguntou Terry.

Ele se recostou na cadeira.

— É claro que sou. Foi assim que fiquei sabendo do experimento.

— É claro que é — repetiu Alice, e Terry não conseguiu discernir se estava ou não zombando da cara dele.

As outras mulheres na sala pareciam horrorizadas com aquela conversa, por mais que tentassem não demonstrar. Terry percebeu que estava se divertindo e, ao trocar olhares com Alice, depois com o suposto vidente Ken e Glória, concluiu que eles também estavam achando graça.

Um homem de jaleco abriu uma porta nos fundos da sala.

— Glória Flowers — chamou.

Glória enfiou o quadrinho de volta no livro, levantou-se e seguiu o homem pelo corredor.

Terry tinha simpatizado com os três.

Sobraram apenas dois deles, Terry e Ken, e já tinham se passado horas.

Os formulários de autorização eram enormes, repletos de jargões, e deixaram Terry com frio na barriga; ela estava certa quanto ao experimento. Parecia *mesmo* importante. Os formulários não eram da universidade. Eram do governo americano. Um órgão chamado Gabinete de Inteligência Científica. No documento, constava que penalidades severas poderiam ser aplicadas, incluindo até mesmo prisão, em caso de divulgação das atividades que envolviam o participante. Isso significava que ela passaria por coisas ali que precisariam ser mantidas em segredo.

O pai de Terry e Becky tinha lutado na Segunda Guerra Mundial e vira coisas terríveis. Ele nunca falava sobre isso na frente das filhas, mas Terry escutou berros numa noite e foi até o quarto dos pais na ponta dos pés para ver o que havia acontecido. Ela ficou agachada atrás da porta, de camisola, à espreita. O pai contava à esposa sobre um campo de onde ajudaram a tirar pessoas, já no final do conflito. "O próprio povo deles... Todo mundo abarrotado feito sardinha, pura pele e osso... E esses eram os que tinham conseguido sobreviver." Ele sonhava com isso, sonhava que trabalhava no campo e não fazia nada a respeito daquela barbaridade.

"Você nunca faria uma coisa dessas", dizia a mulher, tentando tranquilizá-lo. "Não é do seu feitio."

"Gosto de pensar que não", dissera ele, "mas sei que muitos homens que trabalharam lá deviam se sentir assim antes da guerra. As esposas também. Poderia muito bem ter acontecido aqui. É isso que não me deixa dormir direito."

"Não, não poderia", retrucara a mãe.

"Fico contente por você pensar assim, querida."

"Não sei se eu suportaria viver se não pensasse dessa forma. Não consigo nem imaginar como deve ser difícil para você, Bill."

Terry sentiu uma ternura profunda por eles naquele momento. Pelo pai, que tinha testemunhado horrores, a ponto de se questionar pelo resto da vida. Pela mãe, que tinha fé nele, embora ele próprio não tivesse. O pai dela sempre assistia ao noticiário, toda noite, e dizia a elas que era importante se engajar. Que votar era um privilégio e tanto. Que o ideal era estar sempre alerta, porque nunca se sabe quando vamos precisar lutar de novo para preservar a liberdade.

Terry levava as lições dele a sério. Segundo a mãe e a irmã, a sério até *demais*. Mas o pai tinha orgulho dela.

E lá estava a jovem universitária. Em um misto de empolgação e aflição, conforme lia a papelada. Ela hesitou no final.

Assinou o nome verdadeiro. Stacey não queria se meter naquilo, então Terry teria que seguir em frente com o próprio nome. Daria um jeito.

— Stacey Sullivan? — chamou o homem à porta.

Bom, ela passaria a usar o próprio nome logo após aquele último instante de falsidade ideológica.

Ken olhou para ela.

— É você?

Curioso como ele construiu a sentença, feito uma pergunta.

— Ahn... Sou eu, sim — respondeu Terry, com um sobressalto.

Foi só então que ela percebeu que o homem que a chamara não era o mesmo de antes. Era moreno, magro e muito bonito, o cabelo castanho-escuro penteado com perfeição e o rosto sem linhas de expressão. Quando ele a encarou, Terry sentiu a temperatura do corpo cair vertiginosamente.

Ele sorriu, formando pequenas rugas nos cantos dos olhos.

— Srta. Sullivan?

Calma, é só nervosismo.

Terry se levantou apressada e quase deixou cair os formulários. Estava mesmo uma pilha de nervos. Ela ajeitou a bolsa no ombro e abraçou a papelada com força.

— Presente.

Ele apontou para um lugar atrás dele.

— Lá no fundo. Última porta à direita.

Terry se encaminhou ao local indicado e se deparou com uma sala grande e caótica, com uma mesa de exames à sua espera. Ela deu uma boa olhada no lugar, que parecia conter tudo que sobrava do departamento de psicologia — duas macas, pôsteres com diagramas e equipamentos esquisitos, repletos de cabos e tubos. Mesas e pilhas de cadernos. Um microscópio que parecia nunca ter sido usado, largado em um canto. Um modelo de cérebro, dividido em seções cor-de-rosa, que podiam ser montadas e desmontadas.

— Sente-se — disse o homem, indicando a mesa.

Ele falou de um jeito que exalava autoridade, como se estivesse acostumado a dar ordens.

Terry hesitou, então se sentou na quina da mesa de exames. Os pés balançavam no ar, um lembrete de que não estava em terra firme.

O homem a encarava. Por fim, quando o silêncio começou a ficar constrangedor, ele disse:

— E você é... — Antes de Terry conseguir decidir o que responderia, ele continuou: — Sei que não é Stacey Sullivan.

Merda. Ele foi rápido.

— Como você sabe? — disparou ela, sem querer.

— Segundo as anotações feitas pela funcionária da faculdade que me passou esse nome, Stacey Sullivan tem cabelo preto encaracolado, 1,60 metro, olhos castanhos e QI mediano.

Terry ficou ofendida por Stacey.

— Você tem 1,72 metro — prosseguiu ele —, cabelo louro-escuro e olhos azuis. Quanto à inteligência, minha análise vai depender das suas razões para estar se passando pela srta. Sullivan, mas eu diria que é acima da média. E então, quem é você?

O tom dele era casual. Terry tinha imaginado inúmeros cenários possíveis, e mesmo assim foi pega de surpresa.

— Bom, pelo que Stacey me contou, você também não é o cara dos ratinhos de laboratório — disse Terry logo que se deu conta disso. Aquilo não batia com a história de Stacey, e ninguém ousaria descrever esse homem daquele jeito. — Não é o cara que a drogou e a deixou estranha pelo resto da semana. Foi por isso que ela não voltou. Então, quem é você?

Terry se perguntou se ele responderia.

Ele balançou a cabeça, talvez por estar se divertindo com a situação.

— Sou o dr. Martin Brenner. O homem a quem você se refere é um psicólogo da universidade, terceirizado. Eles quase sempre desrespeitam os procedimentos. Por isso estamos tomando as rédeas.

Ele ficou calado por um instante.

— Sua vez.

Justo.

— Eu me chamo Terry Ives, sou colega de quarto da Stacey.

— Isso significa que ainda não sei se você obedece aos critérios do experimento — disse o dr. Brenner.

— Conversei com outras pessoas lá fora. Elas responderam a um anúncio de jornal. Não me parece um critério muito rigoroso.

Ele apenas a encarou, sem dizer nada. Por alguma razão, Terry ainda não havia sido expulsa da sala, então tomou coragem. A garota se levantou para ficar face a face com o homem e se desvencilhar daquela presença que pairava sobre ela.

— Eu me voluntariei para tomar o lugar da Stacey porque... senti que isso aqui era algo importante. Seria muito esquisito se não fosse. Laboratórios não chamam mulheres jovens para drogá-las a troco de nada. Não só para isso, pelo menos.

— O que você acha que está acontecendo aqui? — perguntou o dr. Brenner.

Terry deu de ombros.

— Li os formulários e só sei que, seja lá o que for, é algo... grandioso. Quero fazer parte.

— Hum.

O grunhido dele deixou claro seu ceticismo.

— O que eu preciso ter para participar? — perguntou ela. — Me diz.

— Você está solteira?

O rosto de Andrew lhe veio à mente.

— Não sou casada.

— Saudável?

— Nunca faltei ao trabalho na lanchonete.

Ele assentiu.

— Já teve relações sexuais?

Ela ficou paralisada. Aquela não era o tipo de conversa que mulheres costumavam ter com homens desconhecidos. Que dirá com *médicos do governo* desconhecidos.

— Para realizar o experimento, os participantes precisam ser francos — explicou ele, em tom de desculpa.

— Sim.

Foi tudo que Terry se limitou a dizer.

Outro meneio de cabeça.

— Tem filhos?

— Não.

— Você diria que tem força de vontade?

Terry refletiu.

— Eu estou aqui, não estou?

— Acho que você cumpre os requisitos. Mas...

Ele fez uma pausa para estudá-la. Não parecia convencido, ainda não.

Ela buscou na memória o que Alice havia lhe dito sobre o anúncio no jornal. Supôs que o homem não se interessaria pelas qualidades que ela incluiria em sua lista de competências extraordinárias: servir de seis a oito mesas sem esquecer nem um pedido sequer (mais difícil do que podia parecer), sem nunca confundir o café comum com o descafeinado, fazer a lição de casa em cima da hora e ainda tirar notas decentes, fazer Andrew rir contra a vontade dele, animar Becky de vez em quando...

— Eu sou bem notável — disparou ela.

— Certo — disse ele, como se finalmente se desse por vencido. Ou talvez só estivesse tentando se livrar logo dela. — Imagino que seja mesmo. Agora trate de se sentar.

Terry detestava quando lhe davam ordens, mas obedeceu.

3.

Andrew estava estacionado atrás dos furgões do lado de fora do prédio de psicologia, em seu Plymouth Barracuda verde-esmeralda, que ele lavava com carinho e dedicação pelo menos uma vez por semana. Insistiu em buscá-la, com medo de que acontecesse com ela o mesmo que aconteceu com Stacey. Terry ficou lá dentro mais tempo do que tinha imaginado. O namorado já devia estar esperando havia um tempo.

Ela acenou para Andrew e correu pela grama em direção ao carro, enquanto tentava decidir o que contaria ou deixaria de contar. Ele não ficou muito contente com a participação dela na pesquisa, mas não a impediu de fazer nada.

— Estou morrendo de fome — disse ela ao entrar no carro, desconversando um pouco. — Que tal lancharmos em algum lugar? Eu pago.

— Quer dizer então que você descolou os quinze dólares? — brincou Andrew, conferindo se ela estava inteira. — Vamos, sim. Aonde você quiser.

—Starlight?

Era uma noite de sexta-feira, e ela só trabalharia às nove da manhã seguinte. Aquela noite quente de verão estava um verdadeiro forno. Em outras palavras: o clima perfeito para ir ao *drive-in*. Os filmes só começariam dali a duas horas, mas, se chegassem cedo, conseguiriam pegar um lugar bom, e a lanchonete já estava aberta.

— Você estava querendo ver *Meu Ódio Será Sua Herança*, não estava? Acho que ainda está em cartaz.

— Você que manda!

Ele engatou a marcha e os conduziu para fora do campus quase deserto.

— Eu estava quase invadindo o prédio para ver se tinham sequestrado você. Como foi? Você estava certa ou errada?

— Certa, eu acho.

Terry juntou as mãos no colo.

— Sério?

— Sério.

Para o alívio de Terry, ele não a questionou.

— O que rolou lá?

— O médico só me fez um monte de perguntas. E concordou em me deixar participar.

— Nenhuma injeção misteriosa? — perguntou Andrew, olhando para ela de relance.

— Nenhuma injeção misteriosa — confirmou ela. Era verdade. — Mas acho que era um cara diferente. Não foi o mesmo que cuidou da Stacey. Da próxima vez, quem sabe? Parecia... Parecia mesmo ser algo importante.

O locutor de rádio anunciou o novo número de mortos no Vietnã, logo após reportar uma batalha. Andrew aumentou o volume.

— Mais um garoto que estudou com Dave morreu por lá.

Todos eles conheciam soldados que tinham morrido na guerra. Terry visualizava os rostos deles com facilidade, lembrando-se das fotos do anuário do colégio. Sorridentes, em preto e branco, emoldurados em um quadrado.

Andrew estava de férias na faculdade, mas Terry sabia que a formatura, no ano seguinte, o aterrorizava. A única conversa que tiveram a respeito indicava que ele tentaria engatar logo um mestrado ou uma pós-graduação, para nunca parar de estudar, enquanto pudesse.

— Que situação... horrível — disse Terry, com ódio do distanciamento com que tratava o que estava acontecendo.

Algumas coisas eram tão horríveis que tentar descrevê-las com palavras nunca dava certo.

Andrew assentiu e continuou ouvindo as notícias.

Terry pensou nos últimos momentos com o dr. Brenner.

De algum modo que ela ainda não conseguia compreender, Terry o convencera a classificá-la como "participante com alto potencial". As demais sessões seriam conduzidas fora do campus, em um laboratório governamental. Ele admitiu que era uma pesquisa importante, de ponta. O que isso significava exatamente, ela não fazia ideia. Foi convocada a retornar ao laboratório de psicologia em vinte dias, de onde partiriam para a outra instalação, o que aconteceria uma vez por semana.

Contanto que não interfira nos meus estudos, foi tudo que Terry disse. Mas, no fundo, já sentia uma estrelinha brilhando no peito. Estava orgulhosa.

Ela não pretendia comentar nada com Becky. A irmã não dava importância alguma às lições do pai. Quando Terry escrevia cartas pedindo o fim da guerra e as enviava para o Congresso, Becky resmungava que pessoas como elas tinham que se preocupar em trabalhar pesado para sobreviver, e tirar da cabeça que eram a última bolacha do pacote ou que poderiam mudar o mundo com uma mera cartinha. Talvez Becky não precisasse mesmo saber no que Terry estava se metendo.

— Eu só... não sei se podemos mais confiar no governo — comentou Andrew. — Os caras deveriam trabalhar para a gente, entende? Para o nosso bem.

— Eu sei. Sei de tudo isso. — Ela baixou o volume do rádio. — Mas os caras também foram até a Lua.

— Tudo graças à ciência. Foi ordem do Kennedy. Mas agora eles só querem saber de enviar mais gente para a morte.

Terry decidiu que, por ora, era melhor não contar a ele quem estava por trás dos experimentos. Cientistas do governo. Isso só faria com que sua objeção à participação dela aumentasse, e ela não queria ficar brigando por causa disso. Já havia tomado sua decisão.

— Vou pegar pipoca e um cachorro-quente — anunciou Terry. — Talvez uma raspadinha.

Andrew deu uma piscadela para a namorada.

— Que isso, hein! Esbanjando.

Capítulo Dois

NADA COMO O PAÍS DAS MARAVILHAS

AGOSTO DE 1969
Bloomington, Indiana

1.

— Do jeito que eles falam, parece que só não vou porque sou certinha e CDF — desabafou Terry. — Mas não é bem assim.

Andrew a puxou para o emaranhado de lençóis da cama bagunçada, no quarto mais bagunçado ainda.

— Fala baixo. Vão ouvir você. Você podia até vir com a gente... se não fosse tão certinha e matasse aula de vez em quando.

Terry deu um empurrãozinho no ombro dele.

— Você podia ficar comigo e ser mais certinho também.

— Mas não posso nem participar do seu experimento maluco — disse ele, sorrindo para ela.

— Ah, tem as aulas também — comentou Terry. — A Becky já pagou a matrícula. Você acha tranquilo perder as suas?

As aulas de verão estavam prestes a começar, e os dois tinham se inscrito em cursos de duas semanas. No caso de Terry, era algo sobre técnicas de pedagogia, no de Andrew, um seminário de filosofia.

— O que não acho tranquilo é deixar de aproveitar a vida.

— Sei.

Terry sabia que qualquer deslize seu aborreceria Becky, que se sentia responsável por ela. Já Andrew levava a vida de um jeito mais descontraído, além de ser um tanto mimado também — sempre que se metia em confusão, aparecia alguém disposto a resolver seus problemas. Mas os dois acreditavam nas mesmas coisas, embora lidassem de formas diferentes com elas. Isso contava mais que as diferenças.

— Tenho que passar no laboratório de psicologia essa semana — disse ela. — Então não posso ir mesmo.

— Tem certeza de que é uma boa ideia voltar?

— Tenho, e é por isso que estou disposta a continuar.

— Amor — disse Andrew, pegando as mãos dela —, todo mundo vai estar lá. São milhares de bandas. Você não pode perder!

— Eu não sei nem como convenci o dr. Brenner a me deixar participar. Não posso correr o risco de ser expulsa antes mesmo do início do experimento.

— Tá bom. — Ele segurou o rosto dela. — Queria que você viesse comigo. Vou sentir saudade.

Do outro cômodo, uma voz masculina chamou:

— Vamos logo, cara. A gente sai em quinze minutos.

Era Rick, um garoto de cabelo ensebado que deixava Terry apavorada. Era o dono da van que levaria o grupo até um lugar no meio do nada, no interior do estado de Nova York. Woodstock. Era quase difícil acreditar naquela história.

Terry revirou os olhos.

— Só me promete que vai tomar cuidado. Você vai passar vários dias num carro com desconhecidos da Califórnia, onde tem assassinato rolando solto. Aposto que aqueles assassinos tinham uma van também.

O tom dela podia até ser brando, mas Terry vivia acordando no meio da noite, assustada, com os detalhes fresquinhos na mente. Lia todas as matérias sobre aquelas mortes brutais. *Porco* e *Helter Skelter* escritos em sangue nas paredes, e a coitada da atriz esfaqueada, Sharon Tate, grávida de oito meses. Que tipo de monstro machucaria uma mulher grávida?

— Vamos para o outro lado do país — disse ele. — Não me diga que está preocupada com assassinos em vans?

— Não.

Sim, pensou ela, *e com tudo que pode acontecer. O mundo não tem feito muito sentido.*

— E eu não vou com desconhecidos. Rick e Dave cresceram juntos.

Mas isso não incluía os amigos deles, um cara muito suspeito que apelidaram de Woog e uma garota chamada Rosalee, que olhava para Terry como se ela fosse uma piada em forma de gente. Sem contar que as pessoas mudam. Pelo que Terry tinha visto, eles só tinham passado ali e convidado Dave para aproveitar e usar o chuveiro do apartamento.

— Talvez eu esteja um pouco preocupada. Sei que é irracional — admitiu Terry, embora fosse mentira. Parecia perfeitamente racional. — Estou com um mau pressentimento. Sinto que algo ruim está prestes a acontecer. Não sei explicar.

— É óbvio que coisas ruins vão acontecer... Só espero que não comigo. Nem com você. — Andrew sorriu e a puxou de volta para a cama, com os lábios grudados no ouvido dela. — Em todo caso, por garantia, acho que merecemos uma despedida de respeito.

— Nossa, não *acredito* que você vai ver a Janis Joplin sem mim! Você é um péssimo namorado.

— Eu já disse, vem comigo.

O convite era tentador. E ficou mais tentador ainda quando ele beijou o pescoço dela.

Quinze minutos depois, Andrew partiu para Woodstock e Terry foi para o alojamento da faculdade. Aquele era o caminho que ela havia escolhido, e não pretendia desviar dele.

2.

Alguns dias depois, Terry foi até o prédio de psicologia, onde já havia um furgão à espera. Preto e cintilante, familiar; Terry tinha quase certeza de que fora um daqueles que viu estacionado na esquina quando esteve ali pela primeira vez. Tinha placas do governo e janelas revestidas com uma película levemente escura.

Vans por toda parte.

Terry abafou o riso. Se Andrew estivesse ali, tiraria sarro de seu preconceito repentino contra veículos espaçosos e extravagantes. Esse tinha uma cor mais escura e um ar mais sério, bem diferente de um cafofo hippie ou de um palácio de assassinos sobre rodas.

Ela torcia para que Andrew e companhia tivessem chegado bem no estado de Nova York. O festival começara no início da semana e estampava todos os jornais. Estimava-se que duzentas e cinquenta mil pessoas haviam tomado o pacato vilarejo do festival. Por toda parte, pipocavam fotos de pessoas cobertas de lama, com as pupilas dilatadas, sorrindo como se tivessem chegado à terra prometida. Ela não tinha identificado Andrew em nenhuma das fotos, e não tinha certeza de que seria capaz de reconhecer alguém além de Dave. Os críticos diziam que Janis Joplin tinha feito um dos melhores shows de sua vida. Enquanto isso, o curso de verão de Terry era a própria definição de tédio.

Espero que valha a pena.

Em vez de se dirigir ao furgão, ela ficou na calçada, apreensiva, e não conteve o sorriso quando um carro velho e estrondoso freou com tudo no estacionamento e Alice emergiu dele. Tão encardida quanto da primeira vez, novamente em seu macacão coberto de graxa.

— Não estou atrasada, né? — perguntou, sem se preocupar em cumprimentar Terry.

— Chegou bem na hora — respondeu ela.

— Por que você está aí parada?

A porta do furgão se abriu no mesmo instante, e Ken indagou:

— Por que vocês estão aí paradas?

Seria mais um ato de sua encenação de vidente? Alice e Terry se entreolharam e entraram no furgão. Glória já estava lá dentro, atrás de Ken. O estilo dela continuava impecável. Dessa vez, usava uma saia verde-clara até o joelho e uma blusa branca de bolinhas. Terry deslizou para o lado dela, e Alice lhe lançou um olhar de *Muito obrigada mesmo por me largar com esse cara* enquanto se acomodava no assento livre ao lado de Ken.

Terry deu de ombros.

O brutamontes ao volante estava devidamente uniformizado e ostentava braços muito peludos. Ele pegou a prancheta no banco do passageiro.

— Preciso verificar o nome de vocês, por questões de segurança.

Ken levantou a mão, interrompendo-o.

— Estamos todos aqui. Já dei uma olhada na sua lista.

O homem pareceu não gostar muito daquela história, mas baixou a prancheta e se virou para a frente. Então deu a partida, o motor fazendo um ruído suave.

— Quer dizer que você teve que bisbilhotar a prancheta, é? — perguntou Terry para Ken. — Você não sabia quais nomes estavam na lista?

Mesmo de costas para ela, deu para perceber, pelo movimento do bigode, que ele estava franzindo o cenho.

— Não esperava ser julgado aqui. Sou vidente, sempre fui. Mas... não é assim que funciona.

Alice encarou Terry com um olhar que ela não conseguiu decifrar.

— Desculpa? — esboçou Terry, arrependida. — Não quis ofender. Só estava brincando.

Ken parou para pensar.

— Tudo bem — disse.

Glória finalmente deu sinal de vida. Baixinho, ela perguntou:

— Você quer mesmo que a gente acredite que você é vidente?

— Eu estou aqui, não estou? — indagou Ken, com a mão espalmada no peito, quase ofendido.

Fosse ele médium, vidente ou sabe-se lá o quê, uma coisa era certa: tinha uma veia dramática. Terry sentiu que era a oportunidade perfeita para questionar algo que estava tentando entender.

— Por que vocês todos estão aqui, participando do experimento? — perguntou. — Digo, além do fato de termos passado na triagem.

O motorista dirigia com tranquilidade, e assim eles logo deixaram o campus.

Terry ficou surpresa com a resposta de Glória.

— Não foi bem minha escolha — disparou ela, sem rodeios.

— Como assim?

Glória suspirou.

— O coordenador da minha faculdade acha que eu não tenho o direito de fazer as mesmas pesquisas que os alunos homens. Ele acha que a universidade não deveria nem deixar alguém como eu se formar. Mas o meu pai fez o maior escândalo quando me expulsaram do laboratório, e a instituição deu um jeito de me oferecer esses créditos.

Terry tentou dizer alguma coisa.

— Glória, que coisa horr...

— Tudo bem.

Glória olhou para Alice, que ajeitou o braço no banco para se virar e ficar de frente para as outras duas garotas.

— E você?

— Quero comprar um Firebird. Como a gente está recebendo para participar desse negócio, vou juntar a grana mais cedo do que imaginava — declarou ela, como se fosse a coisa mais óbvia do mundo.

Pairou um silêncio no ar, e todos olharam para Ken. Como ele não se pronunciou logo de cara, Terry indagou:

— E você?

— É para eu estar aqui — disse ele. — Eu sabia que tinha que vir. É um momento e tanto. Vamos ser muito importantes uns para os outros.

Por algum motivo, aquela declaração não deixava qualquer espaço para piadas — e Terry também não queria magoar Ken mais uma vez.

— E *você*? — perguntou ele.

— Você se chama Stacey, não é? — acrescentou Alice, tentando ajudar.

— Bom...

Terry ficou irrequieta.

Ken deu uma mãozinha:

— Na verdade o nome dela é Terry, acho.

— É, sim. Terry Ives.

— Como é que é? — Alice franziu o cenho. — Mas você se apresentou como Stacey, tenho certeza. Minha memória é boa.

Todas as atenções estavam voltadas para Terry.

— Por que você deu outro nome? — perguntou Alice, e então baixou a voz. — Você é procurada pela Justiça? Ah, você é uma dessas crianças desaparecidas? Foi tirada da sua família?

A garota estava de olhos arregalados, e Terry já conseguia ver todo o mar de histórias se formando na cabeça dela.

— Não, não sou uma criminosa, não fui sequestrada. Não sou espiã. Nem estou foragida.

— Mas que coisa... — disse Alice, e Terry achou graça do desapontamento dela.

— Stacey é o nome da minha colega de quarto do alojamento. Ela se inscreveu para participar do experimento e acabou mudando de ideia. E eu preciso da grana. Além do quê...

Ela queria dizer que estava ali porque a chance de *fazer* alguma coisa importante finalmente tinha batido à porta. Que eles, todos eles, talvez entrassem para a história. Que a possibilidade era a motivação dela. Mas se contentou com uma versão mais simples dos fatos, a mesma que contara a Brenner. Uma versão que talvez não achassem tão ridícula.

— Além do quê, sinto que isso é importante.

Glória assentiu, baixou a voz e disse:

— Parece que é mesmo, não parece? Esse esquema todo para nos levar de um lado para outro... Deve custar uma nota!

Terry se inclinou para a frente, e Alice se ajeitou para deixá-la apoiar os braços em seu banco. A universitária se perguntou se o motorista estava escutando a conversa e resolveu puxar assunto com ele.

— Eu nem sabia que tinha um laboratório em Hawkins. É para lá que estamos indo, não é? Hawkins?

— Não faz muito tempo — disse ele. — Transformaram o prédio em laboratório ano passado, só.

— O que fazem por lá? — prosseguiu ela.

— Pesquisa.

Terry esperou, mas o homem não deu mais nenhum detalhe, atendo-se à estrada plana e vazia diante deles, margeada por milharais altos.

— Sua colega não precisa do dinheiro? — questionou Alice de repente.

Nossa, que observadora. Terry achava que essa parte da conversa já tinha ficado para trás.

— Não a ponto de ter que arrumar outro emprego. Disse que essa pesquisa era quase isso.

— Garotas brancas... — comentou Alice, balançando a cabeça, trocando olhares com Glória. — Não sabem o que é trabalho de verdade.

Terry não tinha como rebater a declaração, por mais que trabalhasse muito. Por mais suja de graxa que a própria Alice estivesse, ela não falou nenhuma mentira.

— Eu não diria isso — comentou Glória.

— Nem precisa dizer — respondeu Alice, com uma piscadela. — Já fiz isso por você.

Glória balançou a cabeça e abriu um sorriso.

— É praticamente um trabalho mesmo — disse, quase num sussurro. — Os experimentos do campus não pagam tudo isso. Só podem estar nos compensando por alguma coisa.

Terry, morrendo de curiosidade, estava prestes a perguntar se o valor era muito maior do que num experimento típico, mas o motorista se pronunciou.

— Vocês provavelmente não deveriam falar do experimento fora do laboratório — comentou. — Pode alterar os resultados.

O grupo ficou em silêncio por cinco minutos. Mais do que isso era impossível para Alice.

— Vocês sabiam que vai sair um disco novo dos Beatles?

E bateram papo sobre música e assuntos não relacionados ao experimento durante o restante da viagem.

3.

A cerca metálica extensa assinalava que tinham chegado. E além disso havia uma placa na entrada indicando que a propriedade pertencia ao LABORATÓRIO NACIONAL DE HAWKINS. O prédio em si não parecia novo, apesar do que o motorista dissera. Talvez ele tenha se referido apenas ao laboratório, e não à construção que o abrigava.

À medida que o furgão passava pelas guaritas ocupadas por soldados e se dirigia ao estacionamento, Terry se deu conta: aquilo estava realmente acontecendo. Ela estava em um prédio de cinco andares, grande o bastante para ter alas e seguranças armados.

E estava decidida. Até o último fio de cabelo. Becky e tia Shirley sempre diziam que ela era a pessoa mais teimosa do mundo quando decidia fazer alguma coisa.

É claro, talvez o experimento se resumisse a sentar em um círculo e meditar, ou algo do tipo. Talvez Stacey tivesse exagerado ao narrar sua aventura no laboratório da faculdade.

— Terry? — chamou Glória, e ela percebeu que o carro tinha parado e que a porta estava aberta.

Era hora de sair do furgão e entrar no prédio.

— Nossa, desculpa — disse Terry.

Os quatro caminharam juntos, nervosos, com o motorista à frente, mas não muito. O homem não parava de olhar para trás, como se do nada uma debandada em massa pudesse acontecer.

O estacionamento estava repleto de carros bons, ainda que comuns. Bem, exceto pela Mercedes cintilante na vaga de frente para a porta. A mesma Mercedes que Terry vira no prédio de psicologia, no primeiro dia. *Deve ser dele. Do dr. Brenner.*

Alice ficou paralisada diante das portas de vidro da entrada, sem conseguir tirar os olhos do prédio.

— Algo errado? — perguntou Terry.

Alice balançou a cabeça, perplexa.

— Mal posso esperar para ver os elevadores.

O grupo fez a gentileza de deixar aquele comentário passar batido.

O motorista abriu a porta para eles, e Terry esperou todos entrarem.

— Um minuto, já vou — disse ela, sem ser questionada.

Ela entraria logo, logo.

Respirou fundo, um pouco de ar fresco pela última vez, e seguiu em frente.

O saguão confirmava quão oficial era o lugar. Cada centímetro gritava *prédio do governo, atividades importantíssimas*. Havia ainda mais soldados dispostos pelas diversas seções do prédio. Na recepção, uma senhora carrancuda manejava um tijolo de papel que registrava as visitas. Nenhum sinal de poeira sequer. O piso estava impecável, sem marcas de solas, como se ninguém nunca tivesse ousado botar os pés ali.

— Vocês vão receber crachás da próxima vez que vierem, mas hoje peço que assinem o registro — disse o motorista, conduzindo-os até o balcão.

— Não esquece que agora você é a Terry — comentou Ken, com naturalidade e um semblante indecifrável.

Glória se preparou para assinar o livro, mas, antes que a caneta encostasse no papel, portas pesadas se abriram ao fundo, revelando, do outro lado, um guarda que mantinha um rifle junto ao corpo e o dr. Brenner, que entrou no saguão e abriu um sorriso encantador ao vê-los ali.

Terry sorriu também.

— Dr. Brenner! — chamou.

— Oi, pessoal. — Ele acenou para a recepção, sem se dar ao trabalho de fazer contato visual com a mulher no balcão. — Não se preocupem com isso. Ainda hoje, vamos deixar tudo ajeitado para que vocês passem direto.

A recepcionista mordeu o lábio, receosa, certa de que sobraria para ela, mas assentiu mesmo assim. Não que o homem ligasse para a anuência dela.

O dr. Brenner fez um gesto e se virou, e todos o seguiram. Já estavam recebendo tratamento especial.

Terry notou que Alice tinha se distraído com o rifle do soldado ao atravessarem o extenso corredor branco e gentilmente a puxou pelo braço para conduzi-la na direção certa.

Alice só se deu conta de que tinha ficado ligeiramente para trás um tempo depois.

— Nossa — disse ela. — Obrigada.

— Tudo bem.

Terry correu para alcançar o médico.

— Conta para a gente sobre esse lugar, sobre o seu trabalho.

O lampejo de surpresa nos olhos dele indicou que não estava acostumado a esse tipo de solicitação.

— Não tenho muito a dizer. Vocês logo vão ver com os próprios olhos.

— É verdade — disse Terry. — Estou tão empolgada!

O sorriso encantador dele reapareceu.

— Ótimo.

O grupo percorreu um labirinto de corredores com cheiro de desinfetante no ar, sem nenhum sinal de sujeira no chão ou nos azulejos brancos. Luzes ofuscantes pendiam do teto em fileiras perfeitas. Terry já estava um pouco perdida e sabia que teria dificuldades para achar a saída sozinha.

Volta e meia, cruzavam com alguém de jaleco ou uniforme que cumprimentava o dr. Brenner e ignorava o restante do grupo, como se eles fossem invisíveis. O motorista tinha sumido. O médico por fim parou diante de um elevador e digitou um código em um teclado numérico, que emitiu um sinal quase amigável em resposta. Ele apertou o botão com a seta para baixo.

Alice estava de olhos arregalados, atenta. Ela mordia o lábio, provavelmente se segurando para não encher o homem de perguntas sobre a tecnologia daquele aparato todo.

Uma placa sob o teclado dizia:

ÁREA RESTRITA

SOMENTE PESSOAL AUTORIZADO

Terry esperava que algo fizesse suas suposições megalomaníacas irem por água abaixo, que provasse que estava errada. Até então, nada.

As portas do elevador se abriram suavemente.

— Todos a bordo — disse o dr. Brenner.

Alice examinou as dependências impecáveis da máquina conforme desciam, mas por alguma razão achou melhor não comentar nada.

Aparentemente, o experimento com eles seria conduzido no subsolo. No segundo subsolo, na verdade, concluiu Terry ao observar o painel de botões até o elevador parar.

Pelo menos ali havia mais pessoas. Dois homens e uma mulher de jaleco — a mesma que os atendeu no campus — os aguardavam no corredor subterrâneo. Com suas pranchetas na mão, deram um passo à frente para se juntarem ao grupo.

Todos eles cumprimentaram Alice, Glória e Ken pelo nome, ao passo que o dr. Brenner abriu um sorriso profissional para Terry e falou:

— Vou trabalhar diretamente com você. E vou fazer visitas regulares aos outros para ver como estão.

Ele acenou para os outros médicos e seguiu pelo corredor extenso, com Terry logo atrás. Ao se virar para trás, viu os demais serem conduzidos por diversas portas. Espiou uma das salas por um painel de vidro e notou uma cama desfeita, uma mesinha e um balcão coberto de suprimentos.

Enfim chegaram ao seu destino. O dr. Brenner parou e apontou para uma porta aberta.

— Esta é a nossa sala.

Lá dentro estava o homem que os conduzira até ali, no furgão.

O lugar era maior que a sala pela qual tinham passado, com uma maca coberta de lençóis brancos encostada na parede, uma mesa, uma quantidade considerável de cadeiras e uma variedade de máquinas. Uma camisola azul e branca estava estendida na cama.

— Pode se trocar aqui mesmo. Esperamos do lado de fora. — disse o dr. Brenner.

— É para vestir essa camisola de hospital? — perguntou ela, nervosa.

— Sim. É mais confortável. — Ele a encarou. — Você ainda quer participar?

Terry estava com a boca seca demais para falar. Apenas assentiu.

— Não precisa ficar nervosa — disse ele. — Avise quando estiver pronta. É só abrir a porta, que estaremos logo ali.

Ele falava como se tudo fosse normal. O auxiliar saiu da sala com ele, e a porta se fechou com um clique pesado. Ela pensou em testar a maçaneta para ver se estava mesmo destrancada, mas balançou a cabeça. Por que a trancariam ali? Não era só abrir a porta e chamá-los?

Ela testou a maçaneta mesmo assim. Abriu com facilidade.

— Algum problema? — perguntou o dr. Brenner.

Ele e o auxiliar conversavam no corredor e mantiveram distância para dar privacidade a Terry.

— Não, nada. Desculpa.

Ela fechou a porta.

A camisola era igual às de hospital, de um tecido áspero e fino feito papel. Terry tinha uma saúde invejável, e por isso raramente precisara ir ao médico, mas a mãe dela teve apendicite quando ela e a irmã eram crianças. O pai deixou as duas estacionadas ao lado da mãe durante os dois dias de internação, e a mulher se recusava a sair da cama na presença delas, porque não queria que vissem a abertura nas costas da camisola. "Só pode ter sido desenhada por um homem", disparou ela, um comentário que não era do seu feitio.

Terry não perguntou o que ela quis dizer com isso na época, mas ao tirar a roupa e colocar a camisola, ela entendeu. Decidiu ficar com a calcinha.

Não dava para ver os homens pela janelinha da porta, então ela aproveitou para vasculhar o máximo possível ali dentro. As funções das máquinas eram um mistério; o formulário na prancheta em uma das mesas só tinha espaços em branco a serem preenchidos com mensurações e outros dados. Havia uma fileira de copos e uma garrafa sem rótulo.

Ela abriu a porta e acenou para os homens retornarem. Estava congelando, e seus pés descalços mais pareciam blocos de gelo. Não deveria ter tirado os sapatos.

— Quer água? — perguntou o médico.

— Quero, sim.

Ele despejou parte do conteúdo da garrafa em um dos copos. Então era aquilo, o líquido.

Ela deu um gole.

— Obrigada.

O dr. Brenner apontou para uma cadeira.

— Como eu disse, não precisa ficar nervosa. Estaremos com você o tempo todo. Agora vamos tirar um pouco do seu sangue e medir seus sinais vitais. Em seguida, vou pedir que se deite na maca para fazermos um exercício.

Ele foi bem direto... estranho, até. Terry se sentou.

O auxiliar tirou dois tubos de sangue. O dr. Brenner mirou uma luz em seus olhos, ofuscante o bastante para que ela tentasse desviar o rosto. Ele pressionou um estetoscópio gelado em seu peito, e seu coração batia tão forte que, imaginou ela, o auxiliar deveria conseguir ouvir também. Brenner puxou uma máquina para perto deles e apertou alguns botões, então ajustou um medidor no dedo de Terry.

Ela acompanhou a linha vermelha em zigue-zague em um dos monitores, estupefata. Parecia que seu coração ia sair pela boca.

O médico deu um passo para trás, e Terry tentou segui-lo com os olhos, mas a sala de repente ficou embaçada. O homem também. Tudo ficou turvo, oscilante... Ou será que era Terry que estava turva e oscilante?

— Está fazendo efeito — reportou o auxiliar.

Terry fez um esforço para compreender as palavras.

Stacey não tinha exagerado.

— Vocês me drogaram?

— Não se preocupe, estamos aqui ao seu lado — disse o dr. Brenner. — Demos um alucinógeno potente a você. Temos evidências de que a substância pode romper as barreiras da mente e deixá-la sugestionável. Por favor, deite-se e tente manter a calma enquanto faz efeito.

Falar é fácil. Terry começou a rir. Porque não deve ter sido nem um pouco fácil para o dr. Brenner dizer aquilo. Não enquanto o rosto dele derretia.

Ele e o auxiliar se levantaram e a conduziram até a maca. Por que o rosto derretido dele era tão engraçado? Terry não sabia dizer. Ela se ajeitou nos lençóis brancos, um pouco agitada, ainda rindo. Eles se afastaram quando ela finalmente se deitou, tentando localizar o monitor com a linha vermelha — e conseguiu.

Contanto que a linha se mantenha estável, está tudo bem. Ela não estava mais rindo. A maca parecia macia e dura. Como era possível ser ambas as coisas ao mesmo tempo? Ela queria se levantar.

— Agora, Terry — disse o dr. Brenner, com uma voz tão calma que Terry ficou com vontade de se agarrá-la —, apenas relaxe. Tente manter a cabeça aberta. Deixe a sua consciência se libertar.

Ela balançou a cabeça.

— Olhe para mim, Terry. — Ele segurava um objeto pequeno e brilhante entre os dedos. — Quero que você olhe para este cristal e se concentre nele.

O homem a encarou como se deixando claro que não ia desistir até que ela lhe obedecesse. Terry procurou o monitor com a linha vermelha mais uma vez e percebeu que, para seguir as ordens dele, teria que abdicar de seus batimentos cardíacos. Ela observou o pico vermelho e voltou a atenção para o cristal que ele segurava. *Tchau, tchau, coração.*

— Agora feche os olhos. Deixe a sala desaparecer.

Pontos brilhantes brotaram por trás de suas pálpebras, de todas as cores, como se uma mangueira de jardim tivesse borrifado gotículas de água contra a luz do sol, formando diversos arco-íris.

— Muito bonito — murmurou.

— Melhor assim. Continue relaxando — orientou alguém, mas ela não sabia quem.

Será que conhecia essa pessoa?

Achava que não.

— Mergulhe mais fundo.

Terry tentou resistir, mas isso se mostrou bem mais difícil do que seguir as coordenadas do homem estranho.

Então Terry obedeceu.

Ela mergulhou fundo, o mais fundo que pôde.

4.

Alice nunca tinha estado em um lugar com tantas máquinas e tão *limpo* ao mesmo tempo.

Ela vinha de uma família em que graxa debaixo das unhas era um estilo de vida. Evidentemente, ninguém ligava para as unhas dos homens e dos meninos. Eles podiam vestir roupas velhas e confortáveis sem controvérsias e não precisavam se preocupar em esfregar cada centímetro do corpo todo domingo para ir à igreja (coisa que Alice fazia porque lhe parecia correto, para demonstrar respeito). A mãe dela chiou bastante quando ela começou a trabalhar na oficina do tio, dizia que nunca arrumaria um marido com as unhas feias daquele jeito... mas em algum momento acabou desistindo de protestar.

Sobreviver à irritação das pessoas e à vontade delas de mudá-la: viver assim talvez não fosse a escolha de ninguém — nem mesmo de Alice —, mas funcionava muito bem para ela.

— Eu devia ter trazido uma chave inglesa. Ou uma chave de fenda — murmurou ela, e percebeu que a língua estava pesada, e que tinha falado em voz alta.

O nome da médica era dra. Parks. Ela emanava uma luz branca quando se virava para Alice. A mulher dera a ela um quadradinho de papel para colocar na língua... Quanto tempo já fazia? Alice não gostava de perder tempo. A primeira peça que ela desmontou na vida foi o relógio de pulso de um primo de Toronto. Ela tinha seis anos e queria ver se as horas do Canadá eram diferentes das de Indiana.

— O que você está vendo? — perguntou a mulher.

Havia duas dela, duas figuras brancas angelicais e reluzentes, e Alice não sabia em qual focar.

O mundo não parecia certo. Ela fechou os olhos, mas surgiram borrões em zigue-zague que a confundiram ainda mais. Ela abriu os olhos e focou no anjo à direita.

— Quero ver o que tem dentro dessas máquinas.

A dra. Parks assentiu. A médica tinha um jeito contido, quase como Glória, mas não tão simpática. Alice deduziu que, para viver de medicina ou ciência, era preciso ser assim — especialmente sendo mulher. Com ela não era tão diferente, porque se via obrigada a encher as unhas e o macacão de graxa para que as pessoas acreditassem que era capaz de consertar máquinas, mesmo que uma coisa não tivesse nada a ver com a outra. Ela entendia de mecânica. Motores, transmissões, velas de ignição, eixos... Gostava de consertar tudo, e era boa nisso.

Observar o interior das máquinas restauraria a ordem.

Para a surpresa dela, a médica se virou para o auxiliar no canto da sala e ordenou:

— Arrume uma chave de fenda.

Alice concluiu que sua euforia estava estampada no rosto, pois pela primeira vez a mulher baixou a guarda.

— Isso vai ser interessante — disse a dra. Parks. — Ah, e chame o dr. Brenner também. Talvez ele queira ver.

Alice encaixou a chave de fenda na cabeça de um parafuso trêmulo e latejante.

— Pare de se mexer — mandou.

Mas tudo em torno do parafuso, os cabos e as peças dentadas, começou a pulsar feito um coração. Só havia uma coisa a se fazer. Desmontar a máquina toda. Só assim ela entenderia como estava viva. Ou teria sido o papel que colocaram na sua língua? Provavelmente era o papel, mas aquilo parecia real. As evidências estavam diante dela.

A porta da sala se abriu, e Alice virou o rosto para ver quem tinha chegado. Era o médico principal, Martin Brenner, o cara de cabelo brilhoso e um sorriso que ele parecia ter aprendido em uma escola de boas maneiras.

— O que foi? — perguntou ele, e a doutora apontou para a garota.

Alice se voltou para a máquina, que zunia e vibrava, tentando chamar sua atenção.

— Tá bom, já entendi, calma aí — disse ela. — Não precisa ficar com ciúme.

O auxiliar prestativo apareceu com uma bandeja com várias ferramentas. Ela trocou a chave de fenda por um conjunto de alicates grandes e difíceis de manejar, e isso a chateou, mas mesmo assim os mergulhou no coração da máquina e, com cuidado, soltou alguns cabos.

Alguém se ajoelhou ao lado dela.

— O que ela está fazendo com o eletrocardiógrafo? — perguntou Brenner.

Ele deveria ter perguntado a ela. Estava bem ao seu lado.

— Estou desmontando para entender como é que está vivo.

— Interessante — comentou ele, e permaneceu ali. — Vamos tentar um pouco de eletricidade. Quero ver como ela reage.

A dra. Parks não pareceu muito convencida.

— Hoje era para ser um dia de coleta de dados básicos... Não sei se é o melhor a fazer.

— Eu estou dizendo que é — retrucou Brenner.

Ele se aproximou da garota.

— Preciso que você deite uns minutinhos para fazermos um novo... tratamento.

— Vocês querem me transformar numa máquina — disparou Alice. — Mas acho que já sou uma. Todos nós somos.

O auxiliar segurou o braço dela, e Alice sentiu um frio na espinha. Ele tirou os alicates de suas mãos e colocou na mesa.

— Não estou gostando nem um pouco disso — reclamou ela.

— Não vai doer nada — disse o dr. Brenner.

Ela não mereceu um sorriso dessa vez.

Ele prosseguiu para outra máquina. A reluzente dra. Parks agora tinha uma sombra em torno da auréola. Ela prendeu alguns fios em Alice, ventosas frias pressionadas nas têmporas.

Alice deveria ter dito a eles que não queria nada disso...

O primeiro choque a transformou em um relâmpago.

O segundo a fez mergulhar fundo dentro de si. Clarões desorientadores de luz e escuridão a rodeavam, e ela perdeu o prumo. Um muro em ruínas surgiu diante dela, enorme e todo rachado. Pontinhos similares a pequenos arbustos pairavam ao seu redor. Ela tentou pegar um deles, mas seus dedos se fecharam no vazio. O que seria aquilo?

Respira, Alice, respira. É efeito do remédio e da eletricidade.

Os galhos oscilantes dos arbustos e o concreto esmigalhado das belas ruínas obscuras desapareceram e foram substituídos por um céu repleto de estrelas em movimento.

Ela não se importaria em passar um tempo ali, naquele lugar confuso de sua mente, onde uma imagem desaguava em outra. De paredes para estrelas para grama. Ela poderia se esconder ali, sob o manto da realidade, até que o dr. Brenner e sua eletricidade maléfica a deixassem em paz.

5.

Os arco-íris permaneceram na mente de Terry por um bom tempo, até que desbotaram e deram lugar à escuridão. Um buraco. Ou melhor, algo como o interior de uma nuvem noturna, cada vez mais brilhante. Tudo em torno de Terry era uma possibilidade. Tudo dentro dela, fora dela, em todo lugar. Simplesmente *tudo*. Ela estava cercada de estrelas invisíveis e pulsantes, transbordando energia. Estranho pensar nas estrelas assim, mas todo e qualquer pensamento que passava por sua cabeça parecia igualmente estranho...

Seus sentidos estavam vívidos, imersos nas profundezas de sua mente, o que quer que isso significasse.

Uma viagem de ácido, é isso.

Ela se sentiu esmagada por mãos invisíveis. Não havia cheiro ali. Não havia tempo.

Se ela estava com medo? Talvez.

Volta e meia, escutava alguma coisa. Uma voz longínqua. Um fragmento de conversa. Nada diante dela, nada atrás dela.

Tudo diante dela. Tudo atrás dela.

Uma voz tranquilizadora perguntou:

— Terry, onde você está agora? Está me ouvindo?

— No fundo... — disse ela, roboticamente. — Estou, sim.

— Quero que você esvazie a cabeça... E agora, o que está vendo?

— Nada.

— Bom, muito bom. Terry, é muito importante que você faça o que eu diga. Está entendendo?

— Estou.

— Quero que você visualize o pior dia da sua vida. Quero que me conte o que aconteceu. Mergulhe nesse momento mais uma vez.

A memória emergiu antes que ela pudesse pará-la, mas Terry a empurrou de volta.

— Não, não quero.

— Estarei com você para protegê-la. — A voz dele era monótona, como um barco pairando em uma lagoa. — É importante. Você poderia me falar disso?

Um clarão branco e turvo surgiu diante dela. Ela precisou se imaginar atravessando a névoa para compreender o que estava vendo.

Então, deparou-se com uma porta de madeira, pintada de branco, com cruzes entalhadas. A última vez que ela viu essa porta foi no funeral dos pais. A cerimônia foi realizada na igreja que frequentavam em três a cada quatro domingos, ou a cada dois, quando seu pai se sentia culpado por não comparecer sempre.

— Descreva o que está vendo.

Terry colocou as mãos na porta e a empurrou.

— Esqueci um negócio no carro e tive que voltar. Becky já está lá dentro.

— Dentro da onde?

— Da igreja.

— Quando foi isso? — perguntou ele.

— Três anos atrás.

Terry subiu os degraus rumo ao corredor central, e a escada rangeu. Ela seguia em frente, deixando os bancos para trás. A luz atravessava os vitrais que a igreja construíra com os fundos arrecadados em vaquinhas. Jesus de braços abertos. Uma ovelha e halos de luz. Jesus na cruz, com as mãos e os pés sangrando...

Ela teve vontade de dar meia-volta e sair correndo, assim como naquele dia. Mas continuou. Estava com um nó na garganta e com olhos vermelhos de tanto chorar nos últimos dias.

Becky se virou para ela e abriu um sorriso marejado. “Eles estão bonitos”, comentou. “Ele fez um bom trabalho com a mamãe.”

O altar havia sido deslocado. Terry olhou para os caixões modestos de madeira polida, lado a lado. Becky se assustara com os preços na funerária, mas não teve muita escolha. Seus pais pareciam estar em paz, com os olhos fechados como se estivessem dormindo.

— Mas eles não estavam dormindo — contou Terry. — Sofreram um acidente... uma batida de carro. Corremos para o hospital, mas... já tinham morrido. A princípio, não sabíamos nem se poderíamos vê-los.

— E esse dia foi pior? — perguntou o homem. — Pior que o dia do acidente?

O choro se libertou do peito de Terry e ela desabou sobre o caixão do pai.

— Sim... Sim, porque esse dia foi real. O velório. Eu não tinha visto os dois ainda... A gente sabia... Mas foi ali que tive certeza. Eles... Eles nunca voltariam para nós.

— Entendi.

O silêncio preencheu o ambiente. Ela chorava e Becky acariciava suas costas, e Terry se sentiu egoísta, porque Becky devia estar tão arrasada quanto ela.

O homem prosseguiu:

— Quero que você pegue tudo que está sentindo nessas lembranças e coloque numa caixa. Guarde tudo lá dentro. Quando sair desse estado, você vai se lembrar da perda, mas não da dor. A dor terá sumido.

Impossível. Terry já não sentia tanta falta deles, mas todo dia alguma coisa ainda fazia com que os pais retornassem à sua memória.

— Eu...

— Vamos! Agora! Imagine uma caixa. Tire os sentimentos de dentro de você e coloque na caixa. Vai ajudar.

Terry fez o que ele mandou.

— Tudo bem — disse, sentindo-se pesada e leve ao mesmo tempo.

— Quando você acordar, vai se lembrar apenas do que viu, não do que mandei você fazer.

— Tudo bem— repetiu ela, mas estava entrando em pânico. — Onde estou?

— Bem aqui, no laboratório. Terry Ives, quero que você acorde agora. Você está em segurança.

Ela correu em direção à promessa na voz dele. Seus pés não encostavam em nada, impulsionando-se apenas naquelas palavras. Então prendeu a respiração e saltou. Suas mãos se agarraram aos lençóis brancos. Sua pele estava encharcada de suor.

A sala estava enevoada e embaçada, mas não escura. Uma luz fria inundava o ambiente. Aos poucos ela voltou a enxergar com clareza.

Ela estava alucinando. Então era isso? O governo a induzira a fazer uma viagem de ácido.

Ela localizou a linha vermelha no monitor de batimentos cardíacos e observou conforme o pulso retomava um ritmo estável. O dr. Brenner se sentou ao lado dela, colocou a mão em seu braço e desenhou círculos com os dedos, exatamente como sua mãe costumava fazer.

— Estou bem — disse Terry, tentando convencer a si mesma.

— Traga um copo de água para ela — solicitou o dr. Brenner ao auxiliar.

— Não! — protestou ela.

— Só água dessa vez, prometo. Você fez um excelente trabalho. Agora, tente se acalmar. Tenho algumas perguntas a fazer.

Terry também tinha.

6.

O dr. Martin Brenner queria ser capaz de entrar na mente de suas cobaias. Assim não precisaria recorrer a conversas caóticas para obter o número suficiente de informações sobre o que elas tinham visto ou para entender quão eficazes eram as técnicas de hipnose. Não dependeria de testemunhos duvidosos sobre as experiências a que eram submetidas.

Nada de mentiras. A não ser que fosse ele a contá-las.

A jovem à sua frente, Theresa Ives, despertara sua curiosidade. Uma raridade, especialmente no caso de cobaias adultas. A forma como ela tinha percebido e abraçado a oportunidade revelava potencial — não seria fácil fazer a mente dela ceder. O desafio daria mais peso às conclusões da pesquisa. Ela não parecia ter medo dele. Brenner valorizava esse atributo... pelo menos quando não se tratava de algum jovem auxiliar insubordinado.

— Está melhor? — perguntou ele enquanto a garota bebericava a água que ele tinha providenciado.

Ela fez que sim e devolveu o copo, tirando uma mecha de cabelo da bochecha úmida. Lágrimas e suor ao mesmo tempo. Ela era extremamente suscetível ao coquetel de drogas, ao que tudo indicava.

— Em uma escala de um a dez, com que intensidade você ainda está sentindo os efeitos do medicamento?

A visão dela já estava nítida.

— Oito.

— Você consegue me contar o que viu? — perguntou ele, mantendo a voz afável.

Ela hesitou, mas não por muito tempo.

— O velório dos meus pais. A igreja.

— Certo, ótimo. Você se lembra de mais alguma coisa importante? Como você está se sentindo?

Ela ajustou a camisola para cobrir as pernas por inteiro.

— Eu me sinto... — Mais uma vez, hesitou. — Mais leve, de certa forma. Faz sentido?

Brenner assentiu. Ele havia extraído uma dor intensa dela e trancado a sete chaves. Ela se sentia muito mais leve. Era o primeiro passo para deixar uma mente suscetível a manipulações mais incisivas. E ele também ganhara uma vantagem sobre ela, uma ferramenta para usar quando precisasse. O segredo era mantê-la alheia a esse fato até que fosse necessário.

— E você não sabe por que está se sentindo assim?

— Não. — Ela o encarou, nervosa. — Posso perguntar uma coisa?

— Claro.

— Qual é o propósito disso tudo? É tão importante quanto eu imagino? O que você *quer* que eu diga?

Antes que ele pudesse formular uma resposta para as *três* perguntas dela, a garota o surpreendeu ao balançar a cabeça e dar uma risada seca.

— Ah, deixa pra lá. Tenho certeza de que isso violaria as normas do experimento. Como a nossa conversa no caminho para cá.

— Como assim?

— Ele disse para não falarmos do experimento.

O médico olhou para o auxiliar, que baixou a cabeça. Em nenhum momento ele deu essa ordem. Contanto que o funcionário tomasse nota do que fosse dito, os participantes podiam conversar sobre o que bem entendessem.

— Vocês podem conversar sobre o que quiserem durante o trajeto — disse Brenner.

O auxiliar respondeu com um meneio, indicando que tinha entendido o recado, mas não ousou olhar para o médico.

— Você vivenciou mais alguma coisa digna de nota em seu estado de transe? — prosseguiu o médico.

Terry respirou fundo e arfou.

— Foi muito doido. Estou muito cansada. Nunca tinha passado por isso.

Ah, isso explica, em parte, a reação intensa que tivera.

— Mas no questionário...

Ele esperou.

Da outra vez, ela pelo menos fez cara de culpada.

— Eu disse que tomei ácido várias vezes, eu sei. Só achei que era o que vocês queriam que eu dissesse.

Potencial. Ela transbordava potencial.

Outra cobaia, Alice, apresentara uma reação interessante ao eletrochoque, embora não tivesse muito a dizer depois. Era uma safra promissora de cobaias. Mas é claro que sim. Ele tinha selecionado todos a dedo. Personalidades fortes, mas não mais fortes que a dele.

— Fiz bem? — perguntou Terry. — Era isso mesmo que você queria que eu dissesse?

— Menina inteligente — disse ele, quase esquecendo que não estava falando com Eight.

Terry sorriu, ainda agitada.

— Posso me vestir agora?

Ela tentou agir com naturalidade, e talvez até convencesse alguém menos observador.

— Claro, por favor. Nos aprofundaremos ainda mais na próxima sessão.

Na verdade, ele queria ver como Terry reagiria à ideia de voltar ao laboratório para mais uma sessão, mas não conseguiu extrair nada dela.

— Obrigada. — Foi a resposta da garota.

Terry se levantou e sentiu as pernas bambas.

O auxiliar já tinha aberto a porta, o que obrigou Brenner, de forma muito deselegante, a encerrar a conversa e se retirar.

— Não gosto que me apressem — sibilou ele, conforme cruzavam o corredor.

— Perdão, senhor.

O pedido de desculpas parecia ecoar pelo corredor, à medida que o médico verificava o progresso dos demais. Tudo corria bem. Já tinham extraído dados satisfatórios sobre a reação das cobaias à droga. O progresso do experimento seria mais vagaroso do que ele gostaria, mas daria certo. Paciência, uma das maiores virtudes da ciência, não era algo fácil para ele.

Por que visitar a cobaia Eight teria um efeito terapêutico, ele não sabia dizer. Mas destrancou a porta do quarto dela e entrou.

Brenner ficou parado, à espera, no meio do recinto. As camas do beliche estavam perfeitamente arrumadas. Por isso, ele não era capaz de dizer se a menina tinha escolhido a cama de baixo ou a de cima. Ela mantinha segredo, e tinha feito Brenner prometer que não perguntaria aos auxiliares. Mal sabia ela que o homem não dava a mínima.

Ela estava sentada à sua mesinha, dedicada a uma nova série de rabiscos e garranchos raivosos. O giz de cera preto já tinha virado um toquinho. Ela precisava de um novo. De acordo com o psicólogo do laboratório, a arte era vital para crianças criativas.

E Eight era mesmo criativa.

Ela ignorou a presença dele, porque sabia que isso o irritaria.

Brenner cruzou os braços.

— Já está quase na hora do jantar. Imaginei que você gostaria de ir comigo até o refeitório.

Ele e a equipe faziam as refeições numa lanchonete alguns andares abaixo. Ninguém além do médico estava autorizado a ver as crianças. E Eight não podia saber que havia outras crianças por ali. Até então, todas pareciam normais, mas Brenner temia que a infectassem.

Ela continuou a ignorá-lo.

Ele deu um passo à frente, depois outro. Disciplina era bom para as crianças.

Mas... a equipe ainda estava de olho nele. A última coisa que queria era um motim trabalhista. Logo conquistaria a confiança de todos.

Situações drásticas pedem medidas drásticas.

Ele colocou a mão no bolso do jaleco e tirou de lá um pacotinho de bala.

— Tenho um presentinho para você, *Kali*. Me disseram que é a bala favorita das meninas.

Eight deu um pulo da cadeira, largando o giz de cera e avançando no pacote antes que Brenner conseguisse guardar de volta. Ela rasgou a embalagem e enfiou um punhado na boca. Depois ele mandaria alguém da equipe se certificar de que ela escovaria os dentes.

— Você me prometeu, papai — disse ela, com a boca coberta de açúcar, e limpou o sangue do nariz com a mão. — Amigos. Você prometeu.

— Eu sei. Já falei que estou vendo isso. Você vai ganhar novos amigos logo, logo. Por que acha que arrumei beliches? Para um amigo dividir o quarto com você. Já expliquei.

Justificar-se para crianças de cinco anos demandava paciência. De novo, não era uma das maiores virtudes dele.

Mas o trabalho com Eight tinha aberto portas para ele, permitido que levasse o experimento adiante. A garota era sua galinha dos ovos de ouro, a prova de que humanos, com os estímulos certos, podiam desenvolver habilidades excepcionais. Os talentos dela ainda eram indomáveis, assim como a própria menina. Não importava.

Ele sempre dava um jeito no final.

7.

Após oito horas no laboratório, eles retornaram ao furgão, exauridos. Ainda assim, por mais estranho que tudo aquilo fosse e apesar de ela ter revisitado o pior momento de sua vida, Terry estava entusiasmada, mas não sabia explicar por quê.

Terry se perguntou se os outros estariam dispostos a conversar no caminho para casa, e se Alice era *sequer* capaz de não tagarelar sobre alguma coisa. Ela esperava que não. Queria conversar, saber como todos tinham se saído.

Mas Alice desabou, adormecendo com a cabeça apoiada no ombro de Ken.

— Por essa eu não esperava — sussurrou ele, para não acordá-la.

Terry tentou sorrir, mas não conseguiu disfarçar a decepção. Não conversariam. Alice franzia o cenho durante o sono.

Glória ficou olhando pela janela, observando os milharais, com as mãos entrelaçadas no colo.

Como tinha sido o dia deles? Terry estava louca para perguntar, mas reprimiu a curiosidade. Sempre haveria uma próxima vez.

Capítulo Três

VIAGENS PARA O DESCONHECIDO

SETEMBRO DE 1969
Laboratório Nacional de Hawkins
Hawkins, Indiana

1.

Na sessão seguinte, Terry foi parar no meio de uma grande sala do laboratório, com máquinas maiores e vários novos funcionários. E, mais intimidante ainda, um traje de mergulho e um tanque de metal cheio de água.

Um técnico a conduziu a um vestiário, e ela se espremeu lá dentro. Parecia uma velha despensa sem uso. O cheiro de produtos químicos corroborava a teoria.

Terry puxou o traje cinza pelas pernas e pelo torso, encolhendo os ombros para ajeitar as alças. Pelos lugares em que o traje ficava apertado, ou onde sobrava, ela supôs que era um modelo masculino. No fim das contas, era tão revelador quanto a camisola. Mas isso ela conseguia ignorar. Até o momento em que a doparam, o tique-taque do relógio ecoava em seus ouvidos.

Ela endireitou a postura e, para acalmar os nervos, imaginou que vestia uma armadura. Assim deixou o vestiário. Brenner e sua pequena equipe esperavam por ela do lado de fora. Pretendiam colocá-la em um cilindro cheio de água, do tamanho de um ser humano, com uma abertura no topo. Havia uma escada de aço para subir até lá.

— Estou me sentindo o Houdini — comentou ela.

O dr. Brenner deu uma batidinha com o dedo na própria têmpora.

— Só que é por *aqui* que você vai escapar.

— Estou curiosa. — Ela se escorou em uma mesa. — Como você entrou para a medicina e começou a pesquisar essas coisas?

Brenner examinou um monitor e deu de ombros.

— Segui o caminho padrão. Faculdade de medicina. Tinha interesse pelo serviço público.

— De onde você é?

Terry ajustou a fivela do traje.

— Estou em um interrogatório, é isso? — retrucou ele com um sorriso, aproximando-se para entregar a ela uma touca de natação.

Ela colocou a peça meio sem jeito, já que não havia espelhos por perto. O material beliscava o couro cabeludo.

— Estou nervosa — disse ela, e não era mentira. — Nunca fiz isso também.

Ela indicou o recipiente com a cabeça.

— Tanques de privação sensorial são bem agradáveis — comentou o dr. Brenner.

— Sério? — Terry não resistia a uma brincadeira. — Você já entrou em um desses?

— Não, pessoalmente não — respondeu ele, reconhecendo o argumento dela. — Mas já usei antes, em pesquisas. Não há nada com o que se preocupar. Seus sinais vitais serão monitorados o tempo inteiro. A falta de estímulos externos ajuda a focar.

— E você quer que eu foque em...?

— Expandir e explorar a consciência, basicamente. Estarei aqui, vou ser seu guia.

— Por que você não me diz aonde queremos chegar? Talvez isso me ajude a encontrar o ponto certo.

— Acabei de dizer.

— Mas não explicou direito. Você é um homem de poucas palavras.

Ele fez cara de culpado.

— É um trabalho confidencial.

Os técnicos e a equipe do laboratório assistiam à conversa, fascinados.

— Quem está com o coquetel? — perguntou Brenner ao grupo.

— Todos nós temos segredos, srta. Ives — disse ele, pousando a mão no ombro dela. — Nossa pesquisa busca novas formas de revelá-los.

Então a pesquisa era sobre revelar segredos.

Era toda a informação que ela sabia. Ainda assim... entendia como isso poderia ser importante.

O mesmo auxiliar da sessão anterior lhe estendia um copinho de papel com o LSD Extra, como ela apelidara a mistura do laboratório. Andrew riu da descrição que ela fez da viagem — não por maldade, mas porque ele tinha tomado três vezes mais ácido em Woodstock, então aquilo parecia brincadeira de criança para ele.

— Lá vai — disse ela, e virou o copo.

O líquido desceu amargo, e ela se perguntou como havia confundido com água da primeira vez. Ela fez uma pesquisa sobre LSD. Não que houvesse muito material disponível. A dietilamida de ácido lisérgico, mais conhecida como ácido, foi produzida pela primeira vez por um cientista suíço no fim dos anos 1930, e estava ganhando popularidade nos últimos anos, uma onda que começara em São Francisco e Berkeley. Categoria: "Psicodélicos". Dependendo dos argumentos, fossem contra ou a favor, ora o ácido era descrito como uma passagem para a insanidade, ora como um milagre em curso. E ainda havia o uso que Brenner fazia do termo "coquetel". O que exatamente havia na mistura especial de ácido de Hawkins? Isso ele não contaria, é claro.

— Pronta?

O médico se aproximou dela mais uma vez, com um olhar tranquilizador, e acoplou um monitor na alça direita do traje.

— Lembre-se: vou estar bem aqui.

Subir na plataforma fez Terry se lembrar de quando era pequena e ia à piscina pública de sua cidade nos verões. De como as crianças mergulhavam e a incitavam a fazer o mesmo, embora ela não nadasse muito bem. Um dia, aos doze anos, ela cedeu à pressão e despencou no lado fundo da piscina — uma, duas, três vezes —, porque ela descobriu que era mesmo divertido. Só que acabou ficando exausta e entrando em pânico, então o salva-vidas teve que tirá-la da piscina. Ele gritou com ela, e Becky, àquela altura com dezesseis anos, interrompeu o sermão e retrucou que era ele quem não deveria ter deixado a irmãzinha mergulhar, para começo de conversa.

Terry saiu de fininho enquanto brigavam e saltou do trampolim mais alto pela última vez.

Ela foi proibida de usar a piscina pelo restante do verão.

Quando alcançou os últimos degraus rumo ao tanque, olhou para baixo, para a escuridão lodosa. *Privação sensorial.* Evidentemente, ela não esperava enxergar nada debaixo d'água, mas as imagens que flutuavam em sua mente eram as piores possíveis. Caixões. Afogamento. Afogamento dentro de caixões.

Ela pensou nos pais de novo.

— Está tudo bem — disse a si mesma.

— Está tudo bem mesmo. Nada aqui dentro pode machucar você. — O dr. Brenner entregou a ela um capacete digno de astronauta. — Aqui. Com isso você vai ter um abastecimento constante de ar.

Ela colocou o capacete, e só então se perguntou o porquê da touca. Pelo menos oxigênio não seria um problema.

Ela virou o rosto na direção dele; a cabeça pesava. O dr. Brenner a observava, cheio de expectativa. *Vai lá,* parecia dizer com o olhar.

Ela estendeu o braço para que ele a ajudasse a entrar na água. O traje a protegia do frio. Ela se inclinou para a frente. A água que a rodeava parecia densa. No fim das contas, Brenner estava certo, o tanque não era a pior coisa do mundo. Pelo menos não enquanto ela não tinha submergido. Ele soltou seu braço, e a luz ficou cada vez mais fraca, até que desapareceu por completo com o baque seco da escotilha.

Ela não era nenhum Houdini.

— Oi? Tem mais alguém aqui? — indagou, com a voz abafada pelo capacete, tentando fazer piada.

— Só você — disse a voz calma de Brenner em seus ouvidos.

O capacete tinha uma escuta.

A escuridão se expandiu. Ela tentou relaxar, mas não conseguiu. Sua respiração ganhou intensidade, e borrões invadiram sua visão periférica. Ela tentou se mover, mas embaixo d'água era difícil.

— Seu coração está acelerado. Respire fundo — orientou Brenner. — Relaxe. Feche os olhos. Deixe o remédio fazer efeito. Mergulhe mais fundo.

Falar é fácil... Quero ver fazer isso dentro de um caixão de água.

De qualquer forma, ela se esforçou para estabilizar a respiração. Será que daria conta de mergulhar fundo de novo? Ou será que só conseguia fazer aquilo com hipnose?

Será que o ácido já estava deixando seu cérebro todo esburacado, feito um queijo suíço?

Fazer essas perguntas a ajudava a se controlar. Ela lutou para se tranquilizar. Suor escorria pelo rosto, e ela sabia que, se ficasse pensando no suor que não poderia secar, perderia o controle. Seria pior.

Então fechou os olhos.

Não que importasse. Abriu os olhos. A escuridão reinava.

Mais fundo.

— Agora, Terry, foque no seu interior. — A voz de Brenner em seus ouvidos na verdade parecia vir de dentro de sua cabeça. — Quero que você deixe a memória se abrir. Descreva o que está se passando. Não quero que você procure a dor dessa vez. Procure conforto.

Talvez por não ter alternativa além de seguir a voz dele, ou talvez porque as drogas já estivessem fazendo efeito — ou ambos —, a mente dela acionou a memória assim que ele pediu. Conjurou um lugar distante dali. Uma sensação de estar mais do que desperta, mais do que viva, dançando pelas fronteiras da consciência.

— Onde você está?

Ela se imaginou afundando os pés no tapete felpudo da sala de estar, em casa. Becky e ela sentadas lado a lado no sofá, assistindo ao programa do Johnny Carson com o pai. Cheiro de pipoca, a mãe chacoalhando uma panela no fogão, as duas saltando do sofá para ver a explosão do milho...

— Vendo televisão com o meu pai e a minha irmã. Só assim para deixarem a gente ficar acordada até tarde. Minha mãe faz pipoca para nos agradar. Estamos todos juntos.

Geralmente, revisitar momentos felizes em família a deixava triste também, mas essa lembrança era mais como um abraço quentinho.

— Próxima lembrança. Que outro lugar é reconfortante para você?

O quarto de Andrew. Não era só um lugar, era um momento. A primeira noite que ela passou na casa dele. Uma vela no criado-mudo, com um incenso queimando. Parecia tão adulto. Assim era a vida adulta, um aroma denso de sândalo e o toque exótico dos lençóis de outra pessoa. Os lençóis de um homem. Ainda que fossem de algodão comum. Ela não conseguia ouvir o que diziam, não conseguia se lembrar da conversa, mas escutava o riso conjunto, e uma sensação de segurança se espalhou dentro dela — ou ela é que se difundiu dentro do sentimento, já não dava para dizer. Faixas de cores surgiram em torno do rosto de Andrew, feito arco-íris, e ela desejou que ele estivesse ali com ela, ou que ela estivesse lá com ele...

— Terry, onde você está? Você está rindo.

— Estou com Andrew.

— Andrew?

— Meu namorado.

— O que vocês estão fazendo? — perguntou ele.

Isso ela não podia descrever.

— Estamos juntos.

— E isso a conforta?

— Sim.

O cérebro dela mergulhava em um vórtice conforme ela respondia às perguntas. Em um instante, ou depois de muito tempo, a voz dele anunciou:

— Logo tiraremos você do tanque. Tente mergulhar mais fundo.

Ainda havia um último lugar que ela queria visitar, mas seus sentidos pareciam traí-la. Ela não sabia mais onde estava, e a água avançava sobre ela quando tentava lembrar.

Mais fundo, pensou ela. *Mais fundo.*

Ela visualizou as portas da igreja. Ela queria voltar lá, e, por alguma razão, pensar nisso já não doía mais.

— Vamos abrir a escotilha devagar — disse o dr. Brenner.

Ela queria protestar, falar que precisava de mais tempo, mas as luzes fluorescentes do teto de repente a ofuscaram.

— Talvez seja melhor fechar os olhos — aconselhou ele.

Terry obedeceu, então abriu os olhos, movendo-se devagar, pouco familiarizada com luz e movimento.

2.

— Você não está preocupada? — perguntou Andrew, dando a mão para ela enquanto caminhavam pelo campus.

— Para falar a verdade, não — respondeu Terry. — Talvez só um pouquinho. Por isso pedi para você vir junto.

Becky tinha telefonado para Terry para avisar que chegara uma carta da faculdade pedindo que Terry passasse na secretaria. Becky pareceu preocupada e perguntou se deveria ir junto. Será que era algo sério?

Terry imaginou que fosse alguma confusão ou papelada pendente. As aulas tinham acabado de começar. Essas coisas acontecem, certo? Bom, nunca tinham acontecido com *ela* antes, mas não era de todo improvável.

— Quando me chamaram, não foi para dar boas notícias — comentou Andrew.

Terry apertou a mão dele com delicadeza, na tentativa de confortá-lo.

Ele tinha ficado numa situação complicada por causa das faltas durante o Woodstock. Estava numa espécie de liberdade condicional acadêmica. Um problema e tanto, já que ser expulso acabaria com o privilégio de adiar o serviço militar. Nenhum dos garotos queria se formar.

— Você só vai precisar tomar mais cuidado agora — disse ela. — Além do quê, você disse que valeu a pena.

Ele assentiu com vontade, perdido em alguma lembrança fantástica.

— Você teria adorado.

— Eu sei.

— Já começou a ler o livro?

Terry bufou. Andrew tinha se apaixonado por *O Senhor dos Anéis* no trajeto para Nova York, e assim que voltou deixou com ela uma edição surrada do primeiro livro. Na capa havia um mago de roupas amarelas e esvoaçantes, com uma barba longa e branca, no topo de uma montanha. Ele jurou que ela também adoraria.

— São *três* livros.

— Amor... — Andrew balançou a cabeça. — É incrível!

— Vou ler, prometo.

— Ótimo, porque é *isso* que eu quero de aniversário semana que vem.

— Anotado.

Eles chegaram ao prédio da administração, três andares de tijolo e vidro. Andrew abriu a porta para ela. A carta tinha especificado a sala de número 151, que encontraram nos fundos do primeiro andar. O departamento de inscrição. Não era a primeira vez dela ali.

Andrew afundou em uma cadeira de plástico na sala de espera, enquanto a namorada se dirigia ao balcão.

— Oi. Meu nome é Terry Ives. Minha irmã recebeu uma carta pedindo para eu vir aqui.

A balconista a atendeu com um olhar inexpressivo por trás dos óculos de gatinho.

— Que tipo de carta?

— Não sei. Não sabemos do que se trata.

— Terry Ives, certo?

— Theresa.

Terry fez que sim com a cabeça.

— Esse nome não me é estranho. Um minuto.

A mulher girou na cadeira e se levantou, afoita, embrenhando-se em um labirinto de escrivaninhas e arquivos.

Terry se virou e fez uma careta para Andrew. Ele respondeu com outra, depois indicou com a cabeça um ponto atrás dela.

A mulher já tinha voltado, claro. Deixar uma boa primeira impressão não era o forte de Terry.

A mulher não esboçou qualquer reação à brincadeira do casal.

— Devo informar que você está liberada das suas aulas de quinta-feira.

— O quê? Como assim?

Terry sabia como funcionava a faculdade: ela deveria comparecer a todas as aulas. Surpresa, ela se virou para Andrew, que deu de ombros, igualmente confuso.

— Você vai receber créditos pela pesquisa de psicologia da qual está participando — explicou a mulher — Não precisa se preocupar também com os trabalhos ou avaliações dessas aulas. A faculdade já deixou os professores a par. Basta se apresentar no prédio de psicologia às nove da manhã, toda quinta-feira, até segunda ordem.

— Tudo bem, então! — disse Terry. — É só isso mesmo?

— O seu desempenho acadêmico geral fica atrelado à sua participação — declarou a mulher. — Tirando isso...

A funcionária deu de ombros.

Terry não planejava abandonar o experimento, então aquilo não seria nada de mais.

— Hum...

— Isso não é muito comum, mas... foi o que disseram. — A mulher baixou um pouco a voz. — Mas, escuta... Que pesquisa é essa, afinal?

Terry definitivamente não podia responder àquela pergunta.

— É sigiloso — respondeu. — Não preciso fazer mais nada?

Com o nariz arrebitado, não muito contente por ter sido contrariada, a mulher retrucou:

— Por ora, não.

Uma dispensa.

Andrew se levantou, e eles deixaram a sala.

— Que história é essa? — indagou Andrew.

— Eu estava me perguntando a mesma coisa — disse Terry.

— Quem são essas pessoas, Terry?

Andrew fez cara feia, o que não acontecia com muita frequência, exceto quando estava ouvindo as notícias. Ele se preocupava com ela. Fofo.

— Eu falei, é uma pesquisa importante. Por isso resolvi participar.

— Não estou gostando muito desse papo.

Ele voltou a olhar para a sala da qual tinham saído.

— Mas você entende que é importante? — Terry se aproximou dele e diminuiu o tom de voz para que ninguém ouvisse. — Eles ligaram para a faculdade, pediram que me liberassem às quintas-feiras, e ainda vou ganhar crédito por isso. Minhas notas agora estão atreladas à participação no projeto. E ninguém questionou. Simplesmente concordaram. Preciso continuar.

Andrew encostou a testa na dela.

— Amor, espero que você saiba o que está fazendo.

— Sei e não sei — respondeu ela, dando um beijinho no namorado.

Um funcionário engravatado limpou a garganta ao passar, e eles se separaram, mas entrelaçaram os dedos.

— O que quer que aconteça, você é minha testemunha.

— Testemunha ocular da história.

Andrew estava realmente preocupado com ela. Os olhos dele eram tão castanhos, e o sorriso, tão afável... Terry até se esqueceu de qualquer outra coisa.

3.

Os dias de baixo movimento na lanchonete eram raros e esparsos, uma espécie de terra prometida para um respiro assalariado. Um dos garçons arrancou o avental e declarou que faria uma pausa para um cigarro. Terry se certificou de que o ambiente estava vazio e disse:

— Fuma um por mim também.

Ele não fez questão de lembrá-la de que ela não fumava.

Terry decidiu se manter ocupada repondo os talheres do armário da cozinha. Assim também não teria que fazer isso mais tarde. Era uma terça-feira, e tudo indicava que sua próxima visita ao laboratório seria em dois dias — uma semana depois da última. Antes, as sessões eram agendadas de duas em duas semanas, ou de três em três. O aumento da assiduidade, além da notícia recebida mais cedo... Aquilo certamente significava alguma coisa. Mas o quê?

Becky com certeza a encheria de perguntas sobre aquela carta coringa que lhe permitia faltar às aulas. Por isso Terry decidiu que falaria para a irmã que a coordenação só queria saber se ela estava gostando do curso.

Se a lanchonete ainda estivesse com pouco movimento quando ela terminasse de arrumar os talheres, tinha a opção de recorrer à edição surrada de *A Sociedade do Anel* em sua bolsa. Estava para começar o segundo capítulo.

O sino da porta tocou, e Terry abriu um sorriso ao reconhecer Ken.

— Oi — disse ela, dando a volta no balcão. Pegou um cardápio e um conjunto de talheres. — Bom ver você aqui. Pode se sentar onde quiser.

Ken ficou um tempinho parado, sem jeito, antes de seguir pela direita. Ele se acomodou na segunda mesa.

— Vai ser esta aqui.

Terry balançou a cabeça, entretida. Dispôs o cardápio e os talheres na mesa.

— Se você diz... E então, o que vai querer?

— Nada.

— Nada? — Terry não entendeu. — Então por que veio a uma lanchonete?

O sino tocou de novo, e, assim que se virou, ela se deparou com Alice passando pela porta, afoita.

— Alice... — murmurou ela. A garota os avistou e se dirigiu até eles. — Você e a Alice combinaram de se encontrar aqui? — Terry perguntou para Ken. — Aconteceu algo que eu deveria estar sabendo?

Alice, por sua vez, vestida com seu bom e velho macacão, parou ao lado de Terry e colocou as mãos na cintura.

— O que é que *ele* está fazendo aqui? — indagou ela. Então apontou para a cadeira diante dele. — Tem alguém nesse lugar?

Ken levantou as sobrancelhas para Terry.

— Não, é todo seu — respondeu ele.

Ela se sentou.

— Então...

Alice parou um instante, tentando organizar os pensamentos.

Terry queria saber como os dois apareceram magicamente ali, sem terem combinado nem nada; era muita coincidência. Então levantou o rosto e identificou mais uma figura conhecida na calçada. Glória.

— Rapidinho! Não saiam daí! — disse, e o sino tocou mais uma vez quando ela passou pela porta.

— O pessoal todo está aqui! — gritou ela para Glória. — Por acaso você e a Alice marcaram de se encontrar?

Glória hesitou. A roupa do dia era até casual para os padrões dela. Uma blusa florida em tons pastel e uma saia verde na altura dos joelhos combinando com a bolsa.

— O que está acontecendo? — perguntou Terry.

— Não costumo vir para estas bandas da cidade. Não sei o que me deu para vir até esse lugar.

— Aqui é tranquilo — disse Terry, compreendendo a preocupação dela. — Ninguém vai criar caso.

A cidade de Bloomington não era exatamente segregada naquela época, exceto por lugares como o clube e o campo de golfe. Extraoficialmente, a maioria das pessoas se resguardava na própria vizinhança e no próprio escopo racial. O campus era o local de maior incidência de protestos de estudantes negros, que lutavam por um tratamento igualitário.

Glória assentiu, atravessou a rua e entrou na lanchonete. Balançou a cabeça quando viu que Alice e Ken também estavam ali.

— Achei que fosse brincadeira quando você falou — comentou a recém-chegada, com a testa levemente franzida.

— Eles não vieram se encontrar — comentou Terry. — Bom, pelo menos foi o que disseram.

— Também não viemos encontrar você — retrucou Alice. — O que estamos fazendo aqui?

— Eu é que pergunto — disse Terry. — Já que sou a única com um motivo real para estar aqui.

Glória se juntou à mesa e se acomodou ao lado de Alice. Terry deu mais uma olhada ao redor para se certificar de que o chefe ainda estava nos fundos e também se sentou.

— Vou anotar seus pedidos já, já — disse. — O que está acontecendo?

Glória continuava de cara fechada.

— Você recebeu uma notificação da faculdade?

— Sim — respondeu Terry, sem entender a preocupação de Glória.

— Que notificação? — indagou Alice. — A gente pode pedir uma porção de batata frita? — Ela estava inquieta, tamborilando na mesa, visivelmente nervosa. Aquilo era novidade. — Espera. A batata frita daqui é boa?

— É uma delícia — respondeu Terry, e se levantou.

Ela anotou o pedido e passou a comanda para a cozinha. Poucos segundos depois, ligaram a fritadeira, e um aroma glorioso de gordura fervente se espalhou pelo ar.

Ela retornou à mesa, mas não fez questão de se sentar. O pessoal da cozinha era rápido.

— Glória e eu fomos liberadas das aulas de quinta-feira.

— Eu também — disse Ken.

— Não sabia que você estudava — comentou Glória, surpresa.

Ken cruzou os braços.

— Vocês não perguntam muito sobre mim.

Alice revirou os olhos.

— Temos medo do que você vai dizer.

Ken fez cara feia para ela. Alice riu.

Glória apoiou as mãos na mesa.

— Acontece que não fomos só liberados das aulas de quinta e ponto final. Disseram que meu futuro acadêmico agora está atrelado ao experimento.

— Não foi exatamente isso que me falaram — argumentou Terry. — Só me disseram que estamos liberados às quintas-feiras e que, bom, precisamos continuar no experimento... para ganhar nota. — Ela fez uma pausa. — Ahhh...

— Pois é, essa é a parte sobre o futuro acadêmico. — Glória balançou a cabeça. — Não estou gostando nada disso.

— Mas vai dar tudo certo. A gente já ia participar de qualquer forma... Você já precisaria disso para conseguir se formar.

— Esse monte de exigências significa alguma coisa.

Isso Terry entendia.

— Significa que estamos participando de algo importante.

Glória ficou estudando as próprias unhas.

— Talvez.

— O que você está fazendo aqui? — Terry perguntou para Alice.

— Você comentou que trabalhava aqui — respondeu ela, como se fosse óbvio. — Como você fez esse horário semana passada, imaginei que estaria aqui de novo hoje.

— Foi por isso que eu vim também. — Glória esboçou um sorrisinho. — Acho que ela está querendo saber por que vocês vieram até aqui vê-la. Foi uma coincidência termos vindo todos no mesmo horário, pelo menos para mim.

— Para mim, não foi — disse Ken.

A voz da cozinheira ecoou pela lanchonete:

— Pedido pronto!

Terry correu para pegar as batatas e retornou com o prato. Alice enfiou um punhado na boca e se queimou, estavam pelando. Aquela mesa estava dando trabalho.

Terry reapareceu com água para os três. Ela se sentou, pegou uma batatinha, soprou e comeu.

Alice engoliu em seco.

— Então, ligaram para a faculdade de vocês e para o meu tio. Falaram para ele que o pagariam quando precisassem de mim no laboratório, contanto que ele me deixasse faltar na oficina às quintas. Ele topou, mas está desconfiado. Não é muito chegado em gente do governo. — Ela comeu mais uma batata e continuou: — Vocês não acham estranho? Isso que a gente está fazendo? Meu tio queria saber o que era, e eu disse que era "coisa de menina", para ele parar de meter o bedelho. Não podemos comentar com ninguém, ou vão achar que estamos com uns parafusos a menos... e assinamos os papéis. Então pensei em dar uma passada aqui, para discutirmos o assunto.

— Não achei legal terem passado por cima da gente assim — comentou Glória. — Deveriam ter nos chamado para conversar antes de saírem ligando para todo mundo, não acham?

Terry se perguntou se outros tinham passado pelas mesmas experiências que ela nas sessões. Antes que pudesse questionar, o sino da porta tocou mais uma vez, e ela ficou surpresa ao ver que era Andrew.

— Estou popular hoje, hein — comentou a garota. — Gente, esse é o meu namorado, Andrew.

Ele parou ao lado da mesa, sem jeito.

— Andrew, esses são os meus amigos do laboratório. Ken, Glória e Alice.

— Estamos no meio de uma conversa particular — comentou Alice.

Terry soltou uma risada.

— Está tudo bem. Pode confiar nele. Ele sabe.

— Pelo jeito, os papéis que assinamos não valem de nada.

Alice levantou as sobrancelhas.

— Posso pegar? — perguntou Andrew, e esperou Alice assentir antes de pegar uma batata. — Sobre o que vocês estão falando?

— Boa pergunta — disse Terry. — Sobre o que é esta conversa?

— Queremos entender por que o laboratório de repente está tão interessado em garantir nossa presença contínua — explicou Glória.

Andrew puxou uma cadeira para a cabeceira da mesa.

— Também estou com isso na cabeça — disse ele. — Vocês já sabem quem é o responsável pelo experimento?

Glória trocou olhares com Terry. Ela não tinha explicado essa parte a Andrew.

— É um braço do governo federal — disse Terry.

Andrew inclinou a cabeça, perplexo.

— Você não tinha me dito isso.

— Porque eu sabia que você reagiria mal.

Terry não queria discutir na frente dos novos amigos. Aparentemente, Andrew também não.

— Mas então... Vocês não acham estranho o governo gastar tempo com isso no meio de uma guerra? Eles não deveriam estar desenvolvendo armas ou algo do tipo?

Ken baixou a voz, embora estivessem a sós.

— Talvez eles estejam?

Terry zombou da ideia.

— Quem será a grande arma secreta? Eu? Alice? Ou Glória?

— Não me deixem de fora — disse Ken, enquanto Andrew os observava. — Tá bom. Acho que exagerei um pouco.

Glória não disse nada.

Com exceção de Andrew, nenhum deles ficou por muito mais tempo na lanchonete. Terry pagou pela batata frita com o dinheiro das gorjetas e seguiu com sua vida sem dar muita atenção àquela história.

Ela teria algumas perguntas para Brenner na quinta-feira.

4.

Alice suava nas dobras dos joelhos e nas axilas enquanto cruzavam o corredor branco do laboratório, rumo ao elevador cintilante que ela já detestava. Sabia para onde os levaria.

As dobras do joelho eram o pior lugar para se ter suor de nervoso. E desde que começaram a dar eletrochoques, a garota imaginava as luzes do lugar rindo da cara dela, falando crueldades pelas suas costas, dizendo que ela poderia muito bem ser uma lâmpada também.

Presa ali para sempre. Forçada a iluminar a escuridão. "Iluminar" era uma boa palavra, no entanto. Ela se lembrou do padre da igreja que frequentava descrevendo os manuscritos iluminados que encontrara em uma viagem missionária, e a imagem que ela conjurou para ilustrar a história era mais milagrosa que a realidade.

Foram pensamentos como esse, das luzes falantes, que a induziram a aparecer na lanchonete, agitada. Mas só ficou mesmo preocupada com o telefonema para o tio depois de ouvir as perguntas de Glória.

— Está tudo bem com você? — perguntou Terry, afastando-se um pouco de Glória para chegar perto dela. — Está quieta demais hoje. Nem precisei impedir você de mexer em algum aparelho eletrônico no caminho.

O dr. Brenner virou o rosto, e Alice observou o perfil do homem.

— Está tudo bem.

Ela assentiu para Terry, depois para Glória e Ken: uma comitiva de preocupação que marchava em silêncio atrás dela.

— Tem certeza de que está se sentindo bem? — perguntou Terry, medindo a temperatura da testa de Alice com as costas da mão.

Alice se afastou e logo se arrependeu.

— Eu estou bem.

— Vou pedir para a dra. Parks medir a sua temperatura direitinho e se certificar de que você está bem o bastante para participar — interrompeu o dr. Brenner.

— Obrigada — disse Terry. — Se ela estiver doente, pode pular a sessão de hoje?

— É claro! — respondeu ele, com tranquilidade.

Alice quase acreditou. Será que a experiência de Terry tinha sido tão diferente assim para ela confiar cegamente nas palavras dele? Alice achava que sim.

O médico digitou o código no teclado numérico. Alice observou o movimento dos dedos como se estivessem em câmera lenta. As portas do elevador se abriram, e ela logo se imaginou desmontando todo o aparato, desconectando os cabos para impedir o veículo de se mover.

Em breve, ela se esconderia de novo dentro de si, em busca do lugar silencioso por baixo de tudo, entre as ruínas e os arbustos. O problema era que ela não queria voltar para lá.

5.

A obrigatoriedade da camisola hospitalar durante os experimentos era uma afronta à dignidade. Isso era um fato, não só a opinião de Glória. Ela seria capaz de escrever um artigo acadêmico para comprovar aquilo.

Perguntou-se — e não pela primeira vez — que protocolos o laboratório estaria seguindo. Será que ela, Terry, Ken e a pobre Alice, toda assustada, estavam passando pela mesma coisa? Nada naquele laboratório correspondia às expectativas dela ou ao que já tinha lido sobre estudos científicos, então duvidava que seguissem normas ali.

Ela não poderia sequer abandonar o experimento... Já que tinham atrelado as notas dela à pesquisa.

Onde fui amarrar meu burro?, pensou.

Ela juntou as mãos no colo e esperou o jovem médico aparecer. O dr. Green era novinho e não parecia ter muita experiência. Era cauteloso, e Glória dava graças a Deus por não ter que lidar diretamente com Brenner. Volta e meia ela até conseguia arrancar algumas informações de Green.

Ele entrou na sala com uma prancheta em uma das mãos e um pedacinho de papel — LSD, provavelmente — na outra.

— Oi, Glória.

Ele a cumprimentou como se estivessem prestes a tomar um chá.

Ela permaneceu com as mãos no colo.

— Dr. Green, eu estava aqui pensando... Você comentou que se formou em Stanford, certo? E o dr. Brenner?

Ele pousou a prancheta e evitou contato visual. As mangas de sua camisa estavam dobradas um pouco mais do que deveriam, revelando uma parte do antebraço que não pegava tanto sol.

— Sinceramente, não sei.

Ele pegou uma folha de papel da prancheta e entregou a ela.

— Quero que você decore as informações deste documento. Depois, assim que a dose fizer efeito, vou fazer algumas perguntinhas a respeito. Seu objetivo será tentar *não* revelar essas informações para mim. Entendeu?

Glória examinou o conteúdo. O exercício lembrava a decoreba para as provas no ensino médio, só que aquele era um relatório militar sobre os movimentos das tropas inimigas. Se era verdadeiro ou falso, ela não sabia.

— Entendi.

Quando ela terminou de ler, o dr. Green trocou o relatório pelo papelzinho com um círculo amarelo no meio, que ela colocou na língua. Então a deixou sozinha na sala para "meditar". O que era bem pouco provável que acontecesse.

Glória se ajeitou e ficou pensando nas informações do documento — que ele tinha levado embora — até que se fixassem em sua mente.

Quando o LSD começava a fazer efeito, parecia que os números do relógio de parede estavam correndo. Glória percebeu que, quando fechava um olho e contava até cinco, voltavam ao normal. Assim, quando o dr. Green voltou, ela sabia que tinham se passado aproximadamente três horas desde que tomara o ácido.

Ela provavelmente estava no ápice da onda, ou quase lá, o que explicava as luzes coloridas dançando em torno dele. Glória não via sentido naquelas viagens e não conseguia entender como era possível curtir uma coisa dessas. Se pelo menos descobrissem algum uso para a droga através dos experimentos, talvez mudasse de ideia.

Mas duvidava disso.

O médico pegou a prancheta e assentiu para ela. Havia três dele na sala.

— Srta. Flowers?

Ele já a chamara de Glória antes, ela tinha quase certeza. Um auxiliar alto e imponente entrou na sala e parou em um canto.

— Sim?

— Você poderia nos informar o paradeiro das tropas do setor 19?

Quando franzia o cenho, o homem parecia mais velho. Ele tinha dito a ela para resistir, e Glória se ateve à ordem durante o exercício. Imaginou que um experimento focado em obter informações sob a influência de drogas deveria ser o mais controlado possível, certo? Ou não faria sentido.

— Desculpa, mas não sei do que você está falando — respondeu ela.

Ou pelo menos foi o que pensou ter respondido. Quando se estava sob efeito de LSD, certeza era um conceito bem elástico.

Ele puxou a cadeira da escrivaninha e se sentou diante da maca em que Glória estava sentada. Ela tentou ajeitar a saia e se lembrou da camisola hospitalar fininha que estava usando. De repente, lhe ocorreu que era um tecido bem transparente.

Foco.

— Você tem certeza? — perguntou ele.

— Certeza de quê?

— De que não sabe do que estou falando? Sobre o setor 19? Sobre o paradeiro das tropas?

— Tenho, sim — disse ela, esboçando um sorriso orgulhoso por seu desempenho no teste.

Green trocou olhares com o auxiliar. O gigante deu um passo à frente. Parecia grande demais para caber na sala, mas lá estava, pairando sobre ela. Uma sombra. Uma ameaça.

— Tem certeza de que tem certeza? — perguntou o dr. Green mais uma vez.

Entre os pontos coloridos de luz e a névoa das drogas, ela pensou em lhe dar um sermão, reclamar que não tinha cabimento conduzir um experimento daquele jeito. Ele não formulava as frases direito. Estava se aproveitando de uma série de variáveis que seriam complicadas de replicar em campo.

— Srta. Flowers? — Green chamou sua atenção. — Onde estão as tropas?

A expressão no rosto do gigante não era sorridente, mas certamente não indicava reprovação.

Ele está se divertindo com isso.

Glória se lembrou dos rumores e estudos de caso que nenhum de seus professores ousava comentar. Homens com sífilis que não receberam tratamento. Escravos vendidos para experimentos médicos, cadáveres negros em todas as faculdades de medicina. Uns dez anos antes, o Exército e a CIA tinham lançado mosquitos transmissores da febre amarela em negros na Flórida. Para algumas pessoas, a cor de sua pele fazia dela a candidata ideal para estudos, mas também a tornava descartável.

Glória descobriu que, para continuar no jogo, como sempre, precisaria fingir que não havia jogo. Jamais ficariam satisfeitos de deixá-la vencer uma rodada. Nem mesmo se envolvesse o sucesso de uma pesquisa.

— Ah, sim! Claro! Não tinha entendido o que você quis dizer. Eles estão se dirigindo para o Norte, a aproximadamente sete quilômetros por dia... — Ela estendeu a mão. — Se você me der um lápis, posso desenhar um mapa.

O médico levantou as sobrancelhas e abriu um sorriso afetado para o auxiliar. Agora sim o homem parecia desapontado.

— Muito bom — parabenizou o médico.

Você vai me desculpar, pensou Glória, *mas não foi, não.*

6.

A primeira parte da viagem de Alice foi um borrão tranquilo, e ela relaxou. Talvez daquela vez não usassem eletricidade. Ela queria ferramentas para desmontar alguma coisa, em vez de ficar estirada na maca, sem fazer nada. Mas não se pronunciou. Guardou tudo para si e ficou quietinha, na esperança de esquecer que estava ali até a hora de ir embora.

A dra. Parks tirou um tubo de sangue para os exames quinzenais e o etiquetou com uma fitinha adesiva com a data e o nome de Alice. Tinham auscultado o coração, examinado seus olhos e entregado a ela uma dose do remédio ruim. Às vezes, Alice fantasiava com o jornal que levara o anúncio até a oficina de seu tio e chamara a sua atenção. Assim como no elevador um pouco mais cedo, ela se imaginou desmontando tudo bem devagar, os pedaços se enfileirando até que nenhuma mensagem pudesse mais ser transmitida.

Isso a fez refletir sobre a experiência de Ken no laboratório. Ele parecia não ter mudado muito desde o início. Se era *mesmo* vidente, ela gostaria de socar a cara dele por encorajar todo mundo a entrar no furgão no primeiro dia.

Alice, a voz de sua mãe ressoava em sua cabeça, *você não pode bater em garotos.*

— Nem mesmo se merecerem? — soltou ela.

— O que você disse? — perguntou a dra. Parks assim que entrou na sala.

Ou pelo menos Alice *achava* que a médica tinha entrado. Só teve certeza porque logo o dr. Brenner e o auxiliar barbudo que sempre o acompanhava surgiram atrás da mulher. O barbudo trazia a máquina que ela mais queria desmontar e destruir. A que usavam para dar choques nela.

— Nada não — respondeu, balançando os pés e ajeitando a postura. — Espera, eu achei que vocês só fossem medir a minha temperatura. Não estou me sentindo bem hoje.

A dra. Parks franziu o cenho.

— Quais são os sintomas?

Além dos meus olhos parecerem dois cata-ventos girando com esse bagulho?

O dr. Brenner deu um passo à frente.

— É psicossomático. O tratamento vai ajudar.

Alice bufou, sem conseguir se conter.

O homem levantou as sobrancelhas tão alto que elas pareciam levitar acima da cabeça dele.

— Olha, como profissional médico, garanto que você está se sentindo mal porque já faz uma semana que não vem se tratar.

Eu me sinto melhor assim que saio daqui.

— Você não falou sobre isto com ninguém, falou?

O homem se aproximou dela e sinalizou para que trouxessem a máquina, começando a colocar os eletrodos nas têmporas de Alice.

— Sei que não devemos.

Ela não tinha falado. Pensou em fazer isso no dia em que esteve na lanchonete, mas o namorado da Terry disse aquilo sobre armas, e ela percebeu que estava começando a se sentir mais bélica que humana, com aquela vontade de sair desmontando tudo.

Era bobagem. Ela sabia que era bobagem.

— Ótimo.

Brenner colocou uma das mãos no ombro dela e a deitou com cuidado.

— Vamos aumentar a voltagem esta semana.

A dra. Parks hesitou.

— Tem certeza de que isso é uma boa ideia? Ela não está se sentindo bem...

— Isso vai deixá-la mais animada — respondeu ele. Então se virou para Alice. — Não vai?

O que ela poderia fazer além de assentir? Era o oposto do que ele prometera a Terry.

Alice fechou os olhos e esperou. Decidiu que não gritaria ou choraria ou faria qualquer tipo de barulho. Mas então o relâmpago atravessou seu corpo, ela ficou ofegante, e faíscas começaram a flutuar por trás de suas pálpebras.

Não, faíscas não.

Eram arbustos de luz, que ela não conseguia capturar com as mãos.

Ela se retirou para o lugar silencioso dentro de si, sob o manto da realidade de onde tanto queria fugir. Alice percebeu que se sentia como um peixe fora d'água ali, nas Profundezas — ela tinha até dado um nome ao lugar —, como se não pertencesse a ele. Era um devaneio decadente, repleto de sombras.

Daquela vez as sombras não se moviam, as paredes e janelas estavam rachadas e as gavinhas dos arbustos, secas no chão. Alice se movia por entre as imagens que rodavam em sua mente, tentando provar que havia vida ali, que ela ainda estava viva.

As drogas da semana bateram com força.

Ela girava em círculos, fechando e abrindo os olhos. As sombras começaram a crescer a cada piscadela. Girassóis brotavam, sem cor, sem vida. Ela ficou zonza.

Rodopiava em direção a algo novo.

Um monstro, brilhante e pontiagudo. Um sonho. Um *pesadelo*.

O tipo de coisa que aparecia nos quadrinhos que seus primos liam. O tipo de criatura que surgiria se alguém desmontasse uma forma de vida e remontasse tudo errado. Braços longos demais. Uma cabeça parecida com uma flor escura.

Ela se perguntou se, assim como ela, aquela criatura sentia um desejo ardente de desmontar as coisas.

— Alice, você está me ouvindo? — Era a voz da dra. Parks. — Pode abrir os olhos, se quiser.

Os girassóis em preto e branco balançavam, e o monstro se camuflava entre eles.

Será que era um deles desde o princípio? Talvez...

Borboletas saíram voando dos caules oscilantes, e as flores retomaram o tom amarelo-dourado.

Quando ela abriu os olhos para o mundo real, para a salinha no laboratório, Brenner foi a primeira coisa que viu.

— Monstros — disse ela. — Mas é claro que meu cérebro está cheio de monstros.

Contanto que permanecessem lá dentro, tudo ficaria bem. Não ficaria?

7.

Terry se deixou levar e se perdeu no momento, depois no próximo, e no próximo, estudando o piso, as paredes, o teto. O teto! Parecia se mover diante de seus olhos, como o céu. Todas as coisas comuns ficavam extraordinariamente esquisitas através das lentes do cérebro mergulhado em ácido. Quando ela lembrou que queria conversar com o dr. Brenner sobre os telefonemas para a universidade e para o tio de Alice, ele havia saído da sala.

E aonde quer que tivesse ido, o auxiliar foi junto. Essa semana, ela estava na salinha de exames, com mais ninguém por perto, e ficou rememorando todos os momentos em que desejou ter feito uma escolha diferente, revisitando arrependimentos.

Se não sanasse suas dúvidas com Brenner logo, talvez esquecesse de novo. *O teste com o ácido é para eu me lembrar de uma coisa qualquer...*

O médico não se importaria se ela fosse atrás dele, será? Terry achava que não. Ele nunca tinha especificado que era preciso ficar na sala.

Terry se levantou e se dirigiu à porta. Girou a maçaneta. Tinham deixado destrancada. Era um sinal: *Pode ir*.

Só havia ela no corredor. Seguiu em frente.

Entrou no primeiro corredor por onde nunca tinha passado. Talvez o escritório do dr. Brenner fosse por ali. Os azulejos da parede dançavam em torno dela.

Ela ouviu o som de uma porta se abrindo, depois passos, e se escondeu atrás de uma parede. Um homem de jaleco virou em outro corredor e foi para o outro lado, para longe. Ela saiu correndo, como se estivesse em um jogo.

A porta de onde ele tinha surgido dava em outra ala. Tinha um daqueles teclados numéricos chiques ao lado e... ainda estava entreaberta. Será que ela conseguiria passar?

Ela apressou o passo e se esgueirou pela brecha pouco antes de a porta se fechar.

Isso!

Um novo corredor se ramificava adiante, e ela resolveu seguir em frente.

As salas por onde passou estavam vazias, repletas de macas e máquinas de todo tipo. Até que uma não estava.

Na sala, havia uma criança. Seria uma alucinação?

Não, a criança estava mesmo ali. Sentada em uma mesinha baixa, colorindo um desenho com tanta força que quase rasgava o papel.

Mas o quê...?

Terry deu uma batidinha de leve, abriu a porta e foi entrando.

— Olá — disse Terry, tentando ao máximo soar gentil, acolhedora.

O que será que aquela criança estava fazendo ali, em um prédio onde faziam experimentos com LSD? Ela usava uma camisola igual à dela.

— Quem é você? — perguntou a garota, intrigada.

Terry se sentou numa cadeirinha diante da garota. Ela era grande demais e seus joelhos ficavam projetados para a frente de um jeito cômico. A menina não parecia se importar.

— Sou uma paciente. Quem é você?

— Sou a Kali — Ela parou um instante. — O que é uma paciente?

— Ah, alguém que está doente.

A garota franziu as sobrancelhas pretas. Terry notou que ela tinha desenhado um homem com cabelo penteado para trás. Brenner? Parecia que sim.

— Você está doente? — perguntou a menina.

— Não. Estou bem.

— Então o que está fazendo aqui?

— Ah, faço parte de um experimento. Você sabe o que é isso?

— Você é uma cobaia. — A garota pronunciou o termo com uma voz arrastada. — Eu também sou. O papai sabe que você está aqui? Ele não me deixa falar com as pessoas.

Papai. Será que ela era filha do dr. Brenner?

Uma figura passou pela porta, no corredor. De repente, Terry suspeitou de que a presença dela ali não deixaria o pessoal do laboratório muito feliz.

Ela saiu da cadeira e se agachou, para ficar na altura de Kali.

— Que tal se essa visita for um segredo nosso? Tenho que ir agora, mas volto em breve.

— Tá bom — disse a menina, novamente sem parecer dar muita importância. — Eu gosto de segredos.

Terry precisava ir embora, mas resolveu fazer uma última pergunta.

— Por acaso *você* é um segredo?

Kali hesitou, então fez que sim com a cabeça.

— Acho que sim.

— Volto para ver você assim que puder.

Kali assentiu mais uma vez e ergueu o dedo indicador direito até os lábios — o sinal universal de silêncio. Será que uma criança tão pequena conseguiria guardar segredo? Terry imaginou que uma criança que *se* considerava um segredo provavelmente tinha muita prática naquilo.

E ela se deu conta de que o dr. Brenner também tinha.

Capítulo Quatro

HOMENS E MONSTROS

OUTUBRO DE 1969
Bloomington, Indiana

1.

Andrew tinha viajado para visitar os pais no fim de semana, então Terry se viu obrigada a esperar para compartilhar a descoberta. Ela foi para o apartamento do namorado aguardar sua chegada, e pulou no garoto assim que ele entrou pela porta e colocou a mochila no chão.

— Ele mantém uma criança lá, Andrew. Uma criança. Uma menininha.

— Oi, amor. Tudo bem com você? — disse ele, claramente feliz em vê-la, ainda que um tanto confuso. — Uma coisa de cada vez, calma. Quem tem uma criança? Onde?

— Ai! — Ela passou a mão no cabelo. — Desculpa. O laboratório... O dr. Brenner...

Ela mal sabia por onde começar.

— Acho que nós dois precisamos de uma cerveja.

Ele fez carinho em sua bochecha, deu um beijo em sua testa e foi para a cozinha.

— Boa ideia — disse Terry. — Desculpa. Estava ansiosa para falar sobre tudo isso.

— Por que você não contou para os seus amigos do laboratório? Gostei deles.

Andrew encontrou duas latinhas na geladeira, no fundo da prateleira superior, e passou uma para Terry.

— Eu não sei o que isso significa... Então achei melhor guardar segredo. Mas não parece ser coisa boa.

— Então me conta.

Ele abriu a latinha, e retornaram à sala. Andrew se sentou no sofá, mas Terry estava inquieta demais, não conseguia ficar parada.

Ela andava de um lado para outro enquanto descrevia a perambulação que fizera pelo laboratório, movida por LSD, o encontro com Kali e as poucas palavras que trocaram. Assim que concluiu a história com a promessa de visitar a garota, deu um gole na cerveja.

— É mesmo estranho — comentou Andrew. — Você acha que alguém sabe que você a viu? Você não contou para o médico, contou?

Terry balançou a cabeça.

— Nem pensar. Eu... eu estava com medo de dizer qualquer coisa. Ainda bem que também não me flagraram no corredor.

Ele acariciou o braço dela.

— Você acha que isso pode acabar sendo um problema?

— Não sei. — Terry finalmente se jogou no sofá, ao lado dele. — Sei que você acha que é culpa minha. Por me voluntariar.

— Não mesmo! — Ele colocou a mão no joelho dela. — Até agora, você só viu uma garotinha. Partindo do princípio de que é filha dele, talvez ela esteja doente.

— Ela não parecia doente. Mas vai saber. Se for mesmo filha do Brenner, talvez o intuito disso tudo seja encontrar uma cura. — Terry jogou a cabeça para trás. — Mas estou com um pressentimento ruim. Tinha alguma coisa errada ali. O quartinho dela... tinha um beliche.

— Será que não é para ela ficar mais confortável durante o tratamento? E se você perguntar para ele?

— Talvez.

Terry imaginou o diálogo. Uma semana atrás, ela o questionaria sem pensar duas vezes. Mas se lembrou do desconforto de Glória diante da ligação do experimento com as notas na faculdade. Antes de tudo, ela precisava de mais informações.

— Como os outros estão se saindo?

Andrew puxou Terry para o chão, entre as pernas dele, e começou a massagear seus ombros para tentar fazê-la relaxar um pouco. Ela não tinha se dado conta do quão tensa estava.

— Acho que está tudo bem com eles. A Alice não estava se sentindo muito bem, mas acho que era só uma indisposição, nada de outro mundo.

— Talvez você devesse pedir a opinião *deles*.

Ele tinha razão.

— Vou fazer isso... Mas quero descobrir mais sobre o *propósito* do experimento também. Por que será que é confidencial? Será que tem algo a ver com essa criança?

— Amor, já parou para pensar que deve ser confidencial porque estão dando LSD para jovens saudáveis?

Terry soltou um suspiro.

— Sim, óbvio, no mínimo isso. — Um pensamento aterrador passou pela cabeça dela. — E se estiverem drogando a menina?

— Não, eles nunca fariam isso. Ela parecia fora de si?

— Não. Parecia bem.

Mesmo diante da resposta enfática de Andrew, a imagem de sua mãe lhe veio à mente, anos atrás, dizendo para o pai que todas as coisas que ele tinha visto na guerra jamais aconteceriam nos Estados Unidos. Terry sabia que poderiam, sim, acontecer. Mas também acreditava que as pessoas fariam de tudo para impedir.

— Vou ver o que consigo descobrir — disse ela. — Sobre tudo isso. Quero entender o que ela estava fazendo no laboratório. Assim vou ficar mais tranquila.

— Você sabe que acredito em você. — Ele apertou um pouco mais os ombros dela. — Se é o que você precisa fazer, então vai em frente.

— Eu sei.

Quem era Brenner, e de onde tinha surgido? O que ele fazia antes de chegar a Hawkins? Terry acumulava novas perguntas a cada segundo, o que significava que precisava ir a um lugar onde acharia respostas.

2.

A biblioteca estava fervilhando no dia seguinte. Com o ano letivo prestes a começar, os estudantes pareciam motivados, mergulhando de cabeça nos conteúdos do semestre e se adiantando na matéria, também de olho em bolsas e prêmios acadêmicos. Terry entrou na fila para ser atendida pela bibliotecária e esperou ao lado de uma estante alta, repleta de livros de referência com capas de couro.

Ela tirou a edição surrada de *A Sociedade do Anel* da bolsa e começou o capítulo três. Valia mais investir em Tolkien do que ficar fazendo nada enquanto esperava para vasculhar o passado de Brenner.

— Senhorita?

Terry despertou de uma cena entre os hobbits. Andrew tinha razão: era viciante.

A bibliotecária tinha um olhar cansado. O coque, improvisado com grampos, estava quase desmoronando.

— Oi — disse Terry. — Será que você consegue me ajudar com uma coisa?

Ela explicou que estava procurando informações sobre um médico que tinha se mudado para a região fazia pouco tempo — provavelmente doutor, ou talvez mestre —, e sobre as pesquisas anteriores dele.

— E você não sabe onde ele trabalhou pela última vez, ou que universidade cursou? Nada sobre a área de especialidade dele?

A bibliotecária fez questão de deixar bem claro por seu tom de voz que somente um imbecil não saberia pelo menos uma dessas três coisas.

— Nada. Algo a ver com psicologia, talvez.

— Hum. — A bibliotecária deu uma olhada por cima do ombro de Terry, mirando a fila que crescia atrás dela.

— Qualquer coisa que você tiver será de grande ajuda — suplicou Terry. — Não me importo em perder tempo com a busca.

Aparentemente, aquilo acabou contando um ponto para ela, porque a bibliotecária assentiu. Sacou então um bloco de notas e escreveu uma lista em letra caprichada.

— Dê uma olhada nessas seções. Se tivermos algo, provavelmente estará em uma delas. Boa sorte.

A primeira estante continha livros grossos, os chamados *Impressos*, isto é, catálogos de títulos, autores e editoras. Na base da tentativa e erro, à procura do volume certo, ela finalmente chegou aos sobrenomes começando com BR. Encontrou três Brenners, nenhum Martin. Primeira tentativa.

Próxima. Ela consultou a lista.

A próxima categoria era intitulada *Quem é Quem nos Estados Unidos* e reunia uma série de textos biográficos que parecia incluir todas as pessoas importantes do país e mais algumas outras. Diversos pesquisadores surgiam conforme ela avançava, e ela sentiu uma pontada de esperança no peito quando chegou à letra B...

Terry reconheceu alguns nomes, mas, de novo, nada de Martin Brenner.

A bibliotecária havia rabiscado um comentário ao lado do último item da lista: *difícil, mas quem sabe.* Terry precisou consultá-la de novo para perguntar onde ficavam os arquivos verticais. Assim que chegou ao segundo andar, ela se deparou com uma fileira de gabinetes altos com uma salada de panfletos e artigos científicos republicados. O acervo parecia não ter fim, mas ela mergulhou de cabeça nos arquivos. *Talvez seja esse...* Quando percebia que estava deixando para trás informações, dava um tempo e depois retomava a pesquisa.

Perto do final, as pontas de seus dedos já estavam dormentes de tanto mexer nos papéis. As luzes da biblioteca piscaram, e uma voz crepitante nas caixas de som anunciou aos estudantes que faltavam dez minutos para fechar.

Era hora de jogar a toalha. Ela não tinha encontrado nada. Nadica de nada. Era como se Martin Brenner não existisse antes de se mudar para Indiana e aceitar uma posição de prestígio no laboratório do governo. Não era o caso, óbvio, mas o que ela poderia fazer?

De volta ao primeiro andar, em direção à saída, ela topou com a bibliotecária que a ajudara e balançou a cabeça em sinal de derrota. A mulher gesticulou de volta, como quem diz *Acontece.* Mas aquele era um assunto urgente; não dava para se contentar com um "acontece".

Ela caminhou até a casa de Andrew, lutando contra o cansaço.

— Teria sido muito mais fácil para os hobbits ficar no Condado — comentou ela assim que ele abriu a porta. — Mas não ficaram, não é mesmo? O Frodo acaba aceitando o anel, e os outros saem de lá com ele.

— Sabia que você ia curtir! — disse ele, radiante, e tascou um beijo na bochecha dela. — Me avisa quando estiver pronta para o próximo. Em que parte você está?

— No começo ainda. Os hobbits podem não ter poderes mágicos, mas já imagino o que vem por aí.

— Você pode pular a parte com o Tom Bombadil e a Fruta D'Ouro, se quiser. É exagerada demais.

— Mas *nem morta* que eu vou pular. — Ela fez uma pausa. — Mas eu ouvi direito ou você acabou de admitir que o livro não é completamente perfeito?

— Rá, engraçadinha!

Ele a derrubou e fez cócegas até ela cair na gargalhada. Tão eficaz quanto um príncipe encantado que acorda a princesa com um beijo.

O toque dele a trouxe de volta à vida. Havia todo um mundo lá fora, para além do laboratório e dos sonhos psicodélicos febris e da criança misteriosa. Ela precisava se lembrar disso.

3.

Terry tamborilava os dedos na maca... mas parou ao notar que o dr. Brenner a observava. Arco-íris pareciam irradiar em ondas das mãos dela, mesmo depois de sossegar.

— Não me diga que você ainda fica nervosa com o medicamento? — perguntou o dr. Brenner, com um sorrisinho contido que dizia que aquela era uma preocupação boba.

— Não muito.

E era verdade; não era o LSD que a deixava tensa.

— Que bom, Terry! Você confia em mim, não confia?

Uma sensação gélida de paranoia crescia dentro dela. Por que ele estava perguntando isso?

— Claro.

Ele hesitou e a observou um pouco.

— Maravilha! Porque nosso trabalho está indo bem. Você está pronta para mergulhar ainda mais fundo?

O que é o nosso trabalho? Ou melhor, seu trabalho? Quem é Kali?

Ela não sabia como formular as perguntas sem colocar tudo a perder — temia que suas conclusões fossem precipitadas e não queria pôr em risco aquela oportunidade. Sabia qual era a resposta certa para ele, no entanto.

— Sim.

— Ótimo. — Ele tirou um cristal do bolso do jaleco e o ergueu diante dela. — Foque neste ponto, concentre-se, e assim que se sentir focada, faça uma contagem regressiva, devagar, a partir do número dez.

Ela não estava com vontade de se concentrar, e ele não poderia ler a mente dela para saber se estava mesmo obedecendo ou não. Então ficou ali sentada, olhando para a frente, sem se permitir focar no cristal.

— Agora feche os olhos.

Ela o fez. Arco-íris e faíscas voavam por trás das pálpebras.

— É hora de dar o próximo passo, Terry — continuou ele, a voz aveludada. — Hora de ver do que você é capaz. O que transcorrer aqui vai ficar em segredo. Você vai reter esta informação e completará uma tarefa para mim sem ser descoberta, e não se lembrará da minha solicitação. Está entendendo? Poderia repetir isso para mim?

Terry estava lutando para ficar de olhos fechados e manter a mentira. O que significava aquilo? Será que já tinha acontecido antes? Ela deveria ter ficado mais alerta, prestado mais atenção.

— O que acontece aqui é segredo — disse ela. — Vou reter essa informação e completar uma tarefa, sem me lembrar de qualquer solicitação.

— Bom, muito bom.

Houve um momento de silêncio, depois ela ouviu a porta da sala se abrir. O auxiliar tinha deixado eles a sós, mas talvez ainda voltasse. Então, o barulho de alguma coisa sendo arrastada, e a porta se fechando. Ela conseguia ouvir o coração batendo com tanta força que seus ouvidos latejavam, e rezava para conseguir discernir as palavras de Brenner em meio àquilo tudo.

—Está preparada, Terry?

—Estou.

— Você vai continuar em estado de transe quando abrir os olhos.

Terry não sabia se deveria abrir os olhos ou não, então não se mexeu.

— Agora abra os olhos.

Ela obedeceu.

O dr. Brenner estava sentado em uma mesinha que tinha sido colocada diante dela. Em cima do móvel havia um telefone preto, mas que não se conectava a coisa alguma. Ele tirou o fone do gancho, depois pegou um objeto tão minúsculo que ela nem tinha reparado que estava na mesa. Uma pecinha preta de metal, mais fina que uma moeda.

— Está vendo isto? — perguntou Brenner.

Terry assentiu.

Ele devolveu o objeto à mesa e desatarraxou o bocal do telefone.

— Está vendo como é fácil tirar? Tão fácil que qualquer um seria capaz de fazer, certo?

— É mesmo.

— Até você conseguiria — disse ele, deixando de lado o bocal de plástico e pegando a pecinha de metal.

Ele encaixou a pecinha no telefone, entre placas de metal e cabos.

— Precisa ficar bem aqui e deve encostar neste cabo para ser ativada. — Ele prendeu o bocal de volta. — Você vai fazer isso exatamente como eu fiz. Entendeu?

Terry estendeu o braço para pegar o receptor assim que o dr. Brenner o colocou de volta no gancho, deduzindo que deveria seguir as ordens naquele exato momento.

— Não, aqui não, agora não.

O dr. Brenner enfiou a mão no bolso do jaleco, pegou a mão de Terry com cuidado e a colocou de volta no colo dela. Ele passou algo para ela, e quando ela virou a palma, notou uma peça igual ao pequeno objeto preto de metal que ele instalara no bocal do telefone.

— Você vai colocar esse dispositivo no telefone do balcão de atendimento da Presentes e Flores Flowers, a loja dos pais da Glória. Você vai fazer isso antes da próxima sessão no laboratório. Entendeu?

Não. Por quê?

— Sim, entendi.

— Ótimo. Feche os olhos.

Ela obedeceu.

4.

Terry dirigiu devagarzinho pela rua Sete, com receio de não achar a Presentes e Flores Flowers. Mas ela não precisava se preocupar.

O prédio era grande e ostentava um toldo vinho com o nome da loja em marfim. Dava para ver de longe a bancada de doces entre manequins, porta-retratos e móveis, sob a palavra "Presentes". Um pouco depois, ficava a parte da floricultura, com uma entrada própria e buquês e samambaias frondosas enfeitando as vitrines. Foi fácil encontrar o endereço nas páginas amarelas. O anúncio ocupava um quarto da página e listava as dezenas de coisas vendidas no estabelecimento.

Ela estacionou na esquina do outro lado da rua e saiu do carro. As crianças que pulavam amarelinha na calçada a acompanharam com o olhar conforme ela atravessava a rua. Pareciam estranhar a presença da garota. Ela mergulhou a mão no bolso do casaco, conferindo se o pequeno dispositivo de metal fornecido por Brenner estava mesmo ali.

A porta tocou um sininho quando ela a abriu, e um cheiro forte e agradável de flores frescas invadiu suas narinas.

Uma versão mais velha e igualmente elegante de Glória surgiu de um banquinho no balcão.

— Bem-vinda! Em que posso ajudar?

Nervosa, Terry não soube o que dizer, mas ficou um pouco mais calma assim que viu Glória sentada atrás da mãe. Estava entretida lendo uma revista em quadrinhos, e ainda não tinha notado Terry.

— Queria falar com a Glória.

— Ah... — disse a mãe, virando-se para a filha.

Glória levantou o rosto ao ouvir a voz de Terry, deixou a revista no banquinho e se levantou.

— Terry? Tudo bem?

Glória deu a volta para cumprimentá-la

— É uma amiga minha — comentou. — Do experimento do laboratório.

— Prazer em conhecê-la — disse a mãe, mais receptiva dessa vez. — Amigos da Glória são amigos dos Flowers.

Terry agradeceu, sentindo o objeto de metal ficar cada vez mais pesado no bolso. Depois, se virou para Glória e perguntou:

— Posso falar com você a sós?

— Mãe? Você se importa de fazer um pouco de companhia para o papai enquanto eu converso com a Terry? Posso cuidar da loja.

— Não tem muito o que cuidar, o movimento só começa depois que o pessoal sai do trabalho. Volto em uns minutinhos.

A mãe de Glória seguiu suavemente pelo corredor que conectava os dois negócios da família.

— O que houve? — perguntou Glória, arqueando as sobrancelhas.

Terry engoliu em seco e tirou o dispositivo do bolso. Ela abriu a mão, dedo por dedo, e a estendeu para que Glória pudesse ver.

— O que é isso?

— Um grampo. Pelo menos eu acho. Brenner me pediu que instalasse no telefone aqui da loja... Ele achou que tivesse me hipnotizado.

Glória balançou a cabeça, perplexa, e estudou a peça mais de perto.

— Que pecinha do inferno — murmurou. — Ele achou que você tinha sido hipnotizada, mas na verdade você estava normal?

Terry assentiu, aliviada por não ter sido enxotada da loja. Aparecer por lá tinha sido um tiro no escuro. Porém, ainda que mal conhecesse Glória, não seria capaz de traí-la. Não depois de Brenner instalar ainda mais perguntas em sua cabeça.

— Eu fingi. Então ele me encarregou de fazer isso antes de voltar ao laboratório. Disse que é o próximo estágio dos meus testes.

— Esses testes são pura bobagem! Taí mais uma prova. É o processo menos científico que já vi. — Ela estendeu a mão e balançou os dedos. — Me dá isso aqui. Me diz o que eu tenho que fazer.

— Mas assim o telefone de vocês vai ficar grampeado!

— Vou deixar só por alguns dias — disse Glória, com um sorriso brando no rosto. — Além do quê, é uma loja de presentes e flores. Se alguém resolver escutar os telefonemas, vai morrer de tédio. — Ela hesitou brevemente. — Acho que a questão não era ouvir as nossas conversas, mas ver se você obedeceria.

Terry tinha pensado a mesma coisa. Com Glória corroborando sua teoria, tudo parecia ainda mais provável e bizarro.

— Eles pediram para você fazer algo do tipo?

— Não, ainda não. Mas estão testando a nossa memória, nossa mente... Não me admira que queiram nos controlar. Imagina se pudessem usar pessoas comuns para fazer o trabalho sujo! Você tem certeza de que ele não suspeitou do seu fingimento?

Sim, Terry tinha certeza.

— Acho que ele não faz ideia. Era para eu esquecer que ele tinha pedido isso, inclusive.

— Ótimo. — Glória se dirigiu ao balcão. — Melhor a gente correr. Daqui a pouco minha mãe volta.

Terry se juntou a ela atrás do balcão e apontou para o bocal do telefone.

— É só desatarraxar e conectar o grampo aos cabos internos. É isso que aciona o dispositivo.

Glória abriu o telefone, concentrada.

Terry visualizou Kali. A criança que ela ainda não tinha conseguido visitar de novo. Como faria para passar pela porta com o teclado numérico? Ela não podia simplesmente esperar até alguém sair. Não sabia nem *quando* Kali estaria por lá. Terry pensou em arriscar e contar sobre a criança para Glória. Talvez a colega tecesse uma boa teoria que explicasse por que a menina estava lá...

Glória nem precisou de mais instruções. Encaixou a peça de metal no bocal e colocou a tampa de volta no receptor.

— Pronto — disse, e abriu um sorriso conspiratório para Terry.

— Bem que você podia ir à festa de Halloween do Andrew — soltou Terry. — Vou chamar o Ken e a Alice também.

— Ah, legal. Acho que vou, sim.

Até lá, talvez Terry conseguisse pensar também no que dizer a todos eles.

5.

O Halloween era a data predileta de Alice. Ser diferente e chamar a atenção nunca foi um problema para ela, mas era um alívio ter um dia em que ninguém a notava, um dia em que todo mundo chamava a atenção, todo mundo se propunha a ser diferente também. Além disso, era sua chance de se montar.

Quando se está sempre de macacão e as ferramentas são seus acessórios, as reações a um vestidinho bonito costumam ser humilhantes. Alice gostava de se arrumar, mas não gostava de ouvir os comentários das pessoas quando fazia isso. Não gostava do jeito que os outros se referiam a ela, com afeto, porém condescendentes: *Você não é do tipo que usa vestido... Não dá para fazer milagre.*

A vida cobrava caro. E não ganhar elogios sinceros por sua aparência era o preço que Alice tinha que pagar. Parte dela queria se fantasiar de Cinderela para a festa de Halloween de Terry e do namorado, mas, no fim das contas, ela ficou com receio de atrair o mesmo tipo de olhar que atraía quando usava seu melhor vestido para ir à igreja. Então resolveu abraçar outra personalidade com a qual sonhava. Pelo menos a roupa também tinha brilho. Ela customizou uma fantasia fajuta de Elvis, fez uma gola bem grande e costurou estrelas dos ombros às bocas de sino.

— Evel Knievel! — exclamou Terry ao abrir a porta do apartamento. A música retumbava atrás dela, e a sala estava abarrotada de gente. A fumaça de cheiro doce transbordava pela porta. — Alice, que fantasia perfeita! Entra! Andrew, vem cumprimentar a Alice.

Alice sorriu por Terry ter acertado. Naquela noite, ela era o audacioso motociclista conhecido pelos saltos impossíveis. Terry, por sua vez, estava descalça, com tufos de pelo colados nos pés, e vestia uma calça com a barra dobrada e uma camisa velha. Também tinha feito cachos no cabelo, que usava por trás de orelhas pontudas de cera.

— E quem é você? — perguntou Alice, intrigada.

Andrew correu e parou ao lado de Terry. Ainda dava para notar seu charme, apesar de usar uma fantasia parecida, com cachos ridículos no cabelo. Ele tinha pelo colado nas mãos também.

— Ela é o Frodo, e eu sou o Samwise Gamgee. Dos meus livros favoritos. Deixei a Terry escolher, e ela decidiu que eu ia ser o escudeiro. Mas não ligo de ser o escudeiro *dela*.

Terry deu de ombros.

— Eu gosto do Sam.

— E eu gosto do Frodo. Vou pegar uma bebida pra você.

Alice não bebia, mas não disse nada. Apenas agradeceu.

Ela avistou um garoto com uma máscara de monstro: um pedaço de plástico com uma boca distorcida e dentes gigantes. Se ao menos ele soubesse como eram os monstros de verdade...

A alegria da garota por se fantasiar se dissipou com a lembrança do laboratório. Daquele lugar obscuro e das coisas obscuras que tinha visto lá.

Terry a tomou pelo braço e fechou a porta.

— Ken e Glória já chegaram!

Uma garota de batom vermelho, peruca preta longa repartida ao meio e um vestido justinho que ia até o chão estendeu a mão para Alice e balançou os dedos:

— Mortícia Adams, prazer em conhecê-la.

— Boa! — comentou Alice. — Evel Knievel.

— Essa é a Stacey, que mora comigo — disse Terry, e encontrou o olhar de alguém atrás de Alice. — Já volto para te fazer companhia, daí a gente vai atrás do resto, pode ser? Detesto ir em festas em que conheço pouca gente.

Alice observou a sala lotada e a pista de dança e se perguntou quantas pessoas Terry conhecia e em quantas festas a amiga já tinha ido. *Deve ser assim na faculdade*. Essa era a primeira festa de Alice desde... Bom, era a primeira festa de Alice, ponto. Piqueniques da igreja e encontros em lanchonetes não contavam. Claro, *naquelas* confraternizações ela conhecia todo mundo.

— De onde você conhece a Terry? — perguntou Stacey, se esquivando de um cara com maquiagem de palhaço e túnica que tinha acabado de derramar bebida. — Da lanchonete?

De repente, Alice se lembrou de como Terry tinha ido parar no laboratório. Tinha substituído a colega de quarto.

— Do experimento — respondeu Alice, bem baixinho.

— E como estão as coisas por lá? — perguntou Stacey, com a voz meio arrastada. — Terry nunca me conta nada.

Hum. Ela conversa com o Andrew, mas não com a colega de quarto.

— Você desistiu de ir? — Alice respondeu com uma pergunta.

— Eu me senti fora de controle, e não de um jeito bom.

Stacey balançou a cabeça e bufou.

— Então acho que não mudou muita coisa — comentou Alice.

Stacey franziu o cenho, e Terry voltou.

— Por aqui — disse ela, conduzindo Alice.

Os acordes da abertura de "With a Little Help From My Friends", dos Beatles, ecoaram pela sala, e a confusão de astronautas e bruxas e fantasmas e super-heróis ficou mais animada. Quando a letra começou, todos começaram a cantar juntos espontaneamente, sobre se virar e se drogar (nesse trecho, os ânimos ficaram ainda mais exaltados) com a ajuda dos amigos, e sobre precisar de alguém para amar.

Alice berrou a letra o mais alto que pôde e, do lado dela, Terry fez o mesmo. A melodia dramática e a cantoria fizeram Alice sentir que seu coração estava funcionando melhor, como se o motor do corpo tivesse recobrado a forma pela primeira vez em semanas. Ela riu quando a música terminou, e Terry entrou no embalo. Então voltou a guiar Alice pela direção certa. Só pararam quando chegaram a um quintalzinho onde havia uma mesa de piquenique e uma fogueira. A noite estava bonita. As estrelas pareciam alfinetes em um fundo de veludo.

Será que as festas eram sempre assim? Uma hora você se arrependia de ter ido, aí, logo depois, estava feliz demais por estar ali? Alice se sentiu instável. *Pelo menos estou usando a fantasia certa para isso.* Knievel era tão famoso por se quebrar todo em suas aventuras quanto por sobreviver aos saltos mirabolantes de moto.

— Alice!

Ken se levantou da mesa de piquenique. Seu cabelo se esparramava pelo ombro, e ele não devia fazer a barba havia dias. Usava só uma camiseta do Led Zeppelin e calça jeans.

— Você está vestido de você mesmo? — perguntou ela, ofendida.

Que absurdo, dar as caras em uma festa à fantasia sem ter feito o mínimo esforço!

— Ah, não tem problema.

Terry tentou apaziguar os ânimos, percebendo que Alice falava sério.

Era uma sensação boa e esquisita, ser compreendida sem ter que se explicar.

— Não, não. Era para ser uma fantasia de traficante.

Alice estreitou os olhos, intrigada.

— Então você é um traficante de verdade, é isso? Na vida real?

— Não.

Ken riu, mas ela não entendeu a graça.

— Você é um baita de um preguiçoso, isso sim.

Mas ela o ignorou quando viu Glória se levantar da mesa e abrir os braços para uma inspeção.

— Isso sim é que é fantasia! — comentou Alice, girando em volta de Glória para admirar o traje perfeito de Mulher-Gato. A versão de Eartha Kitt, com um collant cintilante preto e um colar de bolas douradas, com um cinto combinando. Ela estava de máscara, orelhinhas, o pacote completo.

— Você que o diga! — retrucou Glória, sorrindo para Alice.

Andrew se juntou a eles.

— Achei péssimo o que a primeira-dama fez, colocando Eartha contra a parede.

— Pois é, ela só falou o que achava da guerra, nada de mais — concordou Glória.

Alice fez um sinal para Andrew com a cabeça.

— Gosto de você.

Andrew passou para a garota a lata de cerveja que ela nunca tinha pedido e brindou.

— Tenho um pressentimento de que você vai ser a irmãzinha que eu nunca quis ter.

— Ah, não! — respondeu Alice. — Só me faltava essa, mais um irmão! É a última coisa de que preciso.

— Não esquece que ele tem um Barracuda! — rebateu Terry.

Era um bom argumento.

— Ok, ok... Acho que consigo abrir espaço para um irmão honorário na minha vida.

Ela se sentou na mesa de piquenique, e Ken sutilmente puxou o copo dela. Surpresa, Alice se virou para ele, que se limitou a levantar as sobrancelhas.

— Obrigada — disse ela.

— Eu pego um copo d'água para você depois.

Ela o perdoou por não estar fantasiado.

Terry e Andrew foram conversar com os outros convidados, e Alice gostou de ficar no quintal com as únicas pessoas que conhecia. Contanto que evitasse pensar em *como* tinham se conhecido, ficaria tudo bem.

Quando Terry saiu de novo trazendo um copo de vidro, Alice ficou surpresa de ver Glória aceitar a bebida.

— Eu jamais deixaria você beber num copo de plástico, Mulher-Gato — brincou Terry.

— Saúde! — disse Glória, com o copo na mão.

Terry levantou sua cerveja e brindou com ela. As duas beberam.

Exceto por um casal que se agarrava em um canto, o grupo estava a sós no quintal. Nem mesmo Andrew estava lá fora. Alice tinha que acordar cedo para trabalhar no dia seguinte, e apesar de ter se produzido, havia planejado só dar uma passadinha. Mas só conseguia pensar em ficar ali até não poder mais.

— Me conta, por que você gosta tanto de biologia? — perguntou Alice para Glória. — Por que resolveu estudar isso?

— Ah, também quero ouvir essa! — comentou Terry, sentando-se ao lado de Ken. Ele estava surpreendentemente quieto naquela noite.

— Vocês devem querer que eu fale que é por causa das células ou do milagre da vida.

Glória cruzou os braços sobre a mesa.

— Eu imaginei que você falaria dos quadrinhos — retrucou Terry, com um sorriso.

— Tem muitos cientistas nos quadrinhos, é verdade — disse Glória —, mas geralmente são os vilões.

— E você está longe de ser uma vilã — comentou Alice.

Era uma obviedade, mas ela resolveu dizer mesmo assim.

— Obrigada, Alice — respondeu Glória. — Mas, bom, a biologia trata de como todos nós funcionamos, assim como tudo ao nosso redor. Então a princípio foi isso, mas já não é mais.

— Então o que é? — perguntou Terry.

— Vocês vão achar bobo.

— Jamais — respondeu Alice, com sinceridade.

— Pode confiar nas pessoas desta mesa — completou Ken.

— Tudo bem. — Glória observou o céu estrelado enquanto formulava a resposta, como se não acreditasse totalmente nele. — São pessoas trabalhando juntas. O progresso científico só acontece quando as pessoas seguem os mesmos modelos e compartilham suas descobertas. Diferenças pessoais não pesam quando tudo está correndo bem. Só diferenças nas descobertas.

Alice até perdeu o fôlego.

— Isso foi lindo.

Glória sorriu.

Andrew apareceu no quintal mais uma vez, perambulando, e se sentou ao lado de Alice.

— Sobre o que vocês estão falando?

— Sobre a magia da ciência. — Glória não deu o tom de grandiosidade que a declaração merecia, mas Alice a perdoou por isso. — Da boa ciência, pelo menos.

O casal dos amassos tinha desaparecido em algum momento, e Alice percebeu que lá dentro já não tocava mais música. Lá estava ela, com as únicas pessoas que poderiam entendê-la — e sem nenhum motorista para bisbilhotar. Nenhum auxiliar técnico ou médicos com máquinas que ela gostaria de destruir de vez.

Ela não tinha cogitado falar sobre aquilo na festa, mas decidiu arriscar:

— Alguém mais aqui vê os monstros?

As palavras escaparam da sua boca, tão baixinhas que a noite poderia muito bem engoli-las. Por um segundo, parecia até que nenhum deles tinha escutado.

Terry se virou para encarar Alice.

— Monstros?

Ainda dava tempo de deixar para lá. Guardar tudo para si. Mas, em vez disso, Alice insistiu:

— Não estou falando do Brenner, da Parks ou do resto da equipe. Estou falando do que vejo durante as sessões, quando ele aparece e me dá os choques. Eu vejo monstros... Monstros vorazes, insaciáveis. É como se eu estivesse vendo através de um buraco na realidade. É assustador.

Alice mal tinha parado para respirar durante o desabafo.

— Você viu esses monstros mais de uma vez? — perguntou Terry.

— Sim — respondeu Alice, recusando-se a tentar decifrar as expressões dos colegas, grata pela escuridão e pelo tom de voz neutro de Terry. — Devem ser as drogas, mas...

— Como são esses monstros? — interpelou Ken.

— Você, que é vidente, não deveria saber? — Alice perdeu a compostura por um segundo, mas logo se arrependeu. — Desculpa.

— Você está nervosa. E, para a sua informação, não é assim que funciona para mim.

— São monstros dignos de pesadelos, de filme de terror. São altos, esguios, musculosos. Com pele de couro e escamas, bem diferentes de humanos. Bom, exceto por um deles, que anda que nem uma pessoa, ou quase isso. As visões não duram muito tempo. Mas vejo eles sempre.

— Quando você fala em choque, quer dizer que ele está fazendo terapia de eletrochoque com você? — perguntou Glória, num tom nada neutro. Ela parecia fervilhar de raiva.

— Sim, ele chama o procedimento de "eletricidade". Talvez seja porque gosto de máquinas... Acho que eu não deveria ter deixado saberem nada sobre mim.

— Nunca vi os monstros — disse Terry.

Alice sentiu um vazio no estômago. Seria melhor não ter dito nada.

— Mas eu... encontrei uma garotinha no laboratório. Ela chama o Brenner de "papai" — continuou Terry.

— Quando foi isso? — perguntou Ken.

— Bem que percebi naquele dia que alguma coisa estava errada — comentou Glória.

— Ela não sabia como contar para vocês — disse Andrew. — Mas continua, amor.

Alice se inclinou para a frente. Então ela não era a única que guardava um segredo ali.

— Eu... Eu queria perguntar ao Brenner sobre aquela história de terem ligado para a faculdade e para a sua família, mas acabou que me deparei com essa criança. O nome dela é Kali, e ela chama o Brenner de "papai". Ela disse que é uma cobaia, assim como a gente... O Andrew acha que ela deve estar doente, ou algo do tipo.

— Vocês só se viram dessa vez? — perguntou Glória.

— Eu nunca mais fiquei sozinha. E ela estava em uma ala vigiada, por trás de uma daquelas portas com senha. Consegui entrar por pura sorte.

— Sem contar que o Brenner pediu para você colocar um grampo no meu telefone — sibilou Glória.

— Ele o quê? — perguntou Alice.

Terry contou sobre a tarefa que Brenner dera a ela durante a suposta hipnose e como ela e Glória trabalharam juntas para executá-la sem que Terry precisasse trair a confiança da colega.

— Não acredito que ele pediu para você fazer isso! — comentou Ken.

— Eu acredito — retrucou Glória. — No que foi que a gente se meteu? Essa é a questão.

— Não sei. Mas estou começando a achar... — Terry estendeu as mãos em cima da mesa. Parecia mais sóbria do que nunca, como se jamais tivesse tomado uma gota de álcool. — Estou começando a achar que é furada. Não encontrei nada sobre o Brenner na biblioteca, mas deve ter algum jeito de saber mais sobre ele... Precisamos juntar o máximo de informações sobre o que estão fazendo no laboratório.

A mesa ficou em silêncio, e Alice esperou para ver o que todos diriam.

— Eu sabia — disse Ken.

Alice revirou os olhos.

— Claro que sabia.

— Mas eu sabia mesmo, estou falando.

— Parem de se bicar — interrompeu Glória. — Eu falei para vocês o que me faz amar a ciência, certo? E eu queria saber mais sobre condições de trabalho em laboratórios. Já tinha até comentado com a Terry que nada do que eles fazem parece certo. Ainda mais agora, que sei que estão dando choques em você, Alice. Nada disso deveria estar acontecendo. Talvez, se trabalharmos juntos, possamos conseguir as respostas que Terry está procurando.

Alice estava disposta a colaborar, mas aquela não era sua maior preocupação.

— Os monstros que eu vejo... Acho que... E se forem reais, de alguma forma? Brenner seria capaz de... Se ele descobrisse, poderia usá-los. Poderia *me* usar.

Terry segurou as mãos de Alice.

— Isso não vai acontecer. Não vou deixar.

— Não vai mesmo, irmãzinha. Prometo para você.

Alice não achava que aquela fosse uma promessa que Terry ou Andrew pudessem fazer. Mas aceitou.

— Você acha que são reais? — perguntou Ken.

— Não sei — respondeu Alice, com sinceridade, mas se ele também estava em dúvida, aquilo significava alguma coisa. Ela estava começando a temer que fossem mesmo de verdade, mas não tinha certeza. — Bom, se todo mundo topa, por onde podemos começar?

— Boa pergunta — disse Terry. — Preciso pensar.

6.

Brenner pegou a toalha que um dos assistentes tinha arrumado. Era a primeira vez de Eight no tanque de privação sensorial, e ele tinha passado um comando bem específico para ela: queria que tentasse recriar um dia ensolarado do lado de fora, na sala.

Nada aconteceu, e o alívio de todos em volta era perceptível. Ele esperava que o tanque pudesse reforçar os poderes dela, embora o restante da equipe temesse essa possibilidade.

— Eight. — Brenner se inclinou para a frente e falou em um microfone conectado com o capacete dela. — Pode parar de tentar agora. Vamos tirar você do tanque.

A menina certamente captaria a decepção no tom de voz dele, que tinha prometido uma recompensa caso ela conseguisse. E tinha pensado bem no que dar caso ela realmente gerasse a ilusão controlada, mas sem encorajá-la a continuar questionando-o.

Mas não haveria recompensas sem resultados.

Assim que o dr. Brenner sinalizou, um assistente abriu a escotilha do tanque e ajudou Eight a sair. Ela arrancou o capacete e o lançou ao funcionário.

— Papai, não gostei disso!

Ele viu um fio de sangue escorrer do nariz dela no exato momento em que a ilusão começou. A forte luz do sol quase o cegou, e o dr. Brenner estreitou os olhos, dando um passo para trás junto com seus assistentes.

Ele se forçou a olhar. Uma tempestade de ondas os cercava, cada vez mais altas. Ele escutou um choro à sua direita, depois ouviu alguém sair correndo... Ele descobriria quem era o desertor depois.

— Eight... — disse ele, com uma voz acolhedora. Estava impressionado.

Não tinha parado para pensar que ela já tinha visto o mar, mas fazia sentido — ela havia nascido no litoral, afinal. Brenner simplesmente assistia às ondas que quebravam sobre eles. Uma água que não existia, mas parecia de verdade, soava de verdade. Ele mal conseguia enxergar as paredes e os contornos por trás dela.

Brenner ficou parado, esperando passar o redemoinho que Eight tinha criado. A garota estava aos prantos, furiosa.

— Os cupcakes — vociferou ele, quando viu que ela conseguiu domar a ilusão por alguns minutos, e estendeu a mão para que alguém lhe entregasse a recompensa.

A equipe se atrapalhou um pouco, até que por fim uma auxiliar ofegante lhe entregou a embalagem com os doces. Era a comida favorita de Eight. Um mimo para que ficasse um pouco mais satisfeita, pelo menos por um tempo, visto que sua demanda por amigos estava cada vez mais insistente. Qualquer distração seria bem-vinda.

O desempenho da garota foi uma revelação e tanto, fechando a semana com chave de ouro. Ele já estava contente com a obediência de Terry Ives, que parecia alheia aos planos dele de manipular seu cérebro, pouco a pouco, só para provar que isso era possível.

— Eight. — Brenner se aproximou dela com cautela. O sangue continuava escorrendo do nariz, passando pela boca e se misturando às lágrimas. Ele colocou a mão no ombro da menina. — Tenho um presentinho para você.

— Não! Não! — choramingou ela, e as ondas em torno deles ficaram cada vez mais fortes. — Não consigo parar. Não consigo.

Ele pegou a embalagem e colocou na mão. A menina agarrou o pacote com todas as forças, quase esmigalhando-o, e então caiu de joelhos.

A ilusão desapareceu.

Ele se ajoelhou para entregar a toalha a ela. Eight o ignorou, tremendo enquanto rasgava o pacote e fincava os dentinhos no chocolate, deixando escorrer o recheio de creme. Ele deveria ser mais rígido com a menina, mas era esse o esquema que funcionava. Ela estava ficando mais forte. E ainda cooperava... Bom, mais ou menos.

Essa era a situação vigente. Um dia ela ainda conseguiria controlar o poder. Cabia a ele ser paciente.

Eight mastigava. Quando terminou o cupcake, perguntou, com a voz fraca:

— Quando a moça vem me visitar de novo?

— A dra. Parks? — perguntou ele, confuso.

Ele não fazia ideia de que a médica visitava a garota, mas não se surpreendeu. *Mulheres e seus corações moles. Não resistem a uma criança.*

— Não — disse Eight.

— Quem, então?

Ele franziu a testa.

— Não posso contar. É segredo.

Brenner a pegou pelo braço e a conduziu até seu quarto, onde a manteve acordada por mais treze horas, recusando-se a deixá-la dormir. Eight lutou o quanto pôde, até que enfim contou:

— A moça de camisola. Ela só veio uma vez. Mas disse que viria de novo.

— Como ela era?

— Bonita. E simpática. Era para ser segredo.

— Você fez a coisa certa me contando isso — disse Brenner. — Não temos segredos um para o outro.

Eight o fitou de olhos arregalados. *Temos, sim*, pensou; ele quase podia ouvir. Mas ela guardou o pensamento para si, e ele a deixou sozinha, para dormir um pouco. Quando chegou à sala de controle, pediu para que conferissem todas as imagens das câmeras do quarto da menina e registrassem quem tinha entrado e saído de lá.

Eight estava ficando mais forte. E ele não permitiria que ninguém colocasse isso em risco.

Capítulo Cinco

NÃO É NADA, NÃO

NOVEMBRO DE 1969
Bloomington, Indiana

1.

O cardápio no refeitório aquela noite eram pão com carne moída e bolinho de batata. O cheiro de fritura e de molho levemente queimado pairava no ar, misturado aos aromas conflitantes de perfume, desodorante e suor de uma multidão. A universidade havia estipulado que a transmissão do pronunciamento do presidente Nixon sobre o Vietnã era um evento obrigatório — como se isso pudesse conter os manifestantes.

Terry sabia que aquilo não passava de embromação, mas não precisou trabalhar naquela noite, então lá estava ela. Espremida entre as pessoas à sua volta, não tinha nem como deixar os livros na mesa. Mas não podia reclamar: todas as cadeiras haviam sido ocupadas, o que fez com que pelo menos uns cem alunos se vissem obrigados a sentar no chão, de pernas cruzadas. Na frente da sala se encontrava uma televisão tão pequena que praticamente ninguém conseguiria ver alguma coisa.

Andrew tinha combinado de se encontrar com Terry ali, mas ainda não tinha aparecido. Quando ela telefonou mais cedo, do alojamento, Dave atendeu e aproveitou para fazer um discurso inflamado sobre como era injusto a universidade obrigá-los a mostrar qualquer tipo de respeito em relação a Nixon. Talvez Andrew faltasse em sinal de protesto. Com sorte, ninguém notaria.

— Terry! — gritou Stacey por cima do burburinho das conversas, abrindo caminho.

Em vez de pegar um lugar no fundo, ela se enfiou entre Terry e o desconhecido ao lado dela, e se sentou no tampo da mesa.

— O Andrew ligou — disse ela, projetando o corpo para a frente, sem se importar com as caras feias dos espectadores ao redor. — Ele disse...

— Silêncio, por favor! — pediu um funcionário da universidade, ao microfone.

Logo depois, colocaram o microfone diante do televisor, com o volume no máximo. Nixon apareceu no centro da tela, diretamente do Salão Oval. Testa larga, nariz de batata.

— Boa noite, meus caros americanos — disse o presidente.

O som oscilava.

Stacey sussurrou no ouvido de Terry:

— Eles estão vindo para cá.

— Ah, que bom — retrucou Terry, sem captar a urgência na voz da amiga.

— Shhh — lançou por cima do ombro um garoto sentado no chão, na frente delas.

Stacey fez cara feia, mas acatou o pedido.

Nixon prosseguiu com uma justificativa para a permanência no Vietnã depois de ter prometido a saída das tropas. O público assistia sem piscar.

De repente, as portas da frente do refeitório se escancararam, e três figuras entraram correndo. Terry foi tomada por uma onda de medo quando viu que vestiam máscaras de Halloween... E então ela reconheceu uma delas: Frankenstein. Outra era do próprio Nixon. E a terceira, do Super-Homem, com o cacho caído na testa.

Os três estavam usando máscaras que tinham sido deixadas na casa de Andrew, no dia da festa.

Stacey encarou Terry, as sobrancelhas arqueadas.

— Eu falei...

Orgulho e pavor guerreavam dentro dela, enquanto os manifestantes formavam uma fila diante da televisão, de braços dados. O coordenador foi até eles e tentou expulsá-los, chamando a segurança.

— Não deem ouvidos a ele! — gritou Dave.

E então a voz de Andrew:

— Chega de mentiras! Chega de guerra!

Alguns alunos urraram a favor e deram força ao coro: "Chega de guerra!" Outros continuavam querendo ouvir o presidente e gritaram pedindo silêncio. Todos tinham se levantado e se amontoado, irrequietos. Terry tentou em vão abrir passagem pela multidão. Os seguranças chegaram primeiro.

Mas não eram os seguranças universitários, e sim a polícia.

O último grito de Andrew antes de ser algemado foi uma frase que ele havia mostrado a ela em uma foto de um protesto em São Francisco.

— Frodo vive!

Terry balançou a cabeça. Ela transbordava orgulho.

Amava o herói bobão que existia dentro deles dois.

Terry chegou à delegacia meia hora depois do fim do discurso. O coordenador tinha deixado claro que os alunos que saíssem antes da hora se juntariam aos presos. E Becky não ficaria nada contente com uma coisa dessas.

Assim, ela esperou, em pânico, enquanto Nixon afirmava que suas políticas representavam uma maioria silenciosa e que os manifestantes eram uma minoria que tentava ganhar o dia fazendo barulho. Ela correu para casa para pegar todas as suas economias, caso precisasse pagar a fiança de Andrew.

Ficou aguardando em um lugar que parecia até o laboratório de Hawkins, só que menos limpo e reluzente. Havia pessoas entrando e saindo o tempo todo, algumas de uniforme.

— Quem você está procurando?

O policial atrás do balcão tinha as sobrancelhas tão juntas que parecia em estado permanente de reprovação.

Terry se levantou em um sobressalto, apertando a bolsa ao corpo.

— Andrew Rich.

— Andrew Rich foi acusado de perturbação da paz e invasão de propriedade. A universidade pretende puni-lo da forma mais severa possível.

Era o que ela temia. A situação dele já era periclitante.

Foque no problema imediato.

— Quanto é a fiança?

— Cem dólares.

Exorbitante. A relutância do banco em abrir uma conta para uma mulher solteira de repente veio a calhar. Ela controlava o próprio dinheiro, guardado em um envelope na gaveta de calcinhas. Custaria a ela cada centavo que ganhara em Hawkins, mas valeria a pena.

— Vou pagar em dinheiro.

— Ótimo, porque não aceitaríamos cheque de uma garota sem aval dos pais.

— Meus pais já faleceram.

Ele teve a decência de baixar o rosto.

— Sinto muito, senhorita.

Terry contou o dinheiro e o entregou ao policial.

— Pode se sentar e aguardar mais um pouco — orientou ele.

Ela hesitou.

— Eu gostaria de um recibo, por favor.

As sobrancelhas reprovadoras se arquearam. Contudo, o homem lhe entregou o papel. Em seguida, sinalizou a área de espera.

— Vou pedir para alguém soltá-lo agora mesmo.

Não foi bem o que aconteceu, já que Terry teve que esperar mais meia hora até Andrew aparecer na companhia de outro homem fardado. Naquele momento, porém, ela pouco se importou com o que pensariam dela: só correu para abraçá-lo.

— Amor — disse ele em voz baixa —, você deveria ter me deixado passar a noite aqui. A fiança foi cara!

— Para com isso!

Terry deu um beijo no rosto dele e o puxou para a saída. Ela sentia que ter contato com ele era crucial. Assim como ir embora dali.

— Não deveriam ter prendido você.

— Já imaginávamos que fariam isso.

Quando chegaram do lado de fora, Terry inspirou o ar puro, como se fosse ela quem tivesse passado duas horas em uma cela.

— Você deve estar se perguntando o que se passou pela minha cabeça — disse Andrew. — Tentei ligar. É que, nossa, *mandar* a gente prestar atenção naquele discurso... Fingir que aquilo tem algum significado de verdade... Eu... A gente tinha que fazer alguma coisa.

— Eu sei.

Para Terry, era simples. Ela entendia.

— Pensei em você e no laboratório... em como você é corajosa. — Ele balançou a cabeça. — Não vou deixar de lutar.

Ele tinha pensando *nela*. E ela sabia que muitas águas ainda iam rolar.

— Vamos para casa. Por hoje já chega de luta.

Mas o dia ainda não tinha acabado. As possíveis consequências do protesto se arrastavam com eles, feito sombras. No carro de Terry, uma lata-velha caindo aos pedaços, passaram o trajeto todo para o apartamento de Andrew e Dave em silêncio. Dave e o outro amigo optaram por passar a noite na cadeia, mas Terry não sabia se era bem uma decisão ou se os pais deles tinham se recusado a pagar a fiança.

Ela estacionou no prédio dele e deixou o motor ligado. Andrew se virou e colocou a mão no rosto dela.

— Agora que você me resgatou, o que preciso fazer para convencer você a entrar comigo? A passar a noite aqui?

A pergunta pairou sobre eles. A vontade nos olhos dele era quase palpável.

E recíproca.

— Achei que você nunca fosse perguntar.

O silêncio do carro os acompanhou até o apartamento, até o quarto de Andrew, onde seus lábios já se encontravam. Lá dentro, a sós, revelaram tudo que não poderiam exprimir em palavras. Sentiam a ameaça à espreita em todos os espaços onde a pele deles não se tocava. O mundo lá fora queria separá-los, romper o que tinham. Havia ameaça da faculdade — as providências que poderiam tomar para punir Andrew — e outra do laboratório, o poder de Brenner que Terry talvez tivesse que desafiar.

Então, resolveram lutar contra o mundo lá fora da única maneira possível: fingindo que ele não existia. E, naquela noite, ele desapareceu por completo.

2.

Terry cortou uma fatia generosa de torta e entregou o prato de sobremesa para a única mesa que ainda faltava ser atendida. Ela correu de volta ao balcão e acenou para Laurie, a outra garçonete da tarde, que fazia todas as tortas.

— Vou tirar um intervalo rapidinho. Só dez minutos, pode ser? — perguntou.

— Vai lá, querida! — disse a colega, uma mulher mais velha. — Pode ficar com os seus amigos.

Terry pegou uma cadeira e a arrastou até a cabeceira da mesa onde Ken, Glória, Alice e Andrew tinham acabado de almoçar. Sanduíche de bacon com salada e Coca-Cola para todo mundo. Foi mais fácil atendê-los dessa vez. Pelo menos ela já esperava por eles.

— Por que você chamou a gente? — perguntou Alice, sem enrolação. — Já tem um plano?

Andrew a cutucou com o cotovelo.

— Pô, irmãzinha! É claro que já.

— Acho que sim, mas só se vocês estiverem de acordo. — Terry falava baixo. — Eu estava pensando... Se tudo der certo e eu conseguir entrar na ala onde vi a Kali...

— Acho que posso ajudar com essa parte — disse Alice. — Sempre presto atenção quando Brenner digita a senha. Nove-cinco-seis-três-nove-seis. É sempre a mesma coisa. Provavelmente funciona em todas as portas do laboratório, inclusive nessa que você precisa abrir.

Houve um momento de silêncio.

— Alice, você sempre me surpreende — comentou Terry. — Anota para mim? Para eu decorar.

— Claro. — Alice deu de ombros, encabulada. — Sou muito observadora, só isso.

— Qual é o próximo passo do seu plano? — perguntou Glória.

— Assim que cuidarmos disso... alguém precisa bolar uma distração para eu encontrar a menina de novo e conversar com ela. Estou partindo do pressuposto de que ela ainda está por lá. Se não estiver, pensei em procurar o escritório do Brenner e vasculhar as coisas dele. Não podemos simplesmente parar de ir ao laboratório...

— Você tem certeza disso? — perguntou Andrew.

Terry ficou apreensiva.

— Em primeiro lugar, tem uma criança pequena participando de um experimento, e não sabemos se está segura.

— Segundo — disse Glória —, não é tão simples assim. Nós três seríamos reprovados na faculdade, isso *se* nos deixassem largar o experimento.

— Como assim, se *deixassem*? — perguntou Andrew, abismado.

Terry pegou na mão dele para lembrá-lo de falar baixo. Ele assentiu e continuou:

— Vocês têm direitos. São cidadãos americanos.

Glória abriu um sorriso irônico.

— Você sabe que, quando o governo está envolvido, nossos direitos viram conceitos abstratos.

Andrew refletiu por um momento e disse:

— Não estou gostando nada disso.

— Bem-vindo ao clube — comentou Glória. — Sou a presidente.

— Olha, faço o que for preciso — interrompeu Alice. — Estou louca para desmontar aquele elevador. Acho até que consigo convencê-los a me deixar fazer isso.

— A Alice não faz faculdade. Talvez ela possa deixar o experimento — interpelou Andrew novamente.

Glória pigarreou.

— Não temos como saber. Esses caras têm recursos.

Alice se empertigou.

— Vocês falam como se eu não tivesse escolha. Não vou deixar ninguém para trás. Inclusive, posso servir de isca.

Ken finalmente se pronunciou:

— Não. Você já tem bastante com o que se preocupar. Deixa isso comigo.

— Você?! — perguntou Alice, cética.

— Sou fera em distrações, cara. — Ele deu de ombros. — E o ácido não faz efeito em mim. Só fico com vontade de tirar um cochilo. Eles deixam um auxiliar inexperiente comigo. Nem sei por que estou participando, só sei que é isso que precisa ser feito.

Alice respirou fundo.

— Bom, se você vai cuidar da distração, só toma cuidado para não cair no sono — comentou Terry, sentindo que a reunião estava saindo de seu controle. — A gente só tem que sincronizar o plano certinho. Se eu encontrar a Kali, pensei em perguntar para ela sobre o "papai" e o que fazem com ela no laboratório. Mas... e se eu for para o escritório do Brenner? Não sei qual das opções nos ajudaria mais, nos daria mais informações.

Glória se debruçou na mesa.

— Acho que posso ajudar com essa parte. Se você der um jeito de entrar no escritório dele, o ideal seria pegar os documentos que descrevem os protocolos do experimento. E os relatórios das cobaias também. — Ela fez uma cara séria. — Talvez você precise procurar uma chave. Brenner não é um cara relapso. Cientistas que se prezam guardam as informações confidenciais a sete chaves.

— Eu sei abrir fechaduras — comentou Alice.

Caramba!

— Ele é tão arrogante que acho que não vai ser preciso — arriscou Terry. — Aposto que ele se preocupa tão pouco com proteção em Hawkins que nem deve se preocupar com qualquer medida de segurança dentro do escritório.

Glória cruzou os dedos.

— Acho que... Talvez eu consiga pegar umas amostras do coquetel alucinógeno. Caso a gente precise de provas, ou queira analisar, por alguma razão.

— Ótimo — disse Terry.

Glória arqueou as sobrancelhas.

— Então é isso, temos um plano impreciso e arriscado.

— É isso — pontuou Terry.

Pelo menos, um plano impreciso era melhor que plano nenhum.

Alice cutucou Andrew com o cotovelo.

— Fiquei sabendo do seu protesto, irmãozinho. Não acredito que você foi preso! Está tudo bem?

A preocupação genuína dela aqueceu o coração de Terry. Aqueles últimos cinco minutos provavelmente foram os únicos do dia que ela não passou se preocupando com ele.

— Está tudo bem, sim — respondeu Andrew, baixando a cabeça.

— Ele tem uma reunião com o orientador dele e o coordenador da faculdade na sexta-feira — comentou Terry. — A gente acha que não vai dar em nada, com base nos outros dois meninos que também foram presos.

Andrew lhe agradeceu com o olhar.

Glória cruzou os dedos.

— Pois é — disse Terry. — Precisamos de toda a sorte do mundo nesse momento.

3.

Ken foi o último a sair do furgão. Ele apressou o passo para alcançar as garotas, e os quatro entraram no laboratório juntos.

O itinerário já era tão familiar para ele quanto a própria letra. Saindo da cidade, vinham os milharais, depois o bosque, e então a cerca metálica e os quebra-molas — um, dois, três — conforme passavam pelas guaritas de segurança e adentravam o prédio, rumo ao LSD. Mesmo antes da primeira viagem, ele sentia que já tinha percorrido aquele trajeto, ou pelo menos algumas partes. Ken sabia que os outros não acreditavam que ele era vidente. Mas o que as outras pessoas achavam não importava.

Por outro lado, a verdade sim. Ele não via monstros, mas tinha essas sensações. A certeza se alojava em seu peito. Em seus sonhos, misturavam-se fragmentos de realidade. Lampejos de intuição. E como eram imprevisíveis — uma ironia que Ken achava engraçada —, ele não ficava surpreso quando tinha um pressentimento. Ou quando não tinha.

Ele não estava mentindo quando disse ao grupo que sabia que seriam importantes uns para os outros. O problema era que... isso era praticamente tudo que ele sabia.

Então, bem, ele entendia por que as pessoas não acreditavam que ele era vidente. Talvez não fosse. Talvez não houvesse uma boa palavra para descrevê-lo.

O protocolo de entrada também já tinha ganhado um ritmo familiar. As mulheres entravam com seu cartão de identificação, e Ken passava por último. Quase sempre, o motorista os escoltava até o elevador, onde Brenner ou um de seus funcionários aguardavam. O motorista, é claro, também fazia parte daquilo tudo — era um dos auxiliares de Brenner e seguia o médico e Terry em qualquer que fosse a sala que estivessem no dia.

Daquela vez não foi diferente.

Seguindo o combinado, quando duas horas tinham se passado desde que tomaram as drogas, Ken começou a insistir que as paredes estavam sangrando. O chilique foi o suficiente para deixar o auxiliar bastante nervoso.

— Estão sangrando! As paredes estão jorrando sangue!

— Fala mais baixo! — ordenou o homem, incomodado.

— Acione o alarme! — rugiu Ken. — Os outros precisam saber! Estamos sendo invadidos! Você não está vendo o sangue?!?

— Hum...

O auxiliar olhou ao redor, como se alguém pudesse ajudá-lo, mas os dois estavam sozinhos na sala.

Era a hora de Ken sacar a arma secreta — um pacote de balinhas azedas explosivas. Ele tinha se encarregado de fazer as compras de dia das bruxas para a mãe, e, quando se deparou com esse lançamento na prateleira, algo lhe disse que precisava levar. Comprou três pacotes e guardou em uma gaveta da escrivaninha, no alojamento. Ele entendeu o porquê da compra assim que Terry comentou que precisava de uma distração.

Enquanto se contorcia e soltava gemidos, Ken tapou o rosto e enfiou na boca um punhado das balas efervescentes. Mastigou tudo e jogou a cabeça para trás, para que o homem pudesse ouvir o ruído frisante dos pequenos estouros e ver a espuma. Ele se debateu da forma mais convincente que pôde, imitando um tio que certa vez sofrera uma convulsão na sua frente.

Como era de se esperar, o funcionário — tão jovem, praticamente uma criança — surtou.

— Pessoal, acho que ele está com raiva! — gritou o auxiliar, e saiu correndo.

— O sangue! O sangue! — berrava Ken, mal conseguindo conter o riso.

O vidente deixou a sala e puxou a alavanca do alarme de incêndio no corredor, então se apressou, jogou as balas restantes na boca e começou a convulsionar no chão.

O alarme ainda ecoava quando o jovem assistente voltou com uma médica, que olhou para Ken e declarou:

— Precisamos do dr. Brenner aqui.

O auxiliar não moveu um músculo, e ela o expulsou da sala com um empurrão.

— Chame o dr. Brenner! E peça para ele trazer os sedativos!

Ken virou a cabeça para rir.

Vai, Terry! Agora é com você!, pensou. *Você consegue.*

4.

Terry descobriu que ter companheiros de luta e um plano conjunto mudava tudo.

Isso ao mesmo tempo aumentava e diminuía seu fardo.

Todos achavam que Brenner estava metido em algo que não deveria. O encontro com Kali e a revelação de Alice sobre os monstros — e sobre o eletrochoque — foram os motivos que faltavam para ela mergulhar de cabeça numa investigação. Em geral, as pessoas da região eram conservadoras. Não aprovariam viagens de ácido financiadas pelo governo. Talvez isso fosse o bastante para derrubarem o experimento. Mas até mesmo Terry sabia que precisavam de provas, ou seria a palavra deles contra a de Brenner. E o grupo ainda não tinha uma noção real do que estava acontecendo.

Ken prometeu que ela reconheceria a distração na hora certa. Ele agiria durante os estágios iniciais da viagem de ácido, antes de Terry chegar ao pico e entrar na espiral de paranoia, ladeira abaixo. E ele não estava mentindo. O alarme de incêndio começou a esbravejar, e logo depois um jovem auxiliar bateu à porta.

— O que foi isso? Alguma emergência? Um incêndio? — perguntou Brenner.

Ele estava contente com os resultados dela: ninguém tinha desconfiado do grampo. Aparentemente, já sabia que o dispositivo havia sido instalado. Ainda bem que Glória pensava rápido!

— Hum... Não é bem isso. É um dos pacientes. — O funcionário gaguejava, nervoso. — A dra. Parks mandou que eu chamasse o senhor. Rápido! Ah, e ela pediu para levar sedativos.

— Prepare os sedativos! — ladrou Brenner para o auxiliar mais próximo, o motorista barbado que vivia pairando sobre eles. Ele se aproximou de Terry e se agachou na beirada da maca. — Quero que você fique aqui e relaxe. O alarme é coisa da sua cabeça.

— Coisa da minha cabeça — disse ela, na sua melhor simulação de torpor. — Como uma música bonita.

O médico fez um sinal para os outros dois homens o acompanharem.

— Vamos lá!

Terry observou a movimentação de olhos semicerrados e se levantou assim que deixaram a sala.

O corredor estava tumultuado, com alguns funcionários deixando o prédio, enquanto outros perguntavam se deveriam mesmo sair dali. Um segurança passou por Terry e respondeu para um deles que não, o sistema de alarme tinha sido acionado manualmente e não havia evidências de incêndio. A ameaça estava sendo investigada, e o alarme seria desligado logo.

Ela seguiu pelo corredor de cabeça baixa. Espiou pela fresta de uma porta e viu Alice sorrindo junto a uma máquina enorme, um trambolho que mais parecia um pulmão de ferro.

O trajeto até a área onde havia encontrado Kali parecia ter sido gravado em sua mente, mas, sem querer, ela virou em um lugar errado. Depois outro. Estava quase desistindo quando reconheceu o corredor, a ala separada pelo teclado numérico. Então apertou o passo e digitou o código que Alice tinha lhe passado.

O dispositivo apitou, e a porta se abriu.

Terry entrou correndo e passou por uma série de portas, até se deparar com um quarto com beliche e uma mesinha cheia de giz de cera. Mas Kali não estava lá.

Pelo menos, talvez signifique que ela não está aqui sempre. Terry não conseguia tirar aquela ideia horrenda da cabeça, por mais improvável que fosse.

O próximo passo era tentar encontrar o escritório de Brenner. *Kali se refere a ele como pai, então não deve ser muito longe, certo?* Ou ela era filha dele, ou uma criança importante para ele, de qualquer forma.

Terry deu meia-volta e testou a outra ramificação do corredor. Logo de cara, deparou-se com uma nova série de portas, protegidas por mais um teclado numérico. A senha funcionou, e as esperanças dela foram renovadas. Em vez de salas de exames, o corredor da vez tinha escritórios. E do lado de cada porta, havia uma placa com um nome.

Ela estudou uma por uma, torcendo para que as palavras parassem de palpitar e dançar, ainda que soubesse que o LSD não permitiria que aquilo acontecesse.

DR. MARTIN BRENNER.

Terry passou a mão pelas letras em relevo.

Aleluia. Testou a maçaneta: a porta estava destrancada. O alarme de incêndio parou de repente, mas ela sabia que Ken faria de tudo para prolongar a distração. De qualquer forma, não tinha muito tempo. Brenner não podia desconfiar deles.

Ainda não.

Terry tentou abrir a gaveta da escrivaninha. Trancada.

Bem que a Glória falou.

Mas quantos documentos cabiam numa gaveta? Atrás da escrivaninha, havia um grande gabinete de madeira. Ela rezou mentalmente e puxou a segunda gaveta.

Abriu fácil. O compartimento guardava fichas com as palavras MKULTRA e ÍNDIGO no topo, marcados com carimbos de CONFIDENCIAL. Nenhum dos termos significava nada para Terry, então ela vasculhou as fichas atrás dos que Glória havia especificado, e nada. Seguiu para a próxima gaveta.

Terry percebeu logo que havia algo de interessante ali. Dessa vez, as fichas não continham nomes, somente números. 001. 002. 003. Assim seguiam, até o 010. As palavras PROJETO ÍNDIGO e um carimbo de CONFIDENCIAL de novo estampavam o topo das páginas. Mas foram as descrições físicas contidas nos documentos que fizeram com que ela percebesse exatamente o que tinha encontrado. Os pesos baixos. As alturas, que começavam em 97 centímetros. E as idades listadas na categoria *admitido(a) aos*:

4 anos.

6 anos.

8 anos.

A julgar pelas fichas, Kali não era a única criança envolvida naquilo. Mas envolvida em quê, exatamente? A maior parte das anotações focava no progresso de cada uma. E, aparentemente, não tinham evoluído muito. Exceto por 008, cujo relatório apresentava dados promissores, ainda que temerários...

Você não tem tempo para ler tudo isso.

Ela fechou a gaveta.

O coração de Terry batia acelerado. Ela deixou o escritório e tentou recapitular seus passos, correndo. Arriscou espiar o quarto de Kali mais uma vez e viu que a menina estava de volta, sentada à mesa, desenhando, de camisola.

Talvez ela tenha consultas no mesmo dia que eu.

Antes que Terry pudesse bater à porta, alguém a agarrou pelo braço. Kali não chegou a notar a presença dela. Um homem de terno folgado, grande demais para ele, puxou-a de volta para o corredor.

— O que você está fazendo aqui? — perguntou. — É uma área restrita.

Ela tentou pensar rápido.

Ken! O álibi perfeito.

— Ouvi o alarme de incêndio, estava tentando sair do prédio.

— Mas como você veio parar aqui?

— Não sei dizer... Segui o tumulto.

Difícil dizer se ele acreditou.

5.

Alice precisou se conter para não bater palmas quando o alarme ecoou, como se uma onda de alegria a tivesse preenchido. Pouco tempo depois, um auxiliar que aparentava ser muito jovem entrou na sala em pânico, e antes que a dra. Parks pudesse esboçar qualquer pergunta sobre o possível incêndio, ele implorou para que ela o ajudasse com uma das outras cobaias.

Ken.

Ele tinha conseguido. Quem diria? Alice ficou tentando traçar planos Bs e Cs no caminho para o laboratório. Só de pensar nisso naquele momento, ela visualizou versões gigantescas das letras B e C flutuando em sua mente, como se um avião as traçasse com fumaça em piruetas feitas no ar. Efeito das drogas, claro. Nada de eletricidade até aquele instante, o que significava nada de monstros também. Já fazia duas semanas, então talvez os monstros tivessem ido embora.

Ela fechou os olhos e se deixou levar pelo alarme. Um som cheio de propósito. Difícil de ignorar, alto e estridente, perfeito para sua função.

Alice ficou apreciando a elegância daquilo.

E notou imediatamente quando o alarme parou. Quanto tempo tinha se passado, afinal? Ela não fazia ideia, mas, ao voltar para a sala, a dra. Parks parecia bem agitada.

E se Terry precisasse de mais tempo?

— Quero ver o dr. Brenner — disse ela, os Bs e Cs ainda dançando em sua mente. — Preciso contar uma coisa para ele.

— Não sei se é uma boa ideia.

Ainda à porta, a dra. Parks se virou e fez uma cara feia. O auxiliar entrou sem pedir licença.

— Chama o dr. Brenner! — ordenou Alice. — Tenho que fazer um negócio. Preciso da eletricidade.

Ela havia se esquecido de olhar para o relógio. Terry precisava de tempo.

Todos os objetos da sala que tinham botões ou monitor palpitavam. Pareciam querer incriminar Alice.

— O dr. Brenner! — exigiu.

— Ok, ele já vem! — disse a dra. Parks, e o auxiliar saiu da sala.

Alice apontou para o trambolho, aquela presença frequente em seus pesadelos. Ela acreditava que as máquinas eram boas, objetivas, mas ali aprendeu algo que já deveria saber. Os seres humanos sempre arranjam um jeito de usar qualquer invenção para infligir dor.

— Liga na tomada — ordenou ela à dra. Parks.

A médica crispou os lábios e balançou a cabeça, murmurando para si mesma:

— Pedir pela terapia de eletrochoque não é normal.

O dr. Brenner entrou na sala de cara fechada, irritado.

— O que foi?

— Me dá eletricidade que eu descrevo os monstros para você. Acho... Acho que são de verdade.

Os olhos do dr. Brenner brilharam. O interesse superou a irritação.

Quando terminou de afixar os cabos em Alice, a dra. Parks parecia encará-la de modo solidário.

Não, pensou Alice, *não sinta pena de mim. Eu é que estou no comando hoje.*

Ela absorveu a onda elétrica, uma carga, como a de uma bateria, e narrou o que estava vendo. Um vislumbre de um bosque nebuloso onde já tinha caminhado com os primos. De repente, surgiu uma matilha de cachorros com muitas patas. Meio selvagens, meio domesticados. Eram os cachorros da infância dela, que viviam na oficina. Talvez os monstros não aparecessem dessa vez... Mas não eram cachorros — só pareciam. Eram monstros. Monstros que rosnavam e mordiam, enquanto luzes coloridas dançavam em torno deles.

Alice abriu os olhos para ver se o dr. Brenner ainda estava prestando atenção.

— Ela continua fascinante — disse o médico. O homem não acreditava nos monstros, claro. E talvez estivesse certo. Ela ainda não tinha certeza da existência deles. — Preciso voltar para a minha cobaia. Espero um relatório completo sobre qualquer outra ocorrência digna de nota hoje.

Os esforços para manter o foco deixaram Alice exaurida. Já tinha caído no sono antes mesmo que a dra. Parks tivesse terminado de desconectá-la da máquina — ou pelo menos *esperava* ter caído no sono, pois teve visões rápidas e confusas de Terry tomando choques no lugar dela. Tinham colocado eletrodos nas têmporas da amiga, e uma figura embaçada, que Alice identificou como o dr. Brenner, observava, enquanto Terry berrava sem parar.

6.

Glória tinha se preparado para sair de fininho da sala de exames e tentar encontrar um estoque de drogas no laboratório. Mas, quando girou a maçaneta, percebeu que estava trancada. Foi um momento de pânico, com o alarme de incêndio a toda.

Não é um incêndio de verdade, disse a si mesma, e começou a contar os minutos até se lembrarem dela.

Dez minutos.

Dez minutos prostrada na sala de exames, cada vez mais encolhida, afundando no mal-estar. Quando o ingênuo dr. Green apareceu, ela esperava que formassem uma fila para... Não sabia dizer para quê. No entanto, ele só tinha entrado na sala para informá-la de que o laboratório não estava pegando fogo. E ela também não fez nenhuma pergunta sobre a porta trancada.

Mas não sairia dali de mãos totalmente vazias: como não queria arriscar, havia escondido a dose de LSD que lhe deram e apenas simulado o efeito. Já estava paranoica o bastante sem as drogas.

O médico não notou nada de errado e deu início à bateria de testes. Ele realmente acreditava que estava fazendo um progresso incrível ao mostrar a eficácia de um interrogatório sob efeito de drogas.

Pelo menos aquela dose provaria que os esforços dela não tinham sido em vão.

Nenhum deles abriu o bico durante o trajeto de volta, claro. A conversa teria que esperar. Como se tivessem combinado durante aquele silêncio, porém, todos ficaram fazendo hora em seus respectivos carros no estacionamento da universidade até que o furgão fosse embora. Então tornaram a sair e se reuniram sob a tênue luz de segurança do campus.

— Em primeiro lugar, uma salva de palmas para o homem da noite! — declarou Terry, mantendo a voz baixa.

Ken fez uma reverência. Todos aplaudiram, mas não pareciam muito animados. Glória imaginava que queriam saber se o risco tinha valido a pena.

— E aí? — Alice se balançava para a frente e para trás, ora se apoiando na ponta dos pés, ora nos calcanhares, tremendo de nervoso.

Glória se solidarizou.

— Encontrou alguma coisa?

— Encontrei — contou Terry. — Mas ainda não sei o que significa.

— O que era? — perguntou Alice.

— Acho que estão trabalhando com crianças. Não só a Kali. Mas não consegui descobrir do que se tratam os experimentos.

O que quer que estivessem imaginando, não chegava perto dos fatos.

Glória colocou as mãos na barriga, de repente se sentindo enjoada. Pensou no período que passou confinada na sala. Jamais confiaria crianças aos cuidados daquele laboratório.

— O que você encontrou?

— Pastas, bem como você falou. Fichas de várias crianças, participantes de um experimento chamado Índigo. Não tive tempo de conferir as anotações detalhadas. Li só umas notinhas sobre o avanço da pesquisa. — Terry falava em um tom sombrio porém determinado. — Encontrei a Kali também, mas não consegui falar com ela. Parecia saudável. Mas... já ficou claro que tem *alguma* coisa errada lá.

— E nós vamos descobrir o que é — completou Alice.

A voz dela vibrou de emoção com a promessa.

Terry se virou para Glória.

— Como você está se sentindo?

Glória fitou Alice.

— Você pode me ensinar a arrombar fechaduras?

Alice franziu a testa, mas fez que sim.

— Claro. As fechaduras do laboratório?

Glória relaxou um pouco e desabafou:

— Eles me deixaram trancada quando tocou o alarme.

— Caramba! — disse Ken.

— Não fiquei muito contente com a descoberta... Por isso, não consegui fazer a minha parte, mas escondi minha dose na palma da mão. Vou tentar de novo semana que vem.

— Quer dizer que vamos voltar? — perguntou Terry.

— Não temos escolha — disse Glória. — Nada mudou.

— Pelo menos sabemos onde buscar provas — comentou Terry, tentando ver o lado bom. — E a senha que a Alice me passou funcionou. Não vou desistir.

— Ninguém aqui vai desistir — anunciou Glória.

— Merda! — xingou Ken.

Por um instante, uma luz branca de farol mirou neles. Um veículo estava fazendo o retorno. No escuro, Glória não conseguia enxergar muito bem. Será que o furgão estava voltando?

— Melhor irmos embora. Se cuidem! — disse Terry.

Alice hesitou.

— Você está bem? — perguntou.

— Aham — respondeu a mecânica, sem muita convicção. — Não precisa se preocupar comigo.

A maneira como Alice assentiu fez Glória desconfiar da simplicidade daquela pergunta.

7.

O dr. Brenner entrou na sala de monitoramento às oito e meia da noite. As estações de escuta estavam abarrotadas, e a equipe toda, atribulada. O funcionário que tinha telefonado para o ramal do médico para chamá-lo — conforme ordenado — se levantou e cedeu a cadeira a ele.

— Já faz cinco minutos que as duas estão conversando — descreveu o homem.

Ele ajeitou o fone nas orelhas do médico, coisa que Brenner poderia ter feito sozinho.

Brenner ouviu a voz de uma mulher que ele não conhecia, fazendo perguntas que não lhe interessavam, mas queria saber onde a conversa ia dar. Assim que os outros deixaram o laboratório, ele fez uma visita a Eight, que o recebeu no quarto de cara amarrada. Tinha sido um dia difícil, sem um minuto de paz. Ele ainda não entendia o que estava acontecendo, mas seu instinto dizia que algo estava errado.

Terry Ives, sua cobaia, tinha sido encontrada perambulando pelos corredores, longe de onde ele a deixara. Aparentemente, seguiu alguém até uma ala restrita e chegou perto demais de Kali. O rapaz, Ken, supostamente teve uma convulsão, mas nenhuma evidência ou sintoma subsequente confirmava o diagnóstico. Brenner já estava acostumado com a mente afiada da garota da cidade, a mecânica, mas até ela tinha feito demandas suspeitas daquela vez. A única cobaia que não costumava ser problemática era a bióloga. Contudo, a forma silenciosa como ela havia liberado as informações durante a sessão também o deixou com a pulga atrás da orelha.

Portanto, naquela mesma noite, resolveu solicitar o monitoramento das linhas telefônicas do alojamento de Ives e da casa do namorado dela. Estava começando a desconfiar de que a inocência dela não passava de teatrinho.

No momento, Terry estava conversando com a irmã, que morava em Larrabee, e o chamaram para escutar.

— Terry, você não disse uma palavra, e foi *você* que ligou para *mim*. Tem alguma coisa errada? É o Andrew? Quando a faculdade vai bater o martelo?

— Amanhã.

— Se ele pelo menos tivesse pensado um pouco...

Ele ouviu um chiado na ligação.

— Ele pensou. Sabe, era importante para ele se manifestar.

— Não consigo entender... Ele deveria parar de meter o bedelho onde não é chamado e se contentar por estar aqui. Não vai acabar com a guerra invadindo o refeitório de máscara.

— Talvez não acabe, mas é melhor que não fazer nada.

Dava para sentir a irritação na voz de Terry.

— Nisso discordamos. — A irmã bufou. — Vocês não podem ser egoístas. Nenhum de vocês.

Para Brenner bastava. Tirou o fone de ouvido e o entregou de volta ao funcionário, que ainda estava de pé.

— Obrigado. Continuem escutando a garota. — Ele fez uma pausa. — Qual é o nome do namorado mesmo?

— Andrew Rich.

Um novo funcionário se dirigiu a Brenner:

— Senhor, acho que encontramos.

Na sala ao lado ficavam as imagens das câmeras do prédio. Assistir às gravações do quarto de Eight, uma por uma, e registrar todos os visitantes foi uma tarefa longa e árdua, mesmo com três homens trabalhando nisso.

Brenner parou diante de uma tela com a imagem pausada. Lá estava a peça do quebra-cabeça que se encaixava com a conversa que tinha acabado de ouvir. Theresa Ives sentada a uma mesinha com Eight. Ela estava de camisola, o que significava que tinha arrumado um jeito de fugir da sala.

— De quando é essa fita? — perguntou ele.

— De duas semanas atrás.

Ele tinha subestimado a cobaia. Precisava retomar as rédeas.

A melhor forma de fazer isso seria distraí-la com problemas maiores. E ele sabia todas as coisas com as quais ela se importava — a própria Terry tinha contado a ele. A solução era óbvia.

— Bom trabalho, pessoal — disse o dr. Brenner, e se retirou.

De volta ao escritório, no andar de cima, telefonou para um contato na capital. O homem que poderia mexer alguns pauzinhos. Brenner gostava de homens que botavam ordem na casa.

— Preciso de um favor. Envolve um jovem chamado Andrew Rich.

8.

Terry estava sentada no sofá, à espera de Andrew, com Dave logo ao lado. Assim que a aula terminou, ela correu para o apartamento deles, ansiosa pelo veredito.

— Vai dar tudo certo — disse Dave pela terceira vez. — Só levei um puxão de orelha e uma advertência.

Os pais de Dave pediram que um advogado amigo da família entrasse em contato com a universidade e defendesse os garotos. Conseguiram retirar as queixas criminais e esperavam que a faculdade também não tomasse medidas drásticas. "Em um momento como este, um corpo discente engajado, envolvido em atos de desobediência civil, deve ser encorajado." Esse era o argumento.

Terry deduziu que os pais de Dave provavelmente tinham assinado um cheque parrudo para a faculdade. A família de Andrew não ficou muito feliz quando soube que ele tinha se metido em problemas mais uma vez. Não apoiavam atos de desobediência civil, embora adorassem Andrew a ponto de perdoar tudo que fizesse. Tinham dinheiro, mas não tinham nascido em berço de ouro, como era o caso de Dave. O outro garoto, Michael, também ganhou passe livre.

Terry não sabia por que estava tão nervosa. Andrew ficaria bem. Não tinha por que não ficar. Ela só precisava que seu estômago acreditasse naquilo. Mas talvez estivesse nervosa também por conta da discussão com Becky na noite anterior.

Andrew entrou pela porta da frente e foi até a cozinha pegar uma cerveja. Deu meia-volta, se sentou no sofá e se virou para colocar a cabeça no colo de Terry. Ele olhou para ela.

— Oi. Nossa, a vista daqui é ótima!

Ela quase sorriu.

— Obrigada. Mas estamos sofrendo. Como foi lá, afinal?

Andrew piscou para ela, endireitou-se no sofá, abriu a latinha e tomou um gole.

— Fui expulso.

Terry ficou zonza.

— O quê?! Como assim, "expulso"?

— Eles expulsaram você? — Dave balançou a cabeça, chocado.

— Fala que você está brincando... — insistiu Terry, as mãos tremendo, embora estivesse se esforçando para ficar parada.

— Quem me dera... — Andrew deu de ombros. — Eu sabia que isso podia acontecer. Fazer o quê? São as consequências.

As consequências...

— Justo agora?! Semana que vem já começa a próxima convocação militar.

Terry sabia que não estava ajudando, mas as palavras escaparam antes que pudesse contê-las. Ela visualizou Andrew de farda.

Aquilo não podia estar acontecendo.

— Eu sei — disse Andrew. — Vamos torcer para que a minha dose de azar já tenha se esgotado. Posso refazer a matrícula daqui a seis meses. Só preciso esperar.

Terry nunca tinha visto Dave tão quieto. Seis meses eram uma eternidade para uma pessoa normal passar em casa, ainda mais com a sombra da convocação militar tão próxima.

— Você pode ir para o Canadá — sugeriu ela.

— Não — respondeu Andrew. — Minha família está aqui. Minhas raízes estão aqui. Eu sabia o que estava fazendo. Essas são as consequências. Não vou trair o meu país.

Dave balançou a cabeça de novo.

— Não é justo, cara. Talvez nosso advogado possa dar mais uns telefonemas... Isso tudo é culpa minha.

— Para com isso! Ninguém me obrigou a nada.

Terry se encheu de orgulho. O mesmo orgulho que sentiu no refeitório quando fizeram o protesto. Dessa vez, ainda mais forte. Andrew podia até ter sido mimado ou tido uma vida mais fácil que a dela. Mas ele tinha crescido, amadurecido.

— Te amo — disse ela.

Andrew sorriu. Um sorriso de verdade.

— Também te amo, muito. Viu? O dia não está tão ruim assim.

Mas estava. Porque pequenas vitórias não fazem muita diferença quando se trata de grandes guerras.

Então, sim. Aquele era um péssimo dia.

Capítulo Seis

PRESENÇA DE ESPÍRITO

DEZEMBRO DE 1969
Bloomington, Indiana

1.

Terry bateu o cartão e ficou a postos em uma das mesas, colada à janela, à espera de Alice. Assim que o carro da amiga surgiu no horizonte, ela saiu correndo e se despediu dos outros funcionários.

— Até amanhã, gente!

— Boa sorte, Terry! Para você e para o seu namorado! — respondeu a cozinheira, ao longe, seguida de um coro dos demais colegas de trabalho.

— Valeu! — agradeceu Terry, tentando absorver toda aquela energia positiva. Mal não faria.

Ela disparou até Alice e mal deixou o carro parar direito antes de se arremessar no banco do carona.

— Me atrasei? — perguntou Alice.

— Chegou bem na hora, como sempre! — respondeu Terry, com um sorriso inevitável.

Alice tinha se oferecido para buscá-la após o expediente das duas. A turma toda tinha combinado de se encontrar na casa de Andrew e

Dave para assistir ao sorteio televisionado que determinaria a ordem de convocação dos soldados para a guerra. Não era bem uma festa, só uma reuniãozinha entre os mais chegados. A ocasião era tensa demais para qualquer celebração.

— A Glória não vai poder ir — comentou Alice. — Ela já tinha dito aos pais que ficaria na igreja fazendo vigília.

— Você chamou o Ken?

— Não, mas se ele for vidente mesmo, nem vai *precisar* assistir, né? Mas ele é estudante, com certeza não vai ser convocado. — Alice pegou a estrada. — Como foi o trabalho hoje?

As duas estavam jogando conversa fora. Quem diria... Terry nunca tinha visto Alice jogar conversa fora. A amiga só se dava ao trabalho de fazer isso com quem realmente curtia ou com quem se sentia confortável.

Terry abriu outro sorriso.

— Puxado. E o seu?

Alice esfregou a bochecha, que ainda estava suja de graxa.

— Tivemos um conserto complicado logo cedo. Passei a manhã toda brigando com a peça. Mas ela finalmente se rendeu aos meus encantos.

Terry jamais seria capaz de entender como a cabeça de Alice funcionava.

— Imagino que a peça tenha aprendido a lição.

— Aprendeu mesmo.

Alice virou em uma rua que Terry desconhecia.

— Um atalho — explicou. — Começa às oito mesmo?

— Foi o que me disseram.

Terry tinha passado o dia tão aflita que sentia como se a mente tivesse se desconectado do corpo, numa espécie de experiência extracorpórea.

— Na pior das hipóteses — comentou Alice —, tenho família no Canadá. Primos próximos. Não que Andrew seja um desertor, ou algo do tipo.

Terry bufou, preocupada.

— Bem que eu gostaria que ele fizesse isso. Foi minha primeira sugestão, mas acho que ele vai acatar o veredito, seja qual for.

— Entendi. — Alice balançou a cabeça. — Homens... Mesmo os mais legais dificultam a nossa vida.

Ela falou com tanta convicção que Terry ficou curiosa para saber como a amiga tinha chegado àquela conclusão. Mas já estavam chegando. A conversa ficaria para outro dia.

Elas estacionaram e saíram do carro. Arregaçando as mangas da jaqueta, Alice informou:

— Faltam cinco minutos.

Tinham tempo, mas correram até o apartamento mesmo assim. Alice ainda estava se preparando para bater à porta quando Terry virou a maçaneta.

— Chegamos! — anunciou Alice.

— Oi, amor!

Andrew foi recebê-las. Deu um beijo no rosto de Terry e cumprimentou Alice com um *high-five*. *Plaft*.

— Fala, irmãzinha! Vocês chegaram bem na hora!

Ele disfarçava bem. Estava mantendo a pose desde a expulsão da faculdade. Enviou currículos para diversos lugares no dia seguinte, e já tinha uma entrevista marcada para uma vaga de gerente noturno em um motel de beira de estrada. Mas Terry via a tensão nos lábios dele e as olheiras de insônia, de quem passava a noite em claro, encarando o teto, temendo pelo futuro.

— Homens elegíveis para as Forças Armadas têm direito a um lugar no sofá. É a lei! — brincou Dave.

Stacey parou de mexer no televisor e acenou para Terry e Alice.

— As namoradas deles também — retrucou Andrew, e o casal afundou no sofá. Alice aproveitou o embalo e se acomodou ao lado de Terry. — Acho que já vai começar — disse ele, não conseguindo mais esconder o nervosismo.

Terry segurou a mão de Andrew.

Stacey aumentou o volume. A CBS estava explicando que a série *Mayberry R.F.D.* seria substituída por uma transmissão ao vivo com o âncora Roger Mudd, diretamente da agência do Sistema de Serviço Seletivo, na capital. Atrás dele, havia uma fileira de mesas, todas ocupadas por oficiais do governo, e um mural. O âncora anunciou que o primeiro sorteio militar em vinte e sete anos estava prestes a começar.

— Preciso confessar uma coisa — anunciou Stacey, ajeitando-se no chão. — Roger Mudd é uma delícia!

— Que nojo! Ele tem idade para ser seu pai — retrucou Dave.

— Ué, não deixa de ser uma delícia — prosseguiu Stacey, assoprando as unhas, descontraída. — O que você acha, Terry?

— Não sei o que você vê nele... — comentou a amiga, com uma risadinha.

— E você? — Stacey pressionou Alice.

— Gosto não se discute. — A voz dela soava neutra.

— Então o Roger Mudd é todo meu. Alguém sabe como funciona essa lambança? — perguntou Stacey, indicando o televisor com a cabeça.

Como se tivesse escutado a pergunta, Mudd começou a explicar como seria feita a seleção. Havia um grande vaso de vidro no meio do gabinete, repleto de cápsulas azuis. Cada cápsula tinha um número, que por sua vez correspondia a um dia do ano. As autoridades selecionariam uma cápsula por vez, estipulando assim a ordem de convocação para o serviço, com base na data de nascimento dos homens elegíveis. Primeira chamada, última chamada, ou alguma chamada no meio do caminho.

— Vão sortear o primeiro número.

Andrew apertou a mão de Terry. Ele suava frio.

Um oficial tirou uma cápsula azul do recipiente e a encaminhou a uma mesa. O homem à mesa abriu a cápsula. Todos estavam em silêncio, à espera do veredito.

— Quatorze de setembro... — anunciou o homem com o papelzinho.

— Quatorze de setembro é a chamada zero, zero, um.

Um terceiro oficial fixou a data no mural enquanto sorteavam a cápsula seguinte. Terry estava com dificuldade para respirar. Não sabia o que dizer. Andrew apertou a mão dela com mais força, ela apertou de volta.

— Quatorze de setembro? Nenhum 14 de setembro aqui? — perguntou Dave. — E se a gente aproveitar para se divertir um pouco? Se não for o seu aniversário, tem que virar uma dose.

— Então vou ter que beber nas próximas vezes, porque meu aniversário é dia 14 de setembro — disse Andrew. Ele soltou a mão de Terry devagar. — Saí na primeira rodada.

O silêncio que recaiu sobre o grupo só poderia ser descrito como horror puro.

— Cara...

Dave tentou dizer alguma coisa e explodiu em lágrimas.

— Calma, cara! Está tudo bem!

Andrew tentou apaziguar os ânimos, mas dava para perceber o nervosismo em sua voz.

— Não, não está!

Terry se levantou e puxou Andrew para um canto.

— Stacey! Alice! Vou tomar um ar com o Andrew rapidinho. Vocês podem acalmar o Dave enquanto isso?

Tudo começou a girar, mas Terry já sabia como funcionava. Dessa vez não era o ácido. Era o próprio mundo dela ruindo.

Andrew fechou a porta, e os dois ficaram parados lá fora, vapor saindo da boca.

— Sinto muito, meu amor — disse ela.

Os dois se abraçaram.

— Eu sei.

— Não precisa se desesperar. A gente ainda não sabe como vai ser... — começou ela, tentando manter a calma.

Ele balançou a cabeça. Quase riu.

— Sabe, sim. Só tenho dois meses, se tanto. Não estou estudando e vou ser convocado logo na primeira chamada. Não tem mistério.

Terry sentiu a garganta fechar. Ela tentou encontrar palavras para confortá-lo... mas não havia nada que pudesse ser dito.

— Pensa assim, amor — disse Andrew. — O agora é tudo que temos. É só isso que importa.

Ela engoliu o choro e assentiu.

— Eu é que deveria estar consolando você.

— Sei bem como você pode me consolar — disse ele, arqueando as sobrancelhas.

Terry respondeu com um empurrãozinho.

— Como você consegue fazer piada num momento como este?

Ele deu de ombros.

— O que mais me resta?

Justo. Não que a situação tivesse algo de justo. Eles voltaram para a sala, e Dave chorou de novo. Terry passou a noite no apartamento, tentando adivinhar quanto tempo ainda tinham.

2.

Alice estava flutuando no espaço. Ela se perguntou se, nas Profundezas, onde viviam os monstros e sua amiga berrava, era preciso encostar os pés no chão. Não era, claro. Ninguém precisava dos pés para navegar pelos sonhos, sobretudo nos movidos a ácido e eletricidade.

Ela estava torcendo para ter mais visões com Terry. Ainda não sabia se eram alucinações, cenas reais, ou uma mistura caótica das duas. Se ao menos pudesse ver mais alguma coisa, talvez conseguisse descobrir.

Mas a mente dela não estava cooperando.

Folhas secas vagavam no ar parado, e ela fazia o mesmo, cercada por galhos densos e trepadeiras frondosas se projetando de muros em ruínas. Tudo tinha uma luz suave e nebulosa, como se ela estivesse presa em um sonho...

Ou em uma viagem de ácido, pensou.

Diante dela, havia uma porta caindo aos pedaços, rachada ao meio, feito um coração de desenho animado. Atrás, um parquinho vazio, de algum lugar que ela conhecia. Escola? Igreja? Mas num piscar de olhos já não estava mais lá. Imagens indistintas rodavam por sua mente, e a impressão é que fariam isso para sempre. O que significavam? Nada que Alice entendesse... E nada de Terry por perto.

Mas um rosto ela reconheceu.

Brenner.

Ela se concentrou até conseguir vê-lo com mais nitidez. O homem tinha rugas nos cantos dos olhos. Crueldade nos cantos da boca.

Ele estava diante de uma menina magricela de cabeça raspada, que vestia uma camisola parecida com a dela e um capacete metálico com cabos, muitos cabos.

O que estava acontecendo?

A menina arrancou os cabos da cabeça. Alice notou um número no antebraço dela. *011*.

Que cena era aquela que Alice estava testemunhando? Sim, ela era uma testemunha. E também uma espécie de prova. Prova da existência daquela menininha. Uma criança Índigo, exatamente a palavra que Terry tinha visto nas pastas secretas. Só podia ser isso.

De repente, Alice estava em um longo corredor. Na extremidade oposta, a menina levantou a mão e arremessou um auxiliar uniformizado na parede. Como era possível?

A visão começou a desbotar, até que sumiu por completo.

Alice abriu os olhos e se viu na sala de exames do laboratório. A máquina que gerava eletricidade estava sendo levada embora.

— Este lugar é demoníaco — disparou ela, sem se dar conta.

Ela pensou na menina sob o jugo do homem que era a face do mal. Brenner. O que ele estava fazendo com ela? Será que a visão era real?

A dra. Parks não a contradisse, apenas pressionou o pulso de Alice com a ponta dos dedos, trazendo-a de volta para o aqui e agora.

— Vou medir sua pulsação.

3.

Mais do que nunca, Terry detestava a ideia de retornar ao laboratório. Detestava ficar longe de Andrew quando cada momento parecia o último. Mas ainda não era. Ainda restava ao namorado algum tempo antes do exame físico e do processo de alistamento. Ainda demoraria até que ele fosse enviado para o Vietnã, mas Terry *sentia* outra coisa.

Brenner entregou a ela o copo com o líquido amargo, que Terry virou de uma só vez. Depois estendeu o braço para receber o papelzinho de sempre, e Brenner colocou o LSD na mão dela. Ela deixou o ácido derreter na língua, ignorando o gosto químico forte.

— Algo errado? — perguntou Brenner, com uma preocupação claramente falsa.

Até parece.

Terry logo o questionaria sobre a menina, sobre as *crianças*. Ela estava com o coração mole demais naquela semana. Só conseguia pensar em Andrew e não se sentia forte o bastante, se por acaso a conversa com Brenner se transformasse em mais uma batalha. Ela cuspiu e jogou o papel no cestinho de lixo.

— Nada que eu queira discutir agora — respondeu ela.

Terry nunca tinha sido uma garota carente ou sentimental. No colégio, teve uma paixão platônica atrás da outra, por caras que pareciam ter uma profundidade oculta (o que nunca se mostrava real). O que mais a surpreendeu no caso de Andrew foi que ele era interessante de verdade. Stacey falou dele para ela certo dia e disse que eles combinavam, mas Terry não levou muita fé. Quando se conheceram, ficou ainda mais descrente. Ele era bonito demais, com aqueles cílios longos, o cabelo castanho e cheio, carro impecável e apartamento próprio, fora do alojamento universitário. Ela imaginou que o garoto logo provaria ter uma personalidade terrível, ou entediante. Que seria um cara pegajoso, que beijaria mal, ou do tipo maçante e egocêntrico que só fala de si mesmo por horas.

Mas Andrew gostava de conversar sobre política, sobre as notícias, sobre livros. Sobre música. Perguntava como Terry estava. E escutava a resposta. Ele se preocupava com o mundo *e* se preocupava com ela. Beijava muito bem. Ela se sentiu confortável com ele desde o primeiro instante.

Nunca falavam sobre casamento ou sobre planos para o futuro. Tinham um pacto silencioso. Funcionavam bem juntos.

Mas chegara o momento de se sentar e ter uma conversa mais séria, sobre o que tudo aquilo significava para eles enquanto casal... Terry sabia disso. Mas não estava pronta e não queria forçar a barra com Andrew. Decidiu que por ora apenas mergulharia na jornada psicodélica e alimentaria sua ansiedade.

Que maravilha.

— Deite-se — disse Brenner, cortando o fluxo de pensamento dela feito uma faca.

Ela obedeceu. Terry mal tinha dormido nas noites anteriores, todas passadas na casa de Andrew. Quando o namorado perguntou se a administração do alojamento não encrencaria, ela deu risada e disse que, qualquer problema, o laboratório poderia intervir e livrar a cara dela. Era nisso que ela estava pensando.

E não estava bem. Nada bem.

Estava tão cansada que deitar na maca parecia ser a melhor ideia daquele dia. Então se deitou e fechou os olhos. Será que conseguiria dormir durante a viagem de ácido? Não custava tentar.

Um som de ranhuras no chão a perturbou. Ela abriu os olhos e se deparou com Brenner sentado em uma cadeira que tinha arrastado para ficar perto dela.

— O que está acontecendo? — perguntou ela.

— Vamos tentar algo diferente hoje. — Brenner fez sinal para o auxiliar entrar. — Por que você já não tira as amostras de sangue dela?

Terry se sentou na maca.

— Amostras de sangue?

— Primeira sessão do mês, lembra? Precisamos checar os seus índices regularmente e ver se está tudo bem com você, para nos certificarmos de que não está reagindo mal ao tratamento.

Ele fez o procedimento soar razoável, e já tinham tirado o sangue dela antes, então Terry deixou que prosseguissem. Estava com a garganta seca. O auxiliar trouxe três tubos vazios. Ela observou a agulha mergulhar em sua pele e o líquido espesso encher o primeiro tubo. Trocaram o tubo. Ela sentiu o estômago revirar, mas logo passou.

Estranho. Ela nunca passava mal em exames de sangue, isso era coisa da Becky. Terry segurava a mão da irmã e jogava conversa fora, tentava distraí-la, e mesmo assim Becky quase desmaiava. Odiava agulhas.

Terry enfim soube como a irmã se sentia. As drogas que Brenner estava testando naquela semana deviam ser mesmo pesadas. Geralmente, levavam mais tempo para fazer efeito. A cabeça dela rodava feito um cata-vento.

— Você comentou que tem perguntas para fazer — disse o médico. Terry ouviu uma porta se abrir e fechar. Provavelmente era o auxiliar saindo da sala. — Sinta-se à vontade. Estou ao seu dispor.

Terry queria falar, mas sentiu a língua pesada.

— Isso é uma armadilha?

— Não sei, é? O que você quer saber?

— Quero saber o que você está fazendo aqui, nesse lugar, com esses testes... E também...

Terry se sentiu encurralada.

— Eu arruinaria o experimento se contasse a você nosso objetivo. Você precisa confiar em mim quando digo que nosso trabalho aqui é crucial para a segurança da nação. Não podemos comprometê-lo de jeito nenhum. Você entende, não entende?

— Não, não entendo — respondeu ela, com sinceridade.

Aquela ousadia partiu dela ou do ácido?

Seus pensamentos, ainda que petrificados pelo efeito da substância, se voltaram para Andrew. De certa forma, a iminente partida dele para a guerra parecia quase menos assustadora do que os objetivos daquele experimento, seja lá quais fossem.

— A ideia é essa, Terry, manter você às cegas — prosseguiu Brenner. — Isso você entende, pelo menos? Suas ações têm consequências, e você precisa se lembrar disso. — Ele fez uma pausa e se aproximou dela, com um verniz de solidariedade no rosto. — Ouvi dizer que você recebeu más notícias sobre o seu namorado.

Apesar do frenesi e da névoa em sua cabeça e em sua visão, Terry ligou os pontos. Brenner não tinha como saber... A não ser que...

— Foi você!

De novo, as palavras escapuliram de sua boca.

Brenner a encarou com frieza.

— Aposto que você não sabe o que faria sem ele. Vamos, diga. Diga que não sabe o que faria sem ele.

Foi mais forte do que ela.

— Não sei o que faria sem o Andrew.

— Bom, você vai descobrir logo, logo. — Ele sorriu. — Agora feche os olhos e mergulhe fundo. Seja boazinha e se comporte. Não tenho mais nada para conversar com você... por ora.

Ela fechou os olhos devagar e mergulhou em um devaneio.

Isso, mergulhe bem fundo, dizia o cérebro dela. *Fique o mais longe dele que você conseguir!*

Um espaço que era, ao mesmo tempo, todos os lugares e lugar nenhum surgiu em torno dela. Um vazio, breu absoluto. Os pés dela estavam submersos em água.

Parecia *real*. Não era como as drogas. Ou como as memórias.

Era mais seguro ali, mais seguro que o lugar onde ela estava antes. Não era?

Alguém colocou a mão no ombro dela e a levou de volta à sala onde estava de fato. Ela deduziu que fosse Brenner, mas se deparou com Kali.

Terry se sentou na maca e, com os olhos vidrados, procurou pelo médico. Não estava na sala.

Ela tocou na mão de Kali. A garota era de verdade.

— Você nunca mais veio me ver — reclamou a menina.

Terry estava se esforçando ao máximo para compreender o que tinha acontecido, o que estava acontecendo. Sua visão oscilava feito um prato equilibrado na ponta dos dedos, girando sem parar... *Não deixe cair... Não deixe quebrar...*

— O que você tem? — perguntou Kali. — Está doente?

— O homem que você chama de "papai"... Quem é ele? — quis saber Terry, vasculhando a mente em busca de seus questionamentos. — Seu pai de verdade?

— É o papai — disse Kali, como se a resposta fosse óbvia, e a pergunta, meio boba. A menina baixou a voz. — Ele não sabe que estou aqui.

Ah, não.

— Que perigo — advertiu Terry, embora não conseguisse lembrar por que dissera aquilo. — Prometo que vou visitar você, mas ele não pode saber que temos conversado.

— Ele sabe de tudo. — A menina deu de ombros. — Nada de segredos com o papai.

— Não precisa ser assim. Ele é uma pessoa comum. Não tem como saber de tudo. — Terry fez uma pausa. — Ele machuca você? O papai?

Kali fez uma cara feia e não respondeu.

— Porque se machuca... Posso te ajudar.

Terry precisava que ela entendesse aquilo.

A garotinha balançou a cabeça.

— Não pode, não. Talvez *eu* possa te ajudar.

Um campo de girassóis amarelos brotou ao redor delas. Um arco-íris se formou sobre as flores douradas.

— Que lindo... — disse Terry. Ela se levantou e começou a rodopiar, sorrindo. — De onde surgiu isso?

Ao olhar para Kali, viu que a menina limpava um fio de sangue que escorria da narina e fechava os olhos com força.

Os girassóis começaram a sacudir. O arco-íris de repente ofuscou a visão de Terry.

— Vou acabar machucando você — choramingou Kali. — Tenho que ir embora.

Terry tentou proteger os olhos da luz cada vez mais forte. O coração dela afundou no peito. Aquilo não era real, mas ela sabia que estava acontecendo.

— Vai ficar tudo bem. O que é isso? Como você consegue fazer isso?

— É fácil fazer, mas não parar. Tenho que ir. Agora.

— Espera!

Terry estendeu a mão.

Trêmula, Kali se afastou, e as luzes cintilantes deram lugar a sombras. As figuras macabras rastejavam em torno delas, na escuridão amorfa.

— Não — disse a menina.

Terry podia ver nos olhos de Kali que ela precisava mesmo sair dali.

— Posso te ajudar — repetiu Terry, embora não estivesse mais tão certa disso.

Kali fechou a porta. As sombras desapareceram com ela.

4.

Brenner estava do outro lado do vidro fumê da sala, acompanhando a interação de Eight com Terry. Os girassóis não estavam nos planos, mas deram um belo toque sentimental à cena. Eight podia até tentar esconder o fascínio que sentia por Terry, mas aquele simples gesto a denunciou. Pena que o efeito tomou proporções estratosféricas e fugiu de seu controle, como de costume.

Terry provou ser a distração ideal para manter Eight ocupada. De certa forma, ela fizera um favor a Brenner... Ele deixaria as duas interagirem enquanto os benefícios fossem maiores que os riscos. Crianças tendiam a se divertir juntas. Confinada a um quartinho, tudo que Eight queria era uma companhia, uma família. Ele tinha prometido isso a ela.

Brenner não entendia nada de crianças. Sentia que nunca tinha sido criança.

Considerou expulsar Terry do experimento, mas já tinham obtido avanços consideráveis com ela, e a garota já parecia mais maleável, com o namorado prestes a ser enviado para a guerra, cortesia de seu contato na capital. Seria muito mais satisfatório fazer com que ela cedesse na hora certa. Portanto, em vez de expulsá-la, administrou um novo composto de sérum da verdade junto com o coquetel, para fazer efeito bem na hora em que ele sutilmente revelasse que estava envolvido no sorteio de Andrew. Queria fazê-la admitir que não saberia lidar com a partida dele. E, para a própria surpresa, permitiu que Eight a visitasse e participasse da sessão, embora tivesse escapado dos cuidados do vigia. De novo. Brenner fora comunicado da fuga da menina na mesma hora.

Alguém bateu à porta. Era o auxiliar de Brenner. Os olhos reluzentes do funcionário e o papel que ele trazia indicavam boas notícias.

— O que foi? — perguntou o médico.

— Você não vai acreditar!

O auxiliar entregou a folha a ele. Os resultados dos exames de sangue de Terry. Tudo parecia normal, exceto pela pressão arterial um pouco elevada. Mas já era esperado.

Até que... ali estava.

— Grávida — disse Brenner, maravilhado.

Era por isso que ele não tomava decisões precipitadas, como expulsar uma cobaia de um experimento por ter personalidade forte, quando foi justamente esse atributo que fez dela uma candidata ideal. De repente, ela era a nova galinha dos ovos de ouro dele, sob diversas perspectivas.

Ele ficou muito satisfeito por ter deixado o pai da criança fora da jogada. Naquela noite, ele levaria um pedaço de bolo para Eight. Diria a ela que a promessa logo seria cumprida. Finalmente daria um amigo a ela. Um amigo bem especial.

A teoria dele era que habilidades excepcionais podiam ser estimuladas nas condições ideais. Mas ele só conseguia trabalhar com as cobaias disponíveis, que não eram exatamente uma tela em branco. Já essa criança... Ele poderia induzir o desenvolvimento das habilidades dela desde cedo. No útero. Dia após dia. Ele faria com que ela fosse especial.

— Ela ainda está apta para o experimento?

O auxiliar do dr. Brenner era um bom capataz, mas nada esperto. Potencial: medíocre, se tanto. Mas seguia ordens sem pestanejar.

A equipe de monitoramento relatou que as quatro cobaias adultas estavam ficando cada vez mais próximas e que seriam observadas mais de perto. Alice provavelmente chegaria ao ponto de ter que ficar no laboratório para sempre, por causa do excesso de eletrochoques. Quanto a Terry e os outros dois, ele ainda não sabia dizer... Mas em hipótese alguma abdicaria da criança.

— Mas é óbvio! — disse Brenner. — Vamos incrementar as dosagens dela da semana que vem e da semana seguinte. Precisamos mantê-la por perto. Não comente com mais ninguém.

— Às ordens, senhor.

5.

Assim que viu Alice, Terry soube que algo perturbador tinha acontecido com ela também. A amiga estava inquieta, tensa. Ficava mexendo nas alças do macacão e ficou o tempo todo de cabeça baixa ao caminharem rumo à saída. Já estava tarde. As viagens experimentais deixavam todo mundo cansado e introspectivo, exceto por Alice.

— Está tudo bem com você? — perguntou Terry, baixinho.

Ela só queria sair dali, daquele prédio. Mesmo que ainda houvesse a cerca metálica, ficaria mais tranquila ao ar livre. A imagem dos girassóis com o arco-íris — e das sombras rastejantes — tomou a mente dela. Como Kali tinha feito aquilo? *E que lugar obscuro era aquele que ela tinha visitado?* Essa parte da viagem dela parecia inconcebível e real ao mesmo tempo.

O mundo não era mais o mesmo. Em questão de horas, tinha virado de ponta-cabeça.

Andrew se infiltrou em seus pensamentos. Terry se perguntou o que ele estaria fazendo, sentindo uma pontada no peito ao lembrar que o namorado logo iria embora... ainda mais depois do que Brenner tinha insinuado. Se ele era capaz de mandar Andrew para a guerra, o que mais poderia fazer?

— Agora não — respondeu Alice.

— Vamos, meninas? — disse Ken, e Terry percebeu que tinham ficado para trás.

Ela entrelaçou o braço ao de Alice, e as duas seguiram juntas. Quando saíram do prédio, ela respirou o ar puro como se fosse perfume.

Ninguém abriu a boca no trajeto de volta. Àquela hora, a paisagem não passava de um borrão escuro. Terry por duas vezes flagrou o auxiliar olhando para ela pelo retrovisor. E fingiu que estava dormindo. Não foi difícil, com aquele cansaço todo pesando nos ombros. Talvez tivesse até adormecido mesmo.

Quando chegaram ao estacionamento da universidade, o motorista saltou do furgão e abriu a porta para eles. Era mais tarde que o normal, e não havia mais estudantes vagueando pelo campus, nem mesmo os gatos pingados de sempre. Ainda assim, Terry não queria arriscar e conversar por ali, com o furgão possivelmente à espreita.

— A gente podia ir para outro lugar — comentou Alice, depois que o furgão partiu. — Que tal a casa do Andrew?

Terry balançou a cabeça.

— Não quero deixá-lo mais preocupado do que já está.

— Tem a casa dos meus pais, mas acho que não vão deixar a gente em paz lá — sugeriu Glória, e lançou um olhar para Ken. — Terry e eu não podemos levar homens para o quarto.

— E eu não posso levar mulheres — retrucou ele. — Ou qualquer pessoa a essa hora.

Terry tentou pensar em algum outro lugar.

— Podemos ir para a oficina do meu tio — sugeriu Alice. — Tenho a chave.

Ninguém se opôs. Então formaram uma caravana, Terry e Ken no carro de Glória, logo atrás de Alice, em direção à cidade.

— A Alice vai ficar bem? — perguntou Terry para Ken.

Ela queria muito que o amigo tivesse uma resposta, e que fosse boa. Verdade seja dita, a oportunidade de fazer essa pergunta tinha sido o principal motivo para Terry ter pegado carona com Glória e Ken.

— Ainda não sei. Bem que eu queria saber.

— Eu também — acrescentou Glória. — Chegamos.

No fim de uma estradinha de terra, uma grande placa de metal velha demarcava a entrada para a OFICINA JOHNSON, ESPECIALIZADA EM REPARO E MANUTENÇÃO DE MAQUINÁRIO PESADO E SUCATA.

Terry nunca tinha parado para pensar muito na oficina em que Alice trabalhava, imaginando que fosse parecida com a que frequentava. Contudo, para a surpresa dela, era um galpão enorme, cercado de escavadoras, tratores desmontados e caminhões com rodas que poderiam destruir o carro dela. Um lugar macabro, um cemitério de máquinas em meio ao silêncio e à escuridão.

Ela sacudiu a cabeça. *Você está perdendo o foco, Terry. Preste atenção!* Talvez fossem os resquícios das drogas do dia. E a façanha impossível que ela tinha presenciado.

Sombras cobriam a fachada do armazém. O único poste de luz do local não era páreo para a noite. Alice provavelmente sabia o caminho até a entrada de cor, porque não deu sequer um passo em falso ao sair do carro e entrar no galpão. Pouco tempo depois, uma porta enorme se abriu, e a luz se acendeu lá dentro.

— Primeiro as damas — disse Ken.

Terry e Glória entraram primeiro — a porta era ampla o bastante para as duas passarem juntas —, e Terry soltou um assovio, surpresa. Lá dentro, havia mais máquinas colossais, que ficavam ainda maiores debaixo de um teto. A oficina cavernosa cheirava a óleo, cascalho e suor.

Alice consertava tudo aquilo. Trabalhava com aquilo. Ela era mesmo brilhante.

— Alice, isso é... incrível! — comentou Terry.

Alice estava de braços cruzados, ansiosa.

— Sei que não é uma universidade nem nada, mas...

— É fascinante! — disse Glória.

Alice revirou os olhos.

— Sem bajulação.

Glória balançou a cabeça.

— Aqui também tem ciência. E muita.

Alice concordou, aliviada, por fim relaxando o corpo. Pelo jeito, temia que caçoassem dela. Tão durona, tão frágil. O carinho por aqueles desconhecidos que haviam se tornado amigos inundou o coração de Terry. Não havia ninguém como eles.

Terry, foco!

— Por falar nisso: tenho um aparelho de rádio para você consertar, Alice — comentou Ken, com uma piscadela.

— Claro! — respondeu ela. — Dez dólares na minha mão e ele fica novinho em folha.

O ambiente ficou um pouco mais leve.

— Acho que não tem quase nenhuma cadeira, me desculpem — disse ela, vasculhando a oficina, onde Terry não via sequer um lugar para se sentar. — Meu tio vive dizendo que elas acabam convidando as pessoas a ficar mais tempo aqui e meter o bedelho no nosso trabalho.

Ela apontou para o chão e se sentou ali mesmo, encostada na roda de uma máquina que parecia uma escavadeira.

Os demais aproveitaram o embalo. Terry se sentou de pernas cruzadas, apoiando a mão no piso frio. Glória ocupou o assento acolchoado de um tratorzinho, e Ken se acomodou ao lado de Terry, com as pernas estiradas e os pés cruzados.

— Bom — começou Terry, já que ninguém mais tinha se pronunciado —, estamos aqui por um motivo. Brenner sabe de algo. Ele... Ele me ameaçou. Deu a entender que tinha algo a ver com o alistamento do Andrew.

— Mas como? — indagou Alice. — É um sorteio aleatório.

Ken mordeu o lábio.

— Os jornais já estão dizendo que não foi tão aleatório assim.

— Eu falei para vocês... — disse Glória. — Esse pessoal é poderoso. Deve ter muitos contatos.

De repente, Terry foi tomada por uma onda de pavor.

— Quer dizer que é culpa minha? — perguntou ela, aterrorizada.

Glória a interrompeu na hora.

— Não, ninguém está dizendo isso. Definitivamente *não* é culpa sua.

Aquilo não melhorou muito a situação. Terry continuou:

— Preciso contar outra coisa para vocês, mas... Alice, quer falar primeiro?

Ela assentiu freneticamente, aflita.

— Vi um negócio que pode ser pior que os monstros.

— O quê? — perguntou Ken, absorto.

— Numa das minhas viagens, vi o Brenner com uma menininha...

Alice contou a eles sobre a menina de camisola e capacete esquisito, com o número 011 tatuado no antebraço, e que ela tinha *poderes*, chegando a arremessar um homem numa parede com apenas um gesto.

— Parecia um experimento. Não tenho certeza, mas era tudo tão real.

O número fez Terry se lembrar dos arquivos que tinha encontrado no escritório de Brenner. Será que Kali também tinha um número?

— A Kali veio me ver hoje. Ela também tem... poderes, acho. Não sei descrever de outra forma.

Em poucas palavras, Terry relatou o encontro delas e as habilidades da menina. Então se virou para Alice.

— Eu acredito no que você viu.

— Hmmm — murmurou Glória, pensativa. — Como era a menina das suas visões, Alice?

— Tinha cabelo castanho bem curtinho, parecido com o dos meus irmãos. Ou como se tivesse sido raspado e estivesse crescendo, sabe? Minha tia já teve câncer... Então talvez... Não sei. Ela era bem magrinha, mas parecia saudável. — Alice fechou os olhos, buscando mais detalhes, e logo os abriu novamente. — Uns doze ou treze anos, talvez? Pele clara. Olhos enormes e penetrantes.

Terry franziu o cenho. Num primeiro momento, pensou que a menina nas visões de Alice fosse Kali, mas a descrição não batia.

— E como é a Kali? — perguntou Glória.

— Não — disse Terry. — Não é ela. Não pode ser. A Kali é mais nova. — Ela ficou de joelhos e ergueu a mão para indicar a altura de Kali. — Ela tem uns cinco anos. Pele escura. Cabelo preto na altura dos ombros. Isso significa que tem mais de uma criança lá. Como você desconfiou, Glória?

— Os poderes que vocês duas descreveram... Nunca ouvi falar em nada parecido, claro, mas se existissem mesmo... São coisas diferentes. Uma pessoa jamais teria esses dois tipos de poder ao mesmo tempo.

— Você tirou isso dos quadrinhos que lê, imagino — comentou Ken.

— E daí? — retrucou Glória.

— Estranho você ter visto o número onze — disse Terry, intrigada. — Só me lembro de ver arquivos até o número dez.

Glória chamou a atenção para o óbvio.

— Talvez ele ainda esteja trazendo novas cobaias.

— Precisamos colocar um ponto final nisso — declarou Alice, determinada. — Ele está usando essas crianças. Tenho certeza.

— Concordo. — Terry sentia que estavam deixando passar algo crucial. — Alice, será que o que aconteceu com você foi uma espécie de projeção astral?

— Você acha que Alice estava presente enquanto essas coisas aconteciam? — perguntou Glória. — A menina e o dr. Brenner...

Alice deu de ombros, sem saber o que pensar.

— Pode ser. Não parei para pensar muito no funcionamento das visões e tudo o mais.

— Então já sei exatamente o que fazer. — Para Terry, se eles entendessem o funcionamento de *qualquer* coisa naquele laboratório, já estariam no lucro. Estavam desbravando um território desconhecido. — Precisamos descobrir quantas crianças tem lá e o que exatamente Brenner está fazendo com elas. A Kali disse que Brenner nunca a machucou, mas vai saber? Ela só tem cinco anos. Talvez a gente tenha que organizar uma missão de resgate.

— Mas ainda não sabemos se ele não é mesmo o "papai" — argumentou Ken, baixinho. — Podemos ser presos por sequestro.

— Eu disse que *talvez* a gente tenha que resgatá-las — retrucou Terry. — Mas o que você falou faz sentido. Enquanto isso, Alice, vê o que mais você consegue visualizar.

— Eu não tenho controle sobre isso!

— Mas tenta. O Brenner está em posição de vantagem, no controle. Precisamos usar tudo que temos. — Terry soava mais confiante do que se sentia de fato. — Ele não vai facilitar a nossa investigação.

Alice assentiu e se pôs de pé, estendendo a mão.

— Somos a Sociedade! Quero ser a Galadriel — declarou.

Terry também se levantou.

— A Galadriel não faz parte da Sociedade.

— Isso é o de menos. Não tem muitas mulheres nos livros para a gente escolher. Quero ser a Galadriel.

Ken se levantou.

— E Brenner é o Sauron.

Glória balançou a cabeça e pulou do trator para se juntar a eles.

— Sou mesmo a única que não leu esses livros? Não tenho ideia do que vocês estão falando.

— É, sim — responderam Alice e Ken, em uníssono.

Alice assentiu e sorriu para ele. A primeira vez que isso acontecia.

— Vocês todos! Coloquem a mão aqui! — ordenou ela.

Todos obedeceram.

— E agora? — perguntou Ken.

— Agora, no *um*... — Terry começou a contar, pensando nos jogos de futebol do colégio, nas rodinhas que os times formavam. — Três, dois, um! Viva a Sociedade do Laboratório!

A risada que deram era permeada por apreensão. O tipo de risada que se dava quando não havia graça alguma.

6.

Uma semana depois, Terry fechou os olhos e esperou, pacientemente, as drogas fazerem efeito. Tinha enfrentado mais algumas noites de insônia, até, de repente, ser tomada por uma onda de ânimo nos últimos dois dias. Quase uma expectativa. Será que ela conseguiria encontrar o vazio, como na última vez?

Brenner passou a tratá-la com um cuidado meio arrogante. Tinha até lhe dado um complemento vitamínico para tomar em casa. Isso era novidade.

— Algumas drogas podem ter efeitos colaterais, como inchaço abdominal e enjoo. Por favor, me avise se sentir alguma coisa. E não se consulte com o seu médico de sempre, porque ele não vai saber o que fazer. De qualquer forma, estas vitaminas vão ajudá-la a se recuperar da bateria de testes.

— Hum... Obrigada — disse ela, e se segurou para não perguntar por que ela e os colegas estavam sendo testados, ou se as crianças superdotadas também tomavam aquelas mesmas vitaminas. Talvez as delas fossem fofas e coloridas. Em todo o caso, ela jogaria as cápsulas fora assim que chegasse em casa.

Talvez Brenner estivesse lhe pedindo para mergulhar mais fundo, mas Terry estava concentrada, impenetrável, ignorando por livre e espontânea vontade aquela imitação ordinária que ele fazia de um tom relaxante, quase uma paródia. Ela respirou fundo e vasculhou dentro de si, imaginando-se cada vez mais longe dali... mais e mais longe...

De repente, estava atravessando um deserto, que se transformou no corredor de azulejos do lado de fora da sala, depois numa geleira, que deixaram os pés dela tão gelados que ela começou a tremer de frio. O primeiro corpo de água que ela visitou foi uma praia. Ela sentia a areia entre os dedos dos pés enquanto observava o mar de algum lugar onde já tinha passado férias. Tinham se hospedado em uma pousada a um quarteirão da orla, junto com a família de um colega do pai, do Exército. Certo dia, Terry entreouviu a conversa das mães, sentadas lado a lado numa mesa à beira da piscina, enquanto as crianças gastavam toda a sua energia no trampolim. As mães estavam tão absortas que mal atentavam para os mergulhos dos filhos, e Terry conseguiu captar pedaços da conversa sem que percebessem.

— *Pesadelos?*

— *Sim. Às vezes tão pesados que ele fica dias sem dormir...*

— *E ele desconta em você? Nas meninas?*

Quando criança, ela imaginava que a vida adulta se resumisse a esse tipo de diálogo. Agora, perambulando pelo mundo durante um teste com ácido, ela concluiu que, embora tivesse certa razão, a vida adulta era ainda mais estranha.

Foi então que a escuridão que ela buscava a cercou. O lugar nenhum que era, ao mesmo tempo, todos os lugares. Quantas horas demorou para chegar lá, ela não sabia dizer. Mas as memórias, a ânsia contida nas memórias... Por alguma razão, ela concluiu que a memória e o vazio eram parecidos. Um espaço que de alguma forma conectava pessoas.

Nenhum cheiro, nenhum sabor.

Não havia nada ali, nada além de Terry.

Até que ela viu um rosto à sua frente.

Glória. Uma luz na escuridão.

A amiga estava sentada, de olhos fechados.

— Glória, acorda — sussurrou.

Ela não deu sinal de que estava vendo ou ouvindo Terry. Então desapareceu, entre um respiro e outro.

Terry continuou andando, os pés batendo na água. Nada mais surgiu. Ela estava sozinha.

Por fim abriu os olhos e fingiu que contava ao dr. Brenner os segredos de seu passado. Quanto menos ele soubesse da habilidade recém-descoberta dela, o que quer que aquilo significasse, melhor.

O homem ficou o tempo todo na sala com Terry, e ela não teve como ir atrás de Kali de novo.

7.

O calor do forno deixava a pequena cozinha da casa bem aconchegante. O rádio tocava músicas natalinas a todo volume, e pela primeira vez na vida Terry não reclamou delas.

— Não faz isso! — brincou Andrew. — Assassina!

Terry tirou mais um bonequinho da assadeira e abocanhou a cabeça.

— Coitado do Senhor Gengibre.

Andrew balançou a cabeça, desolado.

— Senhor Gengibre? — indagou ela, de boca cheia.

— Nome completo: Biscoito de Gengibre. Mas Biscoito é só para os íntimos. Ou *era*, antes de ele vir a falecer por repentina perda de cabeça.

Terry gargalhou.

Até o laboratório de Hawkins tinha feito um recesso no feriado. Eles ganharam duas semanas de férias, e embora Terry estivesse se coçando para retomar a investigação, resolveu aproveitar o prazer que era *não* ter que ir até aquele lugar. Andrew tinha se comprometido a passar o Natal com os familiares, mas combinaram de cear juntos na véspera, na casa de Becky. E por falar nela...

— Vocês estão se beijando? — perguntou ela. — Ou posso entrar?

— Não consigo beijar e rir ao mesmo tempo — soltou Terry.

— Acho que, com prática, você aprende.

Andrew se inclinou e beijou a pontinha do nariz dela.

— Olha que vou entrar na cozinha, hein! — disse Becky. — Preciso preparar as batatas.

Becky estava mais bem-humorada que o normal. As primeiras festas sem os pais tinham sido devastadoras. Ela tentou fazer algo especial para Terry, mas nenhuma das duas estava a fim. Apesar do fantasma da convocação, a presença de Andrew fazia a casa parecer menos vazia. Elas já tinham até combinado de ir ao cinema no dia seguinte para manter a cabeça ocupada. *Butch Cassidy* estava em cartaz. Becky era apaixonada por Robert Redford.

— Ei, vem aqui um segundinho — chamou Andrew, arrastando Terry para a sala de estar.

As luzes da árvore piscavam, e no topo estava o mesmo anjo de sempre. Havia alguns presentes espalhados no chão.

— Quero dar um dos seus presentes a sós.

Andrew pegou uma caixa que tinha trazido mais cedo. Terry sabia que, se a virasse de cabeça para baixo, flagraria o improviso amarrotado de papel de presente e fita adesiva, mas daquele ângulo estava bem bonito.

— Uau! — exclamou Terry.

— Vai, abre!

Ela adorava abrir presentes. Rasgou o papel com gosto e quase caiu para trás com a surpresa.

— Uma Polaroid? Não acredito!

— Para você usar na sua missão. — Ele baixou a cabeça, um pouco tímido. — E, sabe, se você por acaso me mandar cartas, pode incluir fotos às vezes. Para eu ver você enquanto estiver fora.

Os olhos de Terry ardiam em lágrimas, e um nó se formou na garganta.

— Não quero que você vá.

— Eu também não.

Era um bom presente, embora não fosse o que os dois mais queriam.

Capítulo Sete

NA FLORESTA

JANEIRO DE 1970
Bloomington, Indiana

1.

Alice estava à espreita atrás da porta, no escuro, dentro da oficina. A ansiedade crescia dentro dela, mas não vinha carregada do teor negativo de sempre. Ela havia traçado um plano nas férias, uma forma através da qual, talvez, conseguisse usar suas visões em prol da investigação, e achava que valia a pena tentar. Além do quê, estava animada para rever seus amigos. Tinham combinado de se reunir na noite anterior à primeira visita ao laboratório do ano.

No horário combinado, às onze, ela se escondeu e ficou esperando os faróis se aproximarem. Quando por fim ouviu passos, ligou as luzes e saltou para a frente.

— Bu!

Glória deu um grito e entrou na oficina, com a mão no peito.

— Parabéns, você acaba de causar um ataque cardíaco!

— Ah, para! Foi só uma brincadeira! — Alice deu um tapinha no ombro dela. — Fica tranquila. Lembra que eu sou um amor e te ensinei coisas ótimas, como abrir fechaduras.

— Verdade. — Glória riu, depois deu meia-volta e berrou para a escuridão: — Cuidado com a Alice hoje, hein, gente! Ela está aprontando!

— Eu já sabia! — gritou Ken, do lado de fora.

Glória e Alice reviraram os olhos.

— Pensei que ter um vidente por perto seria mais útil — murmurou Glória.

— Ah, até que eu vou com a cara dele agora — admitiu Alice.

Glória se viu obrigada a concordar.

— Até porque não temos muito o que fazer, né? A gente vê essa cara com bastante frequência.

Terry e Ken entraram juntos. Fazia duas semanas e meia que não se reuniam. Duas semanas e meia sem furgões, laboratório, ácido ou eletricidade. Duas semanas e meia sem monstros.

— Você não deveria ficar falando mal das pessoas pelas costas, sem dar a elas a chance de se defender — comentou Ken.

— Não esquenta a cabeça com isso. — Terry ergueu um tabuleiro redondo com uma torta de suspiro de dar água na boca. — Ordem na reunião da Sociedade! Ah, tem torta.

— O Andrew não veio? — perguntou Alice.

A expressão de Terry mudou.

— Não tive coragem de contar para ele sobre o Brenner e o sorteio. Ele já tem coisa demais na cabeça para ficar se preocupando com isso. Ainda mais agora que vai estar longe.

— Você está fazendo um favor a ele.

Glória colocou a mão no braço de Terry em um gesto afetuoso, e a garota deu um sorriso triste.

— E eu estou fazendo um favor a *vocês*. — Ken trazia uma pilha de pratinhos descartáveis e quatro garfos de metal. — Trouxe os apetrechos para comermos a torta.

Terry sussurrou, brincando:

— E olha que eu não tinha comentado nada com ele.

Alice pegou um dos garfos da pilha de pratos e o fincou direto na torta para roubar um pedaço.

— Suspiro com caramelo! — disse ela, animada.

— De que é feito suspiro, afinal? — perguntou Ken. — De vento?

— De felicidade! — respondeu Alice.

— Clara de ovo batida e açúcar. É uma receita bem delicada, tem que saber bater a clara certinho — explicou Glória. Todos a encararam com espanto, e ela acrescentou: — Cozinhar é química pura, pessoal!

Alice não estava acreditando.

— Você tem mais segredos do que qualquer outra pessoa que eu conheço, Glória Flowers.

— Digo o mesmo, Alice Johnson.

— Sociedade, Terry Ives está com os pés cansados de tanto correr pela lanchonete no turno da noite. Podemos nos sentar?

Terry se dirigiu para o mesmo canto em que se acomodaram quando foram à oficina pela primeira vez.

Alice estava nervosa com a presença deles. Aquele lugar era sua paixão — o cheiro de graxa e óleo, além de todo o maquinário. O fato de eles não terem achado aquilo ridículo significava muito para ela. Pareciam até impressionados, na verdade.

A escavadeira da semana anterior não estava mais lá, já tinha sido entregue. No lugar, havia um tear de serrar granito. Equilibrando a torta, meio desajeitada, Terry se agachou e se sentou ao lado da máquina, pousando a torta no chão. Alice notou que ela estava menos abatida. Torcia para que a amiga estivesse aproveitando todo o tempo do mundo com Andrew. Chegou a sonhar que eles se casavam e que a filha de uma de suas primas do Canadá era a daminha de honra. Estranho, não? Era *só* um sonho, coisa da imaginação dela, mas Alice acordou com um sorriso no rosto, que se esvaiu quase que imediatamente, quando ela lembrou que Andrew logo partiria para a guerra. A primeira leva de sorteados começaria a ser convocada em breve.

Ken colocou os pratos e talheres junto à torta. Formaram uma roda em torno da sobremesa, e cada um pegou um garfo — até mesmo Glória, que dessa vez estava de calça.

— Queria tanto que a gente não precisasse voltar lá... — Glória foi a primeira a se pronunciar sobre a pauta da reunião.

— Mas, infelizmente, a gente precisa. — Alice engoliu em seco. — Passei os últimos dias quebrando a cabeça, pensando em como poderia usar as minhas visões a nosso favor, que nem a Terry sugeriu. Acho que ninguém mais aqui tem acesso às Profundezas. Só eu. O problema é que, como já comentei, não tenho controle sobre isso. Ainda não, pelo menos.

Alice tinha uma teoria: sentia que estava aprimorando as visões e que uma descarga mais intensa de eletricidade talvez lhe mostrasse mais coisas.

— Mas se eu desse um jeito de descrever a vocês exatamente o que vejo, na hora em que vejo, nos mínimos detalhes... Acho que isso nos ajudaria a procurar pistas.

— Mas como faríamos isso? — perguntou Terry, enfiando mais uma garfada na boca.

— Quer dizer que vocês acreditam mesmo em mim quando falo das visões? — Eles já tinham dito que sim, mas Alice entenderia se, no fundo, não acreditassem. — A história da menininha? Os monstros?

Terry não pensou duas vezes.

— Claro que sim.

— Por que não acreditaríamos? — perguntou Ken.

Glória assentiu.

Terry baixou o garfo.

— Pelo jeito, você tem um plano em mente, não tem?

Era uma ideia controversa. Alice enganchou o dedo em uma das alças do macacão.

— Tenho, sim, mas estava torcendo para o Ken chegar com as respostas. Acho que vocês não vão gostar muito da minha ideia.

Ken balançou a cabeça.

— Não tenho resposta nenhuma. Não é assim que funciona.

— Como é que funciona, então? — indagou Alice.

Pelo menos isso ela queria entender.

Ken respondeu com calma.

— Tenho pressentimentos, ou até mesmo pensamentos mais claros, às vezes, que parecem reais. No dia em que saiu o anúncio sobre o experimento, por exemplo, eu senti que precisava pegar o jornal. Pouco tempo depois, visualizei uma cena com quatro pessoas e pensei: "Vamos ser importantes uns para os outros." Não consigo explicar melhor. Desculpa.

— Não, eu é que peço desculpas.

Alice gostou ainda mais dele depois daquela resposta. Não lhe restava outra alternativa. Era hora de compartilhar seu plano. Ela se importava muito com tudo aquilo e estava disposta a lutar.

— Você às vezes tem pressentimentos que preferiria não ter? — Glória perguntou para Ken.

— Sim.

— Envolvendo a gente? — indagou Terry, com os olhos fixos nele.

— Até agora, não.

— Ufa! — comentou Terry, e fez um sinal para Alice. — Então, vai. Conta essa sua ideia tão terrível para a gente poder criticar.

Eles não gostariam nada da ideia, não havia dúvida, mas ela não tinha pensado em nada melhor. Era a *única* saída. Alice entendia de tecnologia, e as máquinas do laboratório não pareciam complicadas demais para ela; talvez conseguisse convencê-los de que, para destravar sua mente, aquilo seria necessário.

De qualquer forma, teria que ser um choque e tanto. Nela, no caso.

Alice respirou fundo.

— Envolve a eletricidade.

— Você tem razão, já não estou gostando nada disso — disse Terry. — Mas continua.

— Não sei se tem a ver, mas só tenho visões... Bom, é assim que me refiro a elas... Só tenho visões quando uso as drogas *e* passo pelo tratamento de choque.

Alice fitou as montanhas de suspiro da torta, já pela metade. Tinha receio de olhar para os outros e denunciar quão ridícula estava se sentindo. O termo "visões" dava a entender que ela julgava ser médium, ou alguém importante e genial. Mas não era assim que ela se sentia. Longe disso.

Ninguém a interrompeu, então ela prosseguiu:

— Então pensei: se vocês me derem o choque, eu faria o resto. E vocês estariam lá para anotar tudo.

— Nem pensar! — disse Terry. — É arriscado demais! Não vou dar choque nenhum em você.

— Mas sou eu que estou pedindo — rebateu Alice. — Não vou ficar parada enquanto posso ajudar essas meninas que estão sofrendo.

Eu já recebo choques toda semana, não vai ser nada fora do normal. É um risco que estou disposta a correr.

Terry ia retrucar, mas Glória se antecipou:

— Você tem certeza de que vale a pena? A gente não tem nenhum fato concreto em que se basear, só suposições.

A sinceridade de Glória fez Alice relaxar um pouco.

— Diria que tenho aproximadamente 85% de certeza.

— Posso fazer uma pesquisa... — sugeriu Glória. — Ver que intensidade de carga seria segura.

Alice a ignorou. Ela mesma ia descobrir a carga necessária.

— Alice, isso é muito perigoso — argumentou Terry.

— Mas ela já está correndo perigo. Todos nós estamos — murmurou Ken.

— Se isso for reduzir o tempo que a gente passa naquele laboratório, vale a pena — insistiu Alice. — Terry, você sabe que eu estou certa. Pensa no que ele fez com o Andrew.

"E com você", a garota teve vontade de dizer.

Terry juntou as mãos no colo.

— Não podemos fazer isso no laboratório, seria muito arriscado. O Brenner não pode ficar sabendo dessa sua habilidade. Já temos noção de como ele trata as cobaias. Ele deve achar que os monstros são só alucinação, uma bad trip, talvez até se divirta com o seu sofrimento. Mas, se descobrir que você tem visões com ele, ou com as crianças, imagina do que seria capaz! Ele se agarraria a isso e nunca mais largaria.

— Mas é no laboratório que fica a máquina de eletrochoque — disse Glória.

Terry teve uma ideia.

— Alice, você consegue montar uma máquina parecida?

— Se eu consigo? — Alice refletiu um pouco. Bem que ela gostaria de já ter desmontado uma daquelas máquinas. Parte do plano dela era entender como funcionavam. — Olha, eu construo um modelo ainda melhor! Você acha que conseguimos fazer isso aqui mesmo, então? Onde vamos conseguir as drogas?

— Ainda tenho aquela dose que escondi — lembrou Glória.

Terry mordeu o lábio.

— Pode ser que o lugar também influencie as visões. Talvez a gente deva fazer isso em Hawkins mesmo.

— Achei que você não quisesse que fosse lá — apontou Glória, intrigada.

— Lembram quando fui à biblioteca ver se encontrava alguma coisa sobre o Brenner? Cheguei a dar uma olhada num mapa. Mostrava uma floresta nas imediações do laboratório. Podíamos tentar chegar o mais perto possível, só que ainda do lado de fora da cerca.

— Se vamos para uma floresta, temos que usar uma máquina que não precise de tomada — comentou Alice.

— Isso é um problema? — perguntou Terry.

— É um desafio — respondeu Alice. — Não, melhor! É uma oportunidade: uma oportunidade de me exibir.

Glória balançou a cabeça.

— Bom, esse plano parece ótimo e bem louco, como de costume. Vou precisar de uns dias para definir a melhor maneira de fazer isso dar certo. Quando vocês estão pensando em agir?

Terry pegou o garfo de novo.

— Acho que podemos entrar em ação assim que a Alice montar a máquina. A não ser que alguém tenha uma ideia melhor antes, claro.

— Ninguém vai ter — anunciou Ken.

Alice foi tomada por um turbilhão de emoções. E daquela vez não eram nada boas.

2.

Terry estava sentada em uma cadeira, numa sala do laboratório, de olhos fechados. Brenner havia conduzido uma série de exercícios de visualização com ela, que consistiam, em grande parte, em mentalizar partes do corpo e imaginá-las fortes e saudáveis. Se aquilo tinha algum propósito, ela não fazia ideia. Só sabia que era fácil.

No fim da sessão, ele ficou em silêncio e deu um pouco de espaço para que Terry mergulhasse mais fundo.

Ela mais uma vez se viu no que era, ao mesmo tempo, lugar algum e todos os lugares. O vazio. Sozinha.

A garota andava fazendo uns testes. Tentou encontrar pessoas, como tinha feito com Glória da outra vez, mas não obteve sucesso. Não encontrava uma luz sequer.

Por mais que tivesse sido ideia de Alice, Terry achava um absurdo dar choques na amiga, por isso se esforçou para bolar um plano que tirasse aquela possibilidade da jogada, mas seus esforços foram todos em vão.

Quando Kali apareceu diante dela, na escuridão, Terry ficou confusa. Tinha certeza de que estava alucinando. Mas a menina continuou se aproximando.

— Kali? — Terry mentalizou a pergunta, pegando na mão dela.

— Estou aqui — disse a garotinha. — Será que estou sonhando?

— Talvez.

Terry tentou se aproximar. Não custava tentar.

A ideia de conversar com Kali enquanto Brenner estava na sala ao lado, monitorando suas reações, alheio àquilo tudo, conferia ao momento uma pitada de adrenalina. Vendo de fora, ela só estava sentada, estática, viajando. De olhos fechados, parecia imersa em um sono confortável.

Terry soltou a mão de Kali. Não queria assustá-la, então arriscou uma pergunta neutra.

— O que você fez hoje?

Kali parecia de mau humor.

— Fiz alguns desenhos para o papai.

— Umas figuras que nem aquelas que você fez para mim, com os girassóis?

— Não!

A menina ficou emburrada e levantou a mão. Segurava um giz de cera.

Terry estreitou os olhos e notou que Kali tinha uma tatuagem no antebraço: 008.

— Desenhos mesmo. Aqueles são *lusões*.

Pelo bem da menina, ela tentou esconder o espanto causado pelo número.

— *Lusões*? — perguntou. — Ah, *ilusões*!

— Foi o que eu disse.

Terry não convivia muito com crianças, mas, pelo tom de voz de Kali, estava claro que discutir seria uma péssima ideia. Teria que ir com calma.

— O papai sabe que a gente conversou? Ainda é nosso segredinho?

— Eu falei para você. O papai sabe de tudo. Nada de segredos com ele.

Terry gelou, tentando disfarçar o medo. Será que Kali tinha contado para Brenner que ela fugiu para encontrá-la? Ou pior: será que ele estava por trás do novo encontro?

Kali a observava com a atenção que somente uma criança à espera de algo seria capaz de ter. Se Terry fizesse uma pergunta muito brusca, Kali nunca confiaria nela. E a menina nem precisava mais sair de fininho para se encontrar com Terry.

— Pode parecer que ele sabe de tudo, mas não é bem assim — disse Terry, olhando no fundo dos olhos de Kali para que a garota visse que estava sendo sincera. — Ele não sabe que estamos conversando aqui. Isso é assunto nosso. Ele só vai ficar sabendo se você contar.

A menina ficou um bom tempo em silêncio.

— Vou tentar, de verdade. — Ela encarou Terry com o interesse renovado. — Você tem amigos?

— Somos amigas, não somos?

Kali sorriu, claramente satisfeita.

— Quero muito ter amigos, mais que tudo na vida. Você tem outros amigos?

— Tenho, sim. Alguns deles estão aqui hoje. — Kali olhou ao redor, esquadrinhando o vazio, o lugar nenhum que era todos os lugares, e Terry esclareceu: — Não exatamente *aqui*, mas no laboratório. A gente vem junto. E tenho outros amigos também. O Andrew...

Ela mal conseguia dizer o nome dele. Tinha engasgado. *Culpa do ácido. Da loteria militar. Do Brenner.* Ela andava muito emotiva.

Engoliu em seco e continuou:

— Andrew é um dos meus melhores amigos.

— Não é justo! — Kali bateu o pé na água com força, e círculos reverberaram na superfície, escuridão afora. — Por que você tem tantos amigos? Você nem é especial. O papai disse que vai arranjar um amigo para mim, mas já estou cansada de esperar.

A menina estava surtando, e não era à toa.

— Você não tem nenhum outro amigo?

Por que será que ele a mantinha isolada, se havia outras crianças como ela? A cada coisa que descobria sobre Brenner, Terry ficava mais enojada.

Kali balançou a cabeça. Estava com a cara amarrada, quase chorando.

— Bom, não é justo mesmo — disse Terry. — Fico contente por sermos amigas. E viramos amigas por conta própria, sem a ajuda do seu papai.

Kali fez que sim com a cabeça.

— Tenho que ir.

Terry ainda tinha muitas perguntas.

— Me visita de novo quando puder?

Kali assentiu bruscamente e se jogou para cima dela de braços abertos. Abraçou Terry com força, bem rápido, e desapareceu na escuridão do vazio.

Que garota resiliente. Quanto tempo será que Kali tinha passado nas garras de Brenner? Ainda havia muito que Terry queria perguntar. Aquele abraço tinha mexido com ela, que sentiu uma lágrima escorrer pelo rosto.

Lidar com crianças era cansativo. Mas, mais do que isso, também era... maravilhoso.

3.

Brenner estava sentado em uma grande mesa de carvalho, do tipo que deixava muito clara a hierarquia das coisas. *A barreira entre nós não é só simbólica. Estamos separados por uma densa camada de poder.*

— Eles se reuniram na oficina duas vezes, senhor — comentou o responsável pela segurança, com os olhos fixos em um ponto acima do ombro direito do médico. O truque fazia a maioria das pessoas pensar que estava fazendo contato visual.

Brenner não era como a maioria.

— E você tem isso em vídeo ou áudio?

O segurança o encarou com firmeza.

— Sinto informar, mas não conseguimos. Um dos nossos homens chegou a inspecionar o local, disfarçado. Tentou vender o dispositivo de vigilância para o tio da garota Johnson como se fosse um sistema de segurança. Acontece que o tio já tinha um sistema próprio, e poderia acabar registrando nossa tentativa de implementar o dispositivo em segredo. Ele tem câmeras muito bem escondidas.

Brenner não respondeu de imediato.

— Então, pelo que entendi, você veio até aqui me dizer que uma garota metida a mecânica foi capaz de deter o maior esquema de segurança e inteligência do planeta?!

— Eu não usaria essas palavras exatamente.

O homem esperou por uma resposta, e, visto que Brenner não se pronunciou, prosseguiu:

— Mas é por aí, se quiser encarar as coisas dessa forma. A meu ver, jogar tudo para o alto só para acompanhar as reuniões de uns universitários que vocês estão enchendo de LSD não compensa o risco de sermos expostos. Já estamos monitorando Ives e Flowers através dos grampos nos alojamentos e em suas residências. É o bastante.

— Saia já daqui — ordenou Brenner.

O homem tentou protestar, mas apenas balançou a cabeça, por fim se levantou e disse:

— Você é exatamente como dizem.

— Você não sabe nem a metade.

Brenner nunca se deixava levar por ameaças frívolas. Pouco importava se gostavam dele ou não, ou mesmo se o respeitavam, contanto que respeitassem sua autoridade.

— Mais uma coisa — continuou, e o homem parou à porta. — Informo que você será realocado em breve. Nosso trabalho aqui é de suma importância, ainda que você não seja capaz de entender. Informações confidenciais são confidenciais por um motivo.

— Espero que alguém jogue um balde de água fria nesse seu esqueminha odioso em breve.

O homem bateu a porta antes que Brenner pudesse responder. Não que fizesse diferença. Ele não tinha mais o que dizer mesmo.

Claro, Brenner pensou em usar Terry em mais uma missão, pedir para a garota colocar um grampo na oficina. Mas não confiava mais nela. Provavelmente contaria para os demais. Brenner também não se sentia mais seguro para trabalhar as sugestões sob hipnose.

Era hora de fazer uma nova visita a Eight. Ela continuava entregando a ele desenhos dos dois juntos com uma terceira pessoa ao lado, com um ponto de interrogação no rosto, representando o amigo que ele prometera. O protocolo correto seria arquivar os desenhos na ficha dela, mas havia algo neles que fazia seu sangue ferver. Então jogou tudo fora.

4.

Terry se virou na cama e flagrou Andrew a observando.

— Eu estava babando?

— Eu acho até fofo.

— Fofo e nojento, né?

— Você que está dizendo...

Os dois sorriram.

— Que horas são? — perguntou Terry.

— Está cedo ainda.

Terry fez carinho no rosto dele. Ela preferia esperar para beijá-lo depois de escovarem os dentes. Não era muito fã de bafo matinal. Andrew sabia bem disso.

— Então por que estamos acordados? Podemos voltar a dormir?

Ultimamente, ela dormia em qualquer lugar, parecia programada para isso. Na sala de aula. No intervalo da lanchonete. Bastava ficar sozinha por alguns minutos que capotava. Terry achava que estava assim por causa da falta de luz solar.

— Tudo bem, amor? — perguntou Terry.

Andrew a encarava com certa hesitação.

— Aham. Tudo bem, sim. Sabia que você voltou a falar durante o sono?

O que foi que eu falei?

— Eu sempre falo dormindo. A Stacey não chegou a te avisar isso antes de nos apresentar?

Andrew esboçou um sorriso. Ele lembrava.

— Sim, ela avisou. E sobre os seus sonhos... Você fica pedindo para eu não ir embora. Para eu ficar.

— E o que mais?

Ela temia ter dito alguma coisa sobre o envolvimento de Brenner com a partida dele.

— Você anda falando sobre a Kali e o dr. Brenner.

Ele não elaborou muito, então provavelmente não era o que ela estava pensando.

— O que é que tem? — indagou Terry.

— Precisamos conversar. Sobre a primeira parte.

Terry tirou a mão do rosto dele e se sentou na cama. Ela se cobriu com o lençol, em vez de deixá-lo cair, como de costume.

— Tudo bem.

— Não fica assim — murmurou Andrew, se recostando na cabeceira. — Às vezes até o Frodo e o Sam têm conversas difíceis.

Terry estava segurando as lágrimas. Uma palavra atravessada já seria o bastante para abrir a torneira. Ela não podia deixar isso acontecer. Precisava manter a pose na frente de Andrew. O pai dela mantinha a pose pela mãe, e a mãe mantinha a pose por elas, e Terry estava decidida a seguir a tradição.

Agora é a sua vez. Vê se não estraga tudo.

— Pelo menos o seu pé não é tão peludo quanto o do Sam. — Ela ficou surpresa por manter um tom de voz normal. — Pode falar.

Terry estava tentando memorizar os traços de Andrew. Os olhos castanho-esverdeados dele estavam muito sérios, e o cabelo, ainda bagunçado da noite de sono.

— Certo. Olha, isso não é fácil para mim. Por mim, nada disso estaria acontecendo. Se eu pudesse voltar atrás...

— Se você pudesse voltar atrás, será mesmo que faria alguma coisa diferente?

Ele parou para pensar.

— Provavelmente não. Não quero ser do tipo que deixa de fazer as coisas por medo das consequências.

— Eu sei.

Terry também era assim. Ele nem precisava se explicar.

Andrew alisou o lençol a seu lado. Um tique nervoso.

— Falei com a minha mãe. Ela quer que eu vá para casa antes de ser convocado. Que eu passe uns dias com meus pais, meus avós... Todo mundo está por lá, e não entendem por que ainda não voltei para casa, já que não estou estudando.

— Você está trabalhando.

Ele tinha conseguido o emprego no motel.

— Mas não preciso, pelo menos não agora... Estou aqui por sua causa. — Ele parou e respirou fundo. — E parece egoísta da minha parte. Foi o que a minha mãe falou, e acho que ela tem razão.

A cabeça e o coração de Terry estavam fervilhando. Ela já esperava que *algo* fosse acontecer, talvez até mesmo naquele dia, mas nada como *aquilo*. Não esperava que Andrew fosse se culpar por agir como se eles não tivessem mais muito tempo. Porque talvez não tivessem mesmo.

Ela sentiu raiva da mãe dele. Será que ela não sabia o quanto eles se amavam? Que precisavam ficar juntos?

Mas, ao mesmo tempo, Terry entendia. Até bem demais.

Se ela e a irmã soubessem que os pais nunca mais voltariam para casa, ainda tão jovens, Terry teria agido diferente. Teria trocado as noites de estudo e festas do pijama com as amigas por mais tempo em casa. Proposto inúmeras partidas de palavras cruzadas e de Banco Imobiliário.

Os pais de todos os jovens com alguma chance de ir para o Vietnã provavelmente pensavam assim. Na prática, não havia mesmo motivo para Andrew estar ali. Ele tinha que voltar para casa e ficar com a família.

— Ela tem razão.

— Terry...

— Não, amor, ela tem razão. De verdade. Você deveria ir para casa.

— É sério?

— Sério! Mas se você não voltar aqui para se despedir antes de ir embora, vou ser obrigada a voar até o Vietnã e matar você eu mesma.

— Nossa, pesado. Te amo.

— Que bom que tivemos nosso tempinho egoísta juntos...

Ela se inclinou sobre ele, deixando o lençol cair, pouco se importando com o bafo matinal.

— E que bom que ele ainda não acabou — completou Andrew.

5.

Glória se sentou atrás da mãe, que estava a postos no balcão principal da loja, como sempre. O movimento na floricultura estava mais tranquilo depois da agitação pós-expediente, e o entregador saíra para levar uma pilha gigante de arranjos à funerária. A loja era toda delas.

A casa dos Flowers ficava a poucos passos da loja, mas os pais dela faziam questão de manter o trabalho separado da vida doméstica. A loja, portanto, era o lugar ideal para Glória tocar em assuntos delicados. Ninguém da família brigava em público. Nem mesmo aumentava o tom de voz.

— Ah, meu amor, quase me esqueci — disse a mãe, girando no banquinho para ficar de frente para a filha. — A revista em quadrinhos que você estava esperando chegou. Seu pai colocou no balcão de presentes.

— O *X-Men* novo?! E você só me fala isso agora?

Glória balançou a cabeça, incrédula.

Os quadrinhos dos X-Men não vendiam muito, então o pai dela havia decidido não encomendá-los mais. As edições de *Quarteto Fantástico* e de *Homem-Aranha*, e até as histórias da Katy Keene, faziam mais sucesso. Glória não ficou muito contente com a decisão do pai e exigiu que ele conseguisse *pelo menos* um exemplar para ela. Jean Grey, a Garota Marvel com poderes telecinéticos, era a personagem favorita dela, de longe. Talvez um dia houvesse uma Garota Marvel mais parecida com Glória, mas por ora ela se dava por satisfeita com Jean.

— Você e essas revistas em quadrinhos... — falou a mãe, em tom afetuoso.

Glória sabia que tinha sorte. Seus pais encorajavam todos os seus interesses e sempre lhe diziam que, se acreditasse, ela poderia ser e fazer o que quisesse na vida. Contanto que acreditasse e seguisse suas ambições, estaria fazendo jus ao sobrenome. A família Flowers exercia um papel central na comunidade. Eles se importavam com isso. Ela também.

Por isso, em vez de correr para pegar a revista, ela ficou onde estava.

— Estava pensando...

A mãe soltou uma risadinha.

— Que novidade! Você está *sempre* pensando.

— Mãe, é sério!

Ela se virou para a filha, o rosto de repente preocupado.

— O que foi, meu amor?

— Olha, ainda não sei se vou fazer isso mesmo, só estou explorando as possibilidades.

— Agora você me deixou encucada.

O sininho da porta tocou, e o sr. Jenkins entrou na loja, afoito.

— Alma, por acaso você tem um buquê sobrando aí? Tinha me esquecido do aniversário do terceiro encontro.

O sr. Jenkins era viúvo, mas começara a sair com algumas mulheres da igreja. Aparentemente, porém, ainda não dava conta das demandas da vida de solteiro.

Glória se levantou.

— Temos algo perfeito para você. Só um minutinho!

Ela pegou algumas tulipas roxas, embrulhou o arranjo com papel de seda e fez um laço. O sr. Jenkins pagou e saiu correndo, destrambelhado.

— Onde estávamos? — perguntou a sra. Flowers à filha.

Glória tinha quase desistido da conversa. Ela já imaginava como seria, mas queria checar se Brenner estava à escuta. Queria ver o que ele faria se tentasse deixar o experimento.

Uma faculdade da Califórnia havia entrado em contato com ela recentemente. Eles estavam atrás de estudantes negros com notas boas em ciências e tentaram recrutá-la. Embora ela não tivesse a menor intenção de se mudar, parecia um caminho seguro para medir os esforços de Brenner. Já estava certa de que ele não era nenhum Professor Xavier. Mas será que era um vilão tão violento quanto ela suspeitava?

— Sabe aquela faculdade da Costa Oeste que me sondou? Pensei em pedir mais informações sobre uma possível transferência — revelou Glória.

Ela precisava envolver os pais no plano, porque decerto alguém do conselho os conhecia e acabaria ligando para eles. A mãe torceu o nariz.

— Mas o laboratório de Hawkins não vai cobrir os seus créditos este semestre de novo? Para que mudar de faculdade?

— Ainda não sei se vou mudar mesmo. O laboratório não é bem o que eu pensava. — Ela falou rápido, não queria se estender muito. — Só estou estudando minhas possibilidades.

Depois de uma longa pausa, a mãe assentiu.

— Se é o que você quer, filha... Se acha que é o melhor para você, então vá em frente. Posso até ajudar com a burocracia mais tarde, se precisar. Se conheço bem a minha filha, você já deve estar com a papelada toda em casa, certo?

Glória fez que sim com a cabeça. Tinha chegado pelos correios no dia anterior, no alojamento.

— Agora vá lá pegar seu quadrinho, garota.

— Obrigada, mãe.

Glória segurou a mão da mãe por um instante e correu para a outra loja, atrás do pai. A mãe o atualizaria sobre o assunto — e o acalmaria, caso fosse necessário. De qualquer forma, ela não planejava ir a lugar algum...

Não que, no fundo, Glória não achasse a ideia interessante: mudar-se para a Califórnia e estudar em uma faculdade à frente de seu tempo, que não media esforços para receber mulheres — sobretudo mulheres afrodescendentes — nos departamentos de ciências, em pé de igualdade.

Mas...

Ela não queria ter que abandonar a cidade natal para deixar uma marca no mundo. Não deveria ser assim. Essa era parte de sua luta, inclusive.

Aquela era sua forma de estudar o inimigo e descobrir suas artimanhas. Homens como o dr. Martin Brenner se aproveitavam das pessoas, e ai de quem se virasse contra eles. Glória e seus amigos estavam dispostos a enfrentá-lo, sabiam que tinham que tentar, mesmo com todas as chances de derrota. E ela queria saber o que Brenner faria para tentar mantê-los sob controle.

Glória jamais tinha imaginado que as histórias em quadrinhos pudessem servir de treino para a vida — mas, pensando bem, também nunca teria sonhado com uma situação em que uma amiga tentaria compartilhar visões através de uma máquina caseira de eletrochoque. Aparentemente, os quadrinhos tinham acertado em um ponto: ter poderes era um perigo. Conviver com pessoas que tinham poderes também. E a possibilidade de ser pego por pessoas que tentavam controlar esses poderes era mais arriscada ainda.

Disso ela tinha certeza.

6.

Terry pisou de leve no freio para desacelerar. Ela havia se voluntariado para dirigir, já que seu carro era o menos chamativo. Se alguém visse aquela lata-velha estacionada no matagal, à beira da estrada, provavelmente imaginaria que tinha pifado e que o motorista estava atrás de um guincho.

— Ali parece um lugar decente.

Trêmula, Alice apontou pelo para-brisa para uma entradinha de cascalho à beira da estrada.

Depois daquele ponto só havia árvores e escuridão. E mais adiante?

Cerca metálica. Luzes de segurança. O Laboratório Nacional de Hawkins.

Assim que Terry estacionou, todos saíram afoitos do carro, principalmente Ken e Glória, que tinham passado o trajeto todo esmagados no banco de trás. Fecharam as portas com cuidado.

Terry destrancou o porta-malas. E, antes que ela pudesse perguntar como deveria carregar o equipamento, Alice já tinha tirado tudo de lá. A máquina de formato irregular estava coberta por uma colcha de retalhos.

A máquina que usariam para dar choques em Alice.

— Lanternas? — perguntou Alice, checando.

Um por todos, e todos por um! — disse Ken, e tirou as lanternas do porta-malas. Uma para cada um, exceto por Alice.

— Caderno? — Foi a vez de Terry perguntar.

— Em mãos, junto com o meu lápis favorito — respondeu Glória.

Ken testou a lanterna dele.

— Posso ser o guia — sugeriu, com o foco de luz apontado para uma trilha. — Alice, vai na minha frente que eu ilumino o caminho.

— Estava pensando em carregar uma lanterna entre os dentes — comentou ela. — Vi num filme.

— Pode deixar que tomo conta disso — reforçou Ken.

Alice cedeu, e os dois começaram a caminhar.

— Como está se sentindo? Nervosa? — Terry perguntou para Glória.

Elas só ligaram as lanternas depois das primeiras árvores. Os galhos roçavam no casaco de Terry. A respiração deles virava vapor.

— Nervosa é pouco — confessou Glória.

— Nem me fala!

Terry estava se sentindo elétrica, como se tivesse sido atingida por um raio e a descarga corresse por suas veias.

Ela esquadrinhou a trilha com a lanterna e avistou as duas silhuetas à frente. Logo alcançaram Ken e, depois, Alice.

— Até onde vamos? — perguntou Ken.

— Como assim, você não sabe? — brincou Terry, sem dar a ele a chance de retrucar. — Acho que mais uns três metros está bom.

Ela olhou para cima e estudou as copas das árvores.

— Já dá para ver o brilho das luzes do prédio do laboratório. Estamos perto.

O grupo seguiu adiante — mais imprudentes, impossível. Quando o casaco de Terry se enganchou em um galho, a mente dela viajou direto para a Floresta Velha, para o salgueiro maléfico que quase matou os hobbits. (Andrew tinha razão sobre Tom Bombadil e a Fruta d'Ouro, ela deveria ter seguido o conselho dele e pulado essa parte.) Conduzir sua sociedade em direção ao perigo não parecia certo, mas para onde avançavam as sociedades, se não rumo ao perigo?

E olha que você nem está na frente.

Ela encontrou uma clareira e assoviou para os demais.

— Acho que aqui é um bom lugar.

Alice colocou a máquina no chão e limpou o suor da testa. Devia estar pesada.

— Ótimo! Digo, não que eu esteja animada... Mas, enfim, vocês entenderam o que eu quis dizer.

Vocês entenderam o que eu quis dizer. Terry desligou a lanterna e sorriu para Alice na escuridão.

— Melhor desligarmos as luzes e não fazermos muito barulho.

— Vamos deixar só uma acesa — disse Ken, demonstrando uma aptidão em liderança organizacional que deixou Terry positivamente surpresa.

Ele colocou o foco de luz no chão, direcionado para o trambolho, embolado no cobertor.

Lá estava a máquina. Terry enfim parou para observar o aparelho que conectariam a Alice.

— É muito ruim se eu disser que parte de mim fica feliz que esteja tão escuro que nem dê para ver direito? — confessou Terry.

— Poxa, Terry! — Dava para sentir a ansiedade na voz de Glória. — Isso é quase um insulto à obra da nossa inventora.

Alice colocou as mãos na cintura.

— Minha maior preocupação era a funcionalidade, não o design.

Mas, ao chegar um pouco mais perto, Terry ouviu Alice completar, baixinho:

— Você é uma gracinha. Não dê ouvidos a eles.

Era uma miscelânea de peças combinadas, uma espécie de Frankenstein. À meia-luz, discernir o que eram as peças, ou como funcionavam, estava além da capacidade de Terry. Ao menos ela reconheceu o zumbido de um motor quando Alice ligou a máquina. A amálgama metálica vibrou de leve.

— Vamos lá! — disse Alice.

— Espera — interrompeu Ken. — Melhor esperar o ácido fazer efeito, não?

— Ah, sim, verdade — lembrou-se Alice.

Glória tirou um lenço da bolsa, desdobrou e entregou o ácido roubado a ela. Alice tirou o papelzinho da cartela e enfiou na boca. Com a luz da lanterna, deu para ver que estava com a mão trêmula.

Terry percebeu que, apesar da postura confiante, Alice estava tão nervosa quanto os demais.

— Vamos estar bem aqui, ok? — disse Terry, mas gostaria muito que aquelas palavras não lembrassem tanto as de Brenner, da primeira vez que a colocaram no tanque de privação sensorial.

— Para de me deixar mais nervosa ainda! — replicou Alice.

Mas eles eram mesmo um time, ao contrário de Brenner e... Bem, de todo mundo. Alice estava tomando choques havia meses e estava bem. Ainda era a mesma. Daria tudo certo, e o risco valeria a pena.

Era o que Terry esperava.

Alice começou a mexer na máquina.

— Vou mostrar o que vocês têm que fazer. — Ela puxou alguns cabos que conectavam eletrodos ao centro da engenhoca. — Roubei esses eletrodos do laboratório.

— Como?

Terry ainda se surpreendia com a amiga.

— Quando desmontei a máquina deles para ver como funcionava. — Alice deu uma batidinha nas laterais da própria testa. — Tem que colocar aqui.

Terry segurou os pequenos pedaços de plástico tão frio quanto seus dedos. Por um instante, sentiu que estava dissociando, como se fosse *ela* quem tivesse tomado o ácido e pairasse sobre o próprio corpo, assistindo àquela maluquice.

Glória assumiu o controle. Ela pegou os eletrodos e os afixou, com cuidado, nas têmporas de Alice.

Alice fez um passo a passo com Glória para ensiná-la a administrar a eletricidade.

— Vamos dar dois choques, no máximo, com uma carga baixa, para a sua segurança. — Glória hesitou. — Quantos choques eles dão durante as sessões?

— Boa pergunta — disse Terry, já que Alice não tinha se prontificado a dizer.

Ela puxou de vez o cobertor de cima da máquina, se sentou no chão e fez um gesto para Alice se juntar a ela. Ken ficou encarregado de manusear a máquina, seguindo as instruções de Glória, e tomar notas. Terry serviria de apoio moral, de mãos dadas com Alice.

— Depende. Sugiro darem dois choques hoje.

Alice sentou-se ao lado de Terry e ajeitou o cobertor nas costas das duas.

— Acho que já bateu — anunciou Alice. — As árvores estão sussurrando. Vamos esperar mais uns cinco minutinhos e depois já podem disparar os raios.

— Bela escolha de palavras — retrucou Glória, e iluminou o relógio de pulso com a lanterna para checar o tempo.

— Enquanto isso, alguém me conta uma história? — pediu Alice. — Que tal uma história de fantasma?

— Nem vem! — rebateu Terry. — Nada de história de fantasma no meio do bosque, enquanto você está ligada a um motor de carro. Alguém conta uma história feliz.

— Não pode ser as duas coisas? — perguntou Ken.

Ele estava do lado da máquina, ajoelhado.

— Contanto que não assuste a Terry... — respondeu Alice, depois soltou uma risadinha. — E não é um motor de carro! Imagina o tamanho, se fosse! Usei a *bateria* de um carro, mas construí a máquina com...

— Hora da história! — anunciou Ken, batendo palmas.

Terry se aninhou junto a Alice. Se conseguisse abstrair o que estavam fazendo e por que estavam ali, poderia até imaginar que era um acampamento. Só que, em vez de uma fogueira, estavam reunidos em torno de uma máquina caseira de eletrochoque.

— A casa dos meus tios era assombrada — contou ele.

— É bom mesmo que isso não seja assustador, hein... — alertou Terry, sentindo o conforto evaporar.

— Calma, não é como se você fosse se mudar para lá! E não é de terror.

Ken se inclinou para a frente, apontando a lanterna para o próprio rosto.

— Já estou com medo! — disse Terry, mas sem conseguir manter a expressão séria.

— Não acredito em fantasmas — declarou Glória.

— Eu acredito — admitiu Alice.

— Os meus tios também acreditavam — disse Ken — Afinal de contas, passaram cinquenta anos morando com um. O tio Bill e a tia Ama se mudaram para a primeira casa própria nos anos 1930, e o fantasma logo se manifestou. Ele gostava de mudar os sapatos da tia Ama de lugar, tirava do andar de baixo e deixava no andar de cima, e vice-versa. Escondia os cintos do meu tio. Quando iam dormir, ele ficava dando batidinhas na parede até a tia Ama se irritar e pedir para ele cair fora.

— Como eles sabiam que era um homem? — perguntou Terry.

— Não sei. — A voz de Ken denotava desdém. — Eles saíram perguntando pela vizinhança, pesquisaram os proprietários antigos, mas não conseguiram descobrir quem era. O fantasma era um pé no saco. Até que, um dia, o tio Bill se alistou na Marinha e foi enviado para a Coreia. A tia Ama diz que era um alívio ter alguém em casa enquanto ele estava fora.

— Ah, que fofo! — comentou Alice.

— E o seu tio voltou?

Terry tentou ignorar as sombras em torno deles. Parecia que surgiam mais a cada segundo.

— Voltou.

— Viu? É uma história feliz.

Alice deixou cair a ponta do cobertor, mas pegou de volta.

— Calma! Ainda não terminei. Enquanto meu tio estava na Coreia, a unidade dele lutou na Batalha do Reservatório de Chosin. Na época, usavam o termo "caramelo" como código para munição de morteiros. Viviam pedindo mais caramelo, sem saber ao certo de quantos projéteis precisariam para sobreviver. Até que, um dia, veio um paraquedas de suprimentos. Os soldados correram para pegar e abrir, e eis que se depararam com...

— Um monte de bala de caramelo? — Glória gargalhou. — Tá de brincadeira!

— É sério! Algum operador de rádio ou piloto não conhecia o jargão e achou que os soldados queriam balinhas.

Alice abriu a boca como se fosse questionar alguma coisa, e Ken apressou a narrativa.

— Então, quando meu tio voltou para casa, os caramelos viraram o amuleto dele. Por uma semana, ele só comeu caramelo. E sempre carregava um no bolso. A tia Ama falou para ele oferecer para o fantasma, então ele deixou um na mesinha de cabeceira, antes de dormir. Nada de batidas naquela noite. E na manhã seguinte, o caramelo não estava mais lá. Então passaram a deixar balinhas na mesinha de cabeceira, noite após noite, e o fantasma começou a ajudar nas tarefas da casa. Parou de esconder os sapatos e os cintos. E mais, quando meus tios perdiam as coisas, era só pedir para ele, que *voilà*, achavam rapidinho.

— Um fantasma viciado em caramelo! — disse Terry, maravilhada. — Nossa, até deu vontade agora. Por acaso você teria um? Caramelo, não fantasma, claro.

— Não tenho. Nem me passou pela cabeça trazer, até porque os caprichos da Alice são imprevisíveis — respondeu Ken. — Não tenho nada.

O grupo ficou em silêncio, e Terry imaginou que talvez alguém fosse pedir mais uma história. Talvez pudessem adiar o plano.

Mas o plano era a razão de estarem ali.

— Hora dos disparos! — Alice soltou a coberta de novo, dessa vez para se ajeitar e segurar as mãos de Terry. — Glória, pode começar.

— Espero que funcione. — Glória puxou uma alavanca. — Pronta?

Terry se virou para Alice e, no escuro, viu que a amiga assentiu.

— Pronta — Terry respondeu por Alice, apertando a mão dela com força.

Glória hesitou por um instante, depois entrou em ação. Terry fechou os olhos e sentiu Alice ficar tensa. Ela fez um barulho e trincou os dentes.

— De novo! — ordenou Alice, com as mãos trêmulas.

— Não! — retrucou Terry.

— Só mais uma vez — disse Glória. — Desculpa.

Alice estremeceu e Terry soltou um gemido.

— Depois do fogo vem o esplendor — declarou Alice, meio agitada. — Lá vamos nós!

Glória desligou o motor, removeu os eletrodos e tomou seu posto de trabalho, junto à lanterna, com o lápis e o caderno.

— Já estou preparada — disse.

Alice fechou os olhos devagar.

— Nossa! É como se tudo estivesse ao meu redor.

— Tudo o quê? — perguntou Terry, em voz baixa.

— As Profundezas. — Alice soltou a mão de Terry e apontou para a floresta escura. — As árvores estão partidas, cobertas de teias ou alguma coisa pegajosa. Pequenos arbustos de luz flutuam no ar. O sonho nem está tão ruim, pelo menos por enquanto.

Terry sentiu um calafrio.

— Você consegue ir até o laboratório? — perguntou Glória.

Terry percebeu que ela também estava começando a assimilar a gravidade da situação. Por trás daquela pergunta havia uma corrente de medo.

— Eu... Não sei. Vou tentar. Minha visão nunca esteve tão límpida. — Alice riu. Não parecia muito preocupada, até porque já estava um tanto familiarizada com aquilo tudo. — Estou voando. Consegui passar por cima da cerca quebrada. Belo esquema de segurança, hein!

Ken e Terry balançaram a cabeça e partilharam uma risadinha.

— Continua — disse Glória.

No inverno, o bosque não tinha muitos sons, exceto pelo chiado do vento por entre os galhos secos.

— Ainda voando — descreveu Alice um minuto depois. — Nenhum sinal de monstros. Tem uns carros esquisitos no estacionamento.

— Esquisitos como?

Alice não respondeu de imediato.

— Não reconheço os modelos.

— Certo. Continua — disse Terry.

Eles aguardaram, até que por fim Alice anunciou:

— Estou vendo o laboratório. Parece um laboratório-fantasma, meio turvo, mas está lá. Estou na frente de uma porta, no térreo. Um homem vestido de segurança acabou de entrar.

— Boa — disse Glória.

— Deve ser a ala norte — comentou Ken, e fez uma anotação.

— A porta tem um daqueles teclados numéricos. Parece que não é muita gente que pode entrar — descreveu Alice. — Certo, entrei. Um corredor comprido, com os mesmos azulejos de sempre. Sinto que tudo está desbotando. Não sei quanto tempo tenho.

— Dá uma olhada nas salas — disse Terry — Tenta encontrar as crianças.

Alice assentiu, ainda de olhos fechados.

— Uns homens estão em uma das salas. É uma sala bem grande, um escritório, parece. Estão usando uma... máquina esquisita, nunca vi nada parecido. Parece uma máquina de escrever com uma grande tela acoplada. Acesa, mostrando... palavras. — Ela fez uma pausa. — Tem papeizinhos amarelos grudados por toda parte... Um dos homens enfiou um quadrado de plástico preto na máquina.

Glória estava anotando.

— Você consegue ler o que está escrito na tela?

— Não. As coisas estão embaçadas. Está começando a sumir...

— Continua — disse Terry.

De repente, Alice arquejou.

— O que foi? — perguntou Terry.

— A menina — respondeu Alice, nervosa. — Ela está... em uma espécie de máquina, controlada pelo Brenner.

— Que tipo de máquina? Que menina?

Glória parou de fazer anotações e ergueu o rosto.

— É maior que qualquer coisa que eu já tenha visto. — Alice levou as mãos ao rosto para tentar se concentrar melhor. — Um tubo, com uma superfície plana no meio. Com luzes ao redor. Brenner disse para a menina ficar quietinha. Dá para ver que ela está com medo.

— É a Eight ou a Eleven? — perguntou Glória.

Engraçado, Terry nunca tinha pensado em Kali ou na garota misteriosa desse jeito.

— A Eleven — respondeu Alice. — Ela se mexeu, e Brenner ficou zangado. Mandou ela sair.

— Vai atrás dela! — disse Terry, e Glória assentiu.

Alice ficou em silêncio.

— Não consigo. Está tudo sumindo. Não vejo mais nada.

— Para onde ela está indo? — perguntou Terry. — Você vê alguma outra criança?

— Não consigo mais ver. Não sei. Desculpa.

Alice se balançava para a frente e para trás, angustiada.

Terry se prontificou a tentar acalmá-la, mas foi interrompida por feixes de luz que pareciam vir do laboratório. Um homem berrava para outro:

— Estamos no setor certo?

— Foi onde avistaram a luz, ao que tudo indica — disse o outro.

— Deve ser só um bando de moleques chapados!

— A gente bota eles para correr rapidinho!

Uma luz se aproximava no meio das árvores.

— Temos que ir. Apaga a luz — ordenou Terry, baixinho.

Glória já tinha se antecipado. Terry levantou Alice.

— Levamos a máquina? — perguntou Terry.

— Não vou conseguir carregar peso agora — disse Alice. — O que está acontecendo?

— Tem alguém se aproximando! — respondeu Terry.

— Deixa a máquina aí — aconselhou Alice. — Ainda não esfriou. Se encostarem no lugar errado, podem se queimar.

— Não vou me queimar, não. — Ken pegou o cobertor, cobriu a máquina e levantou o trambolho, grunhindo. — Glória, vai na frente! — pediu ele.

As vozes e luzes estavam se aproximando. Terry imaginou que logo acionariam um alarme, mas nada aconteceu.

Ela puxou Alice pela mão e a guiou pela escuridão, por entre as árvores, com cautela. Os passos de Ken, na retaguarda, eram mais pesados.

— Espera! — disse ele, baixinho.

Elas pararam.

— Pensei ter escutado alguma coisa — comentou um dos homens.

As vozes agora estavam mais perto.

Terry mal conseguia respirar. O que aconteceria se fossem pegos?

Alice se agachou, e Terry a viu pegar uma pedra. Ela a lançou para a esquerda, por entre as árvores. Depois ouviram o estampido quando bateu em alguma coisa.

Os homens seguiram para aquela direção, e eles escutaram.

Glória se virou para o grupo e colocou o dedo nos lábios, pedindo silêncio, e todos foram para o carro o mais rápido possível. Terry conseguiu destrancar o porta-malas para Ken, e se sentiu agradecida por ter deixado a porta aberta. Logo estavam todos dentro do carro, eles e a máquina. Terry acelerou o veículo para a estrada segundos antes de um farol emergir do portão do laboratório.

Ninguém abriu a boca até terem certeza de que não estavam sendo seguidos.

— Conseguimos! — disse Terry, aliviada.

— Por um triz — rebateu Glória, do banco de trás.

— Você foi incrível, Alice — comentou Ken.

Alice soltou um suspiro, no banco de passageiro.

— Não consegui ver o que precisava. Longe disso.

A última coisa que Terry queria era concordar com ela. Então soltou:

— Nós conseguimos. É o que importa.

Ela esperava que fosse verdade.

Mas o silêncio reinava, e Terry presumiu que os outros provavelmente estavam se sentindo tão frustrados quanto ela por aquela experiência que estava mais para um fracasso. Afinal, o que tinham aprendido de novo?

Nada, pelo visto.

Capítulo Oito

MAIS SEGREDOS, MAIS MENTIRAS

FEVEREIRO DE 1970
Bloomington, Indiana

1.

Terry sentia falta da privacidade do apartamento de Andrew. Especialmente em momentos como aquele, recostada na parede do orelhão, no saguão abarrotado do alojamento, onde teria dez minutos, no máximo, antes que alguém da fila começasse a fazer cara feia para ela.

— Alô? — Era a voz de uma mulher.

— Oi, sra. Rich — disse Terry, sem jeito.

O estresse estava fazendo com que comesse compulsivamente, deixando suas calças cada vez mais apertadas, então ela estava de saia naquele dia, com uma meia-calça cor da pele por baixo. Era mil vezes melhor que as cintas que usava na adolescência, mas mesmo assim a peça estava apertada na cintura. *É assim que o patriarcado subjuga as mulheres*, pensou. *Roupas desconfortáveis.*

— O Andrew está por aí? — prosseguiu ela.

— Vou chamar. Só um minuto.

A mãe de Andrew estava fungando, como se estivesse resfriada, mas antes que Terry pudesse perguntar de seu estado de saúde, o baque do fone largado na mesa ecoou em seus ouvidos. Ela afastou o aparelho da orelha por um instante e então o agarrou com mais força, na expectativa.

— Amor — disse Andrew pouco tempo depois. A voz dele era grave, um estrondo. — Fala alguma coisa. Preciso ouvir a sua voz.

— Alguma coisa.

O som familiar da risada rouca dele era a melhor coisa que ela tinha escutado *na vida*.

Terry queria ter um momento a sós com ele para contar da excursão fracassada da Sociedade. Na verdade, ela só estava com saudade dele, simples assim.

— As suas aulas começam hoje? — perguntou ele.

— Começaram ontem.

— E vocês ainda vão para o laboratório amanhã?

— Sim. — Ela fez uma pausa e apoiou a testa na parede. — Mas é melhor a gente não falar disso por telefone.

— Ê, paranoia...—Então a voz dele mudou, adquiriu um tom sério, embora as palavras fossem brincadeira. Terry já estava quase preparada para o que ele diria em seguida. — Preciso te contar uma coisa.

Ela queria espantar aquela solenidade toda.

— Deixa eu adivinhar... Você nasceu no dia 14 de setembro, que por acaso é a data da primeira chamada do sorteio militar. Protestar contra a guerra acabou levando você à guerra.

— Engraçadinha — disse ele. — Mas tem a ver. Recebi o telegrama de convocação para o exame médico.

Fim da linha. Não havia ninguém mais saudável que Andrew. As esperanças de dispensa por enfermidade eram nulas, até porque ele jamais fingiria ter alguma coisa, uma artimanha adorada pelos riquinhos privilegiados que não estavam dispostos a lutar pela nação. Ele faria a coisa certa, mesmo que o país estivesse prestes a enviá-lo a uma missão inútil, na qual ninguém merecia ser inscrito.

— Quando é?

— Semana que vem. Não vão me mandar para lá logo de cara, mas...

— Vai ser em breve. — Terry soltou um suspiro ao telefone. — Você se lembra do que me prometeu?

— Não se preocupe. Já é difícil o bastante ficar algumas semanas sem ver você.

— Tudo bem, então. — Terry ficou com receio de chorar se continuasse na linha. Seria demais para Andrew. — Tenho que ir. Minha aula é daqui a quinze minutos, e a Claire White está me encarando com um olhar assassino.

Claire estava sempre no telefone berrando com o namorado.

— Te amo.

— Também te amo.

Click. Ele desligou.

Terry nunca tinha se sentido tão distante de alguém que queria por perto. Ela encaixou o telefone no gancho devagar, imaginando o eco da despedida deles.

Click.

Manter a pose de adulta era um saco.

2.

Terry dirigiu sozinha até a oficina naquela noite. Queria pensar, e dirigir às vezes ajudava. Ela saiu uma hora mais cedo e pegou um desvio por uma estrada vazia que era basicamente uma reta, colocou o rádio no último volume e ficou revezando entre cantar e chorar junto com a música. Quando começou a tocar "Suspicious Minds", do Elvis, embora não fosse a canção favorita dela, chorou mais ainda e abriu um sorriso entre lágrimas, pensando no quanto seus pais adoravam aquela música.

Eles sonhavam em ir para Las Vegas e, se ainda estivessem vivos, poderiam ver o rei tocar lá. Quem diria que aquele seria o fim dele? A letra da música, sobre se sentir preso em uma armadilha, sem saída, tocou fundo o coração de Terry.

Foi catártico.

Ela só queria botar tudo para fora, e imaginou que tivesse conseguido. Mas, quando se deparou com Ken, Glória e Alice reunidos, sentados no chão, no lugar de sempre, concluiu que a cantoria não tinha sido catártica o bastante. Ela foi tomada por um misto de emoções e deixou cair uma lágrima solitária.

Glória foi a primeira a notar a presença dela e se levantou para cumprimentá-la.

— Que foi? Está tudo bem com você?

Ela estendeu os braços, e Terry se encaixou entre eles, o que fez as lágrimas virarem um berreiro.

— Desculpa — disse Terry. — Eu não...

Alice e Ken surgiram atrás de Glória.

— Terry? — perguntou Alice.

Ela balançou a cabeça. Estava se sentindo ridícula.

— Desculpa. Tentei botar tudo para fora antes de chegar aqui, mas... O Andrew foi convocado. Exame médico.

— Vou pegar um copo de água para você — declarou Alice. — É o que minha mãe faz quando alguém está chorando.

— Tudo bem — comentou Terry, e Glória a soltou.

Alice saiu correndo e desapareceu em um canto da oficina, no escritório.

Ela voltou com um copinho de papel cheio. A água perigava derramar, mas Terry conseguiu levá-lo até a boca. O primeiro gole a acalmou. Ela bebeu mais um, e outro.

— Já estou melhor, gente, obrigada.

— Mães são tão sábias quanto a ciência — comentou Glória.

De olho em Terry, Alice acrescentou:

— As mães sabem que há mais coisas entre o céu e a terra do que supõe a ciência.

— Nossa, foi só eu virar as costas por um minutinho que a Alice já está citando Shakespeare. — Ken tinha se embrenhado pelo mesmo canto que Alice, e surgiu de volta trazendo uma cadeira. — Senta aqui.

Terry não se opôs. Pessoas bobas e frágeis que surtavam na frente dos amigos ganhavam uma cadeira. Era a regra.

— A gente sente muito pelo Andrew — comentou Alice, sem graça, enquanto Ken e Glória ofereciam a Terry um olhar solidário. — Não importa se você já sabia. Agora é pra valer, né?

Terry bebeu mais um gole de água.

— O Canadá ainda é uma opção — disse Alice, baixinho.

— Não, não é. Ele não faria isso. — Terry vasculhou dentro de si e se agarrou ao fiapo de calma que conseguiu encontrar, lá no fundo.

— Desculpa. Não queria acabar com a reunião da Sociedade. Vamos ao trabalho. Vocês chegaram a alguma conclusão?

Eles tinham combinado de estudar os detalhes das cenas que Alice visualizou antes de terem sido interrompidos no bosque. Passado um tempinho, quando já parecia que ninguém conseguira pensar em nada, Glória levantou a mão.

— Acho que a gente tirou a sorte grande naquela noite. — Ela fez uma pausa. — Ou eu perdi toda a noção de realidade.

Alice endireitou a postura.

— Como assim?

— Bom... — Glória se aproximou dela e ergueu o caderno que tinha usado para fazer suas anotações. — Não é um método lá muito científico, mas os do laboratório também não são, então prestem atenção.

— Desembucha! Estamos morrendo de curiosidade aqui — incentivou Alice.

— Estamos mesmo.

Terry não queria criar expectativas, mas o grupo tinha vontade própria.

— Uma das primeiras coisas que você disse chamou a minha atenção — começou Glória. — Aquele negócio de não ter reconhecido alguns carros. Isso é estranho, né?

Alice soltou uma risadinha.

— É, realmente. Cresci com um montão de homens que colecionam carros que nem figurinhas.

— Por isso achei curioso você não ter reconhecido alguns modelos. Sabe dizer quantos eram?

Alice balançou a cabeça e franziu a testa.

— Não me lembro dos detalhes com clareza depois das sessões. Por isso quis narrar para vocês ao vivo. Desculpa. Sua ideia depende dessa informação?

— Não, não. É só um detalhe.

— Continua — disse Ken.

Glória retomou.

— Então... Lembra quando a Alice entrou no laboratório e viu umas coisas diferentes? Ela descreveu uma máquina de escrever com uma tela, um quadrado de plástico sendo acoplado e um aparelho gigante com a menina dentro. Deixei passar alguma coisa?

Terry ainda não estava entendendo o rumo da conversa, mas ficou empolgada.

— Acho que é isso.

— Até onde sei, nenhuma dessas coisas existe. Uma ou duas batem com ideias expostas em feiras mundiais de ciência e tecnologia, mas que ainda não foram desenvolvidas de fato.

Glória parou de falar, como se tivesse dito algo muito importante. Ken estava confuso.

— Só eu não estou entendendo?

Terry tentou juntar as pecinhas, mas Alice foi mais rápida.

— Sempre que vejo o Brenner nessas viagens, ele parece mais velho do que hoje em dia — mencionou Alice. — Não sei como não me dei conta antes... Acho que você tem razão.

Glória abriu um sorriso de orelha a orelha.

— Vocês podem elucidar o mistério para os demais? — perguntou Terry, mas, de repente, tudo fez sentido. — Calma! Sério? Vocês acham que é...

— O futuro — declarou Glória. — As visões de Alice não são de agora. São de algum ponto no futuro.

— Um futuro em que existem monstros? — indagou Ken.

Alice fez uma careta para ele.

— Aparentemente... — disse Glória.

— O futuro... — repetiu Terry. — O que você acha, Alice?

Alice balançou a cabeça, perplexa.

— Vou passar a ver tudo de um jeito completamente diferente agora. Se pararmos para pensar, tudo que eu vi... faz sentido. Pelo menos, na medida do possível.

Terry se recostou na cadeira. A solidez do objeto ajudava. Ela tomou mais um gole de água. Eles tinham uma resposta — e era uma resposta e tanto —, mas...

O futuro não trazia respostas exatas sobre como impedir o que Brenner estava fazendo, seja lá o que fosse. O problema tinha acabado de ficar muito maior.

— A questão é: como mudar o futuro? Não dá para fazer isso. Ou dá?

Ela se virou para Ken, na esperança de que ele dissesse que não era assim que as coisas funcionavam, mas o vidente se limitou a dar de ombros.

— Algumas coisas batem, mas nem todas. Quem sabe?

— Outra coisa... Não podemos sair por aí berrando: "O futuro! O futuro!" — alertou Glória. — Isso fica entre a gente.

— Tem razão — concordou Terry. De repente, uma certeza lhe ocorreu. — Uma informação como essa muda tudo. Brenner *nunca* pode ficar sabendo que a Alice vê o futuro. O futuro *dele*. Se ele tiver qualquer noção disso...

Glória colocou a mão na garganta. Ela não tinha pensado naquilo.

— Imagina do que ele seria capaz!

Alice arregalou os olhos.

— Nem quero imaginar! Eu... não contei para vocês, mas a carga de eletricidade que nós usamos foi muito maior do que a do laboratório. E só assim *comecei* a ver com clareza. Não posso nem...

— Nunca. Ele nunca vai ficar sabendo. E você nunca vai fazer isso de novo — disse Terry, confortando a amiga, e fez uma pausa para refletir. — Sabe, encontrei as fichas daquela vez. Eu poderia voltar ao escritório dele e coletar mais provas. Não consigo parar de pensar que, agora que sabemos dos monstros e que Brenner está conduzindo um experimento com crianças que têm poderes, precisamos continuar tentando. Mais do que nunca, temos que botar um fim nesses experimentos.

— Ou... — começou Glória.

— Ou o quê? — indagou Terry.

— Podemos manter distância daquele lugar, nunca mais voltar. Estou conduzindo meu próprio experimento para ver o que o Brenner faria para nos manter debaixo das asas dele. Estou fingindo que quero ser transferida. Imaginei que ele fosse dar as caras assim que eu enviasse a papelada, mas até agora nada.

Alice estava com uma expressão enigmática no rosto. Parecia confiante, olhando de um amigo para outro. Terry ainda não queria alimentar as esperanças dela.

— Eu não viveria em paz se não tentasse pará-lo — declarou Terry.

— Eu entendo — disse Glória. — Juro que entendo. Mas seria bom ter um plano B.

— Não temos — pontuou Ken, com calma. — Não podemos dar as costas para essa situação. Ainda não. Não sei de muita coisa, mas sei que não vai ser tão fácil assim. — Ele fechou os olhos por um segundo e tornou a abrir. — Todos nós estamos com medo. Só um idiota não estaria.

— E não somos idiotas, não mesmo — pontuou Terry. — Olha o que a Glória acabou de descobrir! Temos um ao outro, não podemos nos esquecer disso. Somos os melhores aliados que poderíamos ter.

A voz dela falhava. Ela detestava ficar alterada daquela forma. Simplesmente detestava. Mas não conseguia conter as emoções. Ainda precisava botar o sentimento para fora.

— O Brenner não vai deixar ninguém ir embora sem um bom motivo — alertou Alice. — Ele não vai desistir do experimento com as crianças, seja lá o que for. É pura lógica. Precisamos de um motivo. Ou seja, precisamos ajudar a Terry a conseguir evidências.

— Mas e depois? — perguntou Glória.

Terry estava com o coração na mão, e seus olhos se encheram de lágrimas. Ela tomou mais um gole de água.

— A gente vai dar um jeito — afirmou. — A gente pode chamar um repórter para investigar, não sei.

— Um brinde a nós, os nobres tolos que vão dar um jeito! — declarou Glória, erguendo a mão como se estivesse segurando uma taça.

Ken soltou um suspiro.

— Os mais nobres entre os mais tolos — completou.

Terry adoraria poder ler a mente *dele*... Mas, se alguma coisa havia ficado clara para ela, era que saber o futuro não tinha muita serventia e não consertava as coisas.

— Vai ser mais difícil arrumar uma distração dessa vez — disse Terry. — O Brenner não sai mais de perto de mim.

Alice mordeu o lábio, tentando pensar em outra saída.

— E se um de nós entrar no escritório dele, em vez da Terry?

— Não. — Terry de cara rejeitou a ideia. — Ele já está irritado comigo, melhor preservar vocês. Tenho uma Polaroid agora. Acho que consigo convencer a Kali a ajudar também.

Terry não tinha muita certeza disso, depois da explosão da menina no último encontro, mas talvez ela se animasse com a possibilidade de fazer alguma coisa. Precisava fazê-la entender que a liberdade *dela* também estava em jogo.

Para conseguir ajudar, ela precisava conquistar a confiança de Kali.

Terry se levantou.

— Tenho que ir para casa e dormir o quanto antes, ou amanhã vou chorar com o Brenner o dia inteiro. — Ela fez uma pausa. — Talvez eu devesse passar a noite em claro, então. Bem que ele merece.

— É você que não merece. Vou pensar em mais coisas para usarmos durante as minhas sessões — disse Alice, levantando-se e abraçando a amiga com força.

O carinho e o leve odor de graxa e suor do uniforme dela eram reconfortantes. Ken se juntou à dupla, envolvendo-as enquanto Alice se contorcia. Por fim, graciosamente, Glória abriu os braços em torno do grupo. Chegaram até a balançar.

No meio do abraço, Ken disse a Terry:

— Você é mais forte do que pensa.

Ela torceu para que ele fosse mesmo vidente e essa fosse uma certeza. Realmente precisava de toda a força do mundo.

O abraço coletivo acabou quando Alice começou a assoviar uma música dos Beatles, e cada um seguiu seu caminho.

Terry se jogou na cama estreita do dormitório, acenou para Stacey e capotou. Sonhou que estava na floresta, que era perseguida pelos monstros de Alice, e acordou antes de saber se conseguiria escapar.

3.

Ken não fazia ideia de quem o receberia, ou como justificaria sua visita. Mas teve sorte.

Andrew estreitou os olhos para tentar identificar quem estava do outro lado da porta de tela da casa de seus pais. Ele já estava de cabelo raspado.

— Ken? O que você está fazendo aqui? — perguntou, dando uma olhada no carro do visitante, ao fundo. — A Terry está com você?

— Não. Vim sozinho. Terry não sabe que estou aqui, e acho que é melhor ela nem saber. Peguei seu endereço com o Dave.

Confuso, Andrew se juntou a Ken do lado de fora.

— Mas... posso perguntar o motivo?

— Não precisa nem perguntar. Eu explico.

Estar ali era muito mais difícil do que ele havia imaginado. O lugar lembrava a casa em que tinha crescido, e fazia três anos que não visitava os pais. O lar da família Rich tinha dois andares, uma varanda de tábuas corridas com um balanço e canteiros de flores. Ken apostava que era a sra. Rich quem cuidava das flores.

— Pode entrar — disse Andrew. — Minha mãe provavelmente vai te oferecer alguma coisa para comer.

— Olha, eu até aceito, mas será que a gente podia ficar um pouco aqui fora antes? Queria conversar.

— Claro.

Andrew apontou para o banco suspenso.

Eles se sentaram e começaram a balançar.

— É esquisito dar más notícias em um balanço — disse Ken.

— Então é para isso que você está aqui. — Andrew suspirou. — Não sei se acredito que você é vidente. Você veio aqui me contar que não vou sobreviver?

Ken firmou um pé no chão para cessar o balanço. *Pronto.*

— Não, cara, não sei nada sobre isso. — Ele fez uma pausa. — Eu bem que tentei. Tentei ver o que vai acontecer com você e com a Terry, mas só tive esse pressentimento. Ela não está num momento muito bom.

— A Terry? — Andrew soou cético a princípio, mas pareceu aceitar. — Bom, ela não me contaria mesmo. O que posso fazer para ajudar?

— Foi por isso que vim. — Ken continuava sem ter muita certeza de que aquela era a coisa certa. — Talvez fosse melhor eu não me intrometer. É o que a minha mãe sempre dizia.

Mas a mãe dele nem sempre estava certa. Àquela altura, ele já sabia disso.

— Se for para ajudar a Terry, vale a tentativa.

— Acho que vocês deveriam terminar quando você for embora. Não sei bem por quê, mas tenho a sensação de que seria bom para ela.

Andrew ficou em silêncio. Então perguntou:

— Tem certeza de que você não está só querendo sair com ela?

— Tenho.

Andrew balançou a cabeça.

— Bom, se eu não voltar, você pode ficar à vontade. E tudo bem, vou fazer isso.

— Sério?

Ken esperava uma discussão e temia não ter argumentos para revidar.

— Sei que você se importa com a Terry. Se isso for o melhor para ela, eu faço. Você tem razão. Não posso prendê-la enquanto estiver fora. Eu já estava pensando nisso mesmo.

Ken estudou o perfil de Andrew, tentando ao máximo enxergar o futuro dele. Mas ainda lhe escapava.

4.

Uma brisa inexistente envolveu Terry. As árvores fantasmagóricas em torno dela chiavam, as folhas rangiam feito dentes. E, para piorar a situação, ela ainda conseguia ver através delas: a maca, o piso frio, os enfermeiros.

Alguém pousou a mão no ombro dela.

— Srta. Ives? — A voz de um demônio. Os dentes pareciam grandes demais para a boca dele. — Terry? Está tudo bem?

— Você já deveria saber — disse ela, ou pensou ter dito. Era difícil ter certeza.

Ela não conseguia parar de pensar na floresta, no monstro, e a presença do dr. Brenner diante dela, fazendo perguntas, não ajudava. Quanto tempo será que tinha passado no bosque psicodélico, com uma camada transparente entre ela e o laboratório? Quatro horas? Cinco? Ela ficou com medo de fechar os olhos.

Terry não estava conseguindo acessar o vazio para conversar com Kali de novo. O ácido a deixava confusa. Em alguns momentos, quase esqueceu por que precisava ver a menina.

As árvores farfalhavam em volta dela.

— Damos um sedativo à paciente? — perguntou o auxiliar.

Brenner segurou o pulso dela, que tentou se soltar, mas só fez com que ele apertasse com mais força.

— Me solta! — ordenou Terry. — Agora!

Havia um indício de sorriso naqueles olhos azuis gélidos.

— Ou?

Terry fechou o outro punho e abriu a boca para gritar...

Ele soltou o braço de Terry, mas só para encaixar o estetoscópio no ouvido e auscultar o coração dela. As orelhas dele eram pontudas, como as de um lobo.

Ela se encolheu um pouco quando ele encostou o metal frio em sua barriga. Podia sentir a têmpora latejando, e esticou o braço para tentar afastá-lo.

— Tente relaxar — disse Brenner, dando um passo para trás. Então ele comentou com o auxiliar: — Os sinais vitais dela estão estáveis. Pulso acelerado, mas nada que não possa ser atribuído ao estresse do alucinógeno.

— Ele quer dizer que estou tendo uma *bad trip* — explicou Terry para o funcionário, balançando a cabeça de um lado para outro. — Só quero que vocês me deixem em paz.

— Ficaremos aqui com você até passar — disse Brenner.

Ela havia mesmo percebido um tom de divertimento na voz dele? Ou era sua mente que estava lhe pregando peças?

Qualquer que fosse a verdade, Terry fechou os olhos e, lá dentro, começou a correr. Ela havia encontrado um foco, finalmente: ficar longe do dr. Martin Brenner. Por fim, conseguiu se afastar da sala e da floresta sombria. O vazio a cercava. Os pés dela faziam a água espirrar conforme ela andava pela poça que associava ao lugar nenhum que era todos os lugares.

Ela abriu os olhos. Para onde quer que se virasse, um breu sereno se espalhava para todo canto. Estava com a respiração pesada, ainda nervosa.

Terry se acalmou quando Kali surgiu diante dela.

A menina correu a seu encontro, saltitante, espirrando água pela escuridão.

Terry não conseguia nem imaginar as dificuldades que a garota tinha enfrentado. Sim, em teoria, na faculdade ela aprendia a lidar com crianças. Já na prática, pelo menos sob efeito do ácido, acessar aquele lugar para conversar com Kali, depois do último encontro, era como caminhar por um campo minado de olhos vendados. O surto de raiva por Terry ter muitos amigos, o abraço apertado... Ela sentiu saudade da menina. Aquela criança difícil, porém também doce e solitária.

Terry tentou esconder o quanto estava aliviada com a presença de Kali. Não queria assustar a menina.

— Oi! — disse Kali. — Pedi um calendário e eles me deram! Eu marco todos os dias, e quinta é o seu dia.

Ela estava tímida.

Terry se agachou para ficar da altura dela. Kali parecia não gostar de contato físico, a não ser que partisse dela, então Terry resistiu ao impulso de prender uma mecha de cabelo dela atrás da orelha.

— O seu calendário tem figuras?

Kali deu um pulinho.

— Tem um animal diferente em cada mês! Fevereiro é um tigre.

— Tigres têm dentes enormes — comentou Terry.

— Tigres fazem *grrrr*. — Kali imitou um rosnado e ficou rondando Terry. De repente, a menina parou de se mexer. — Minha mãe fazia esse barulho quando contava a história do tigre! Fui batizada em homenagem a uma deusa. Ela usava pele de tigre e era feroz na luta.

Então a menina tinha uma mãe em algum lugar.

— Onde está sua mãe agora?

— Foi embora. — A alegria de Kali evaporou. Ela chutou a água. — Para longe, longe, longe.

— A minha também — disse Terry.

A menina deu de ombros.

— Kali, há quanto tempo você está aqui? — perguntou ela, se dando conta de que aquela não era a questão. — Há quanto tempo você está com o dr. Brenner? — Ainda não tinha acertado. — Digo, com o papai.

— Eu não tinha um calendário antes. Não sei.

— Você comentou que eles deram um calendário para você. Quem são eles?

— Meus cuidadores — disse Kali. — Os ajudantes do papai.

Terry tentou não alterar o tom de voz.

— Quer dizer que você mora aqui?

— Por enquanto, é a minha casa.

Kali não parecia se importar muito.

Isso mesmo, *por enquanto*. Terry queria contar a ela, mas ficou quieta.

— O papai costuma ficar bravo com você?

Kali fez que sim.

— O tempo todo. Ele está sempre com raiva! — Ela deu uma risadinha genuinamente contente. — Às vezes ele me dá balas para eu ficar boazinha. Foi assim que ganhei o calendário.

Terry não queria perguntar a Kali nada que pudesse deixá-lo zangado com a menina. Um pensamento terrível lhe ocorreu.

— Ele... Ele te machuca? Quando fica bravo?

Kali refletiu um pouco.

— Não machuca, não. Só mente. Ainda não tenho amigos. — Ela parou um instante. — Só você. Mas ele jura que eu vou ter outro logo, logo.

Aparentemente, o dr. Brenner era amigável com ela, então. Ao contrário do que Alice tinha visto ele fazer com a menina do futuro, mandando que a levassem de castigo por seu comportamento inadequado.

Mas Kali não era do tipo que mentia. Era sincera. Provavelmente, ele não a machucava, não literalmente. *Como se obrigá-la a morar aqui não fosse uma agressão...*

Terry decidiu continuar.

— Na última vez em que estive aqui, contei para você dos meus outros amigos, lembra? Tem a Alice, o Ken e a Glória. Ele machuca a gente. Faz a gente tomar remédios contra a nossa vontade. Nós não queremos mais vir aqui.

— Você vai me deixar? — perguntou Kali.

— A gente quer levar todo mundo embora. — Terry se perguntou qual seria uma boa referência do mundo lá fora para uma menina de cinco anos. — Você gostaria de visitar o zoológico um dia? Ver um tigre de verdade?

— Eu quero! Também quero conhecer os seus amigos.

— Um dia você vai conhecer. Quero tirar você daqui. Quero tirar todo mundo daqui.

— O papai não vai deixar.

— E se a gente fizer ele deixar? — perguntou ela, com cautela, tentando não assustá-la. — Para ajudar os meus amigos, *todos* eles, incluindo você, preciso dar uma passada no escritório do papai na próxima vez que vier aqui. Você acha que consegue criar uma *distração*? Nada que faça ele ficar muito bravo. Só preciso que ele e o resto do pessoal daqui me deixem sozinha uns minutinhos.

Kali pensou na proposta dela, sem pressa para responder.

E então, quando Terry já tinha quase desistido, ela disse:

— Posso fazer isso, sim. O papai merece um castigo pelas mentiras que conta.

— Verdade. — Terry não poderia estar mais de acordo. — Merece mesmo.

— Então tá bom! Preciso ir!

Kali foi embora, saltitante, antes que Terry pudesse esboçar um abraço.

Por que ela se sentia tão insegura? Ela nem tinha pedido a Kali para usar os poderes, pois sabia que isso a colocaria no mesmo patamar de Brenner.

Terry teria uma semana para se preocupar com o sucesso ou fracasso do plano. No momento, apenas caminhava de volta pelo vazio, espirrando água em silêncio, imaginando tigres-fantasmas à espreita.

5.

Eles já estavam em Hawkins fazia horas, e Alice sabia que logo iriam embora. Ela repetia para si mesma que faltava pouco, embora cada segundo parecesse uma eternidade. A sessão de eletrochoque já tinha acabado. Então ela se sentou na beirada da maca e esperou pelo fim daquela maratona.

Ela estava mais reservada que o normal com a dra. Parks. Mediu bem as palavras para responder cada pergunta, mas a médica parecia não ter notado. A possibilidade de Brenner saber e compreender o que ela via a deixava apavorada.

Mas ela seria forte por Terry. E pela garotinha do futuro.

Alice tinha visto a menina de novo, por um instante, em sua visão do dia. Estava repetindo algo que Brenner dizia, e ele parecia satisfeito. Foi tudo que ela conseguiu ver. Em seguida, o cérebro dela assumiu o controle, puxando uma corrente de imagens aleatórias. Ela havia se esforçado demais na outra noite, no bosque. Quase passou dos limites. Estava extenuada e, por isso, naquele momento, resolveu se poupar.

Se pelo menos houvesse alguma maneira de dizer à menina do futuro que ela não estava sozinha, que Alice estava de olho nela, sofrendo com ela. Que Terry iria ajudá-la. Que eles todos sabiam que ela estava ali...

Mas, claro, não havia o que fazer.

A dra. Parks deixou a sala junto com o auxiliar assim que ouviram o alerta de "Código Índigo" ecoar pelas caixas de som. "Índigo" era uma palavra bonita. Uma cor bonita. Com a sugestão das caixas de som e o ácido remanescente em seu sistema, a sala foi banhada por um forte roxo-azulado. Quando a porta se abriu, Alice imaginou que seria a dra. Parks de volta, anunciando a hora de ir embora.

Mas era uma menininha. Outra menina.

Era a criança que Terry tinha descrito. Por alguma razão, Alice não a imaginava com uma camisola hospitalar idêntica à dela. Era ainda menor e mais nova que a menina das visões do futuro.

Alice se levantou da maca e se aproximou dela. Talvez estivesse alucinando. Finalmente.

— Kali? — Ela estreitou os olhos. — Você está mesmo aqui?

A menina sorriu para ela e disse:

— Como você sabia? Você simplesmente sabia? — Ela balançou a cabeça. — Ah, a Terry te contou! Eu estava torcendo para você ser que nem eu. Quem é você?

— Sou a Alice.

Ela sorriu também. Não tinha como não sorrir. Não era miragem nem alucinação da droga. A menina estava mesmo no quarto.

Mas como?

— Você deveria mesmo estar aqui?

— Não! — Kali praticamente cantou, animada. — Eu fugi. Queria conhecer os amigos da Terry. Ela me pediu para criar uma distração. Somos amigas agora também?

— Claro que somos! Mas... pensei que ela ia pedir para você fazer isso semana que vem.

Esse era o plano, certo? Será que tinha mudado?

A menina revirou os olhos.

— Posso fazer de novo.

— Dói quando você cria as ilusões?

Alice se perguntava isso fazia algum tempo.

— Não! Quer dizer, às vezes minha cabeça arde um pouco. — Ela passou a mão no nariz, como se estivesse limpando alguma coisa. — Sai um pouco de sangue.

— Você está machucada?

Alice se agachou ao lado dela, determinada a consertar o que fosse preciso. Ela afastou os braços magricelos da menina e segurou o queixo dela para olhar o nariz mais de perto. Kali não era páreo para uma garota que teve que enfrentar uma dúzia de irmãos e primos.

— Não, nem estou fazendo nada agora — declarou Kali, ainda resistindo. — E é só o preço, sabe.

— Como assim, *preço*?

Kali deu de ombros.

— É o que o papai diz. O preço das *lusões*.

— O preço! — Alice ficou chocada, então lembrou que era ela a adulta no recinto. — Você não deveria ter que pagar preço nenhum. Você é uma criança.

— *Você é* que é criança! — retrucou Kali. — Você não entende! Você é normal!

Alice pegou o braço da menina e segurou firme quando ela tentou se desvencilhar.

— Kali, olha aqui para mim. Eu entendo. E não sou normal. Eles me conectam a máquinas aqui, e a dor que eu sinto é o preço que eu pago. O preço das coisas que tenho que ver.

— Que coisas?

Kali ficou interessada.

Alice jamais ousaria contar a ela sobre os monstros e as garotinhas torturadas.

— Você cria ilusões, coisas que não estão à sua volta de verdade, não é? Bom, eu vejo coisas que não estão acontecendo aqui, agora, mas são reais. Você cria ilusões. Eu tenho visões.

— Ah! — Kali a observava, os olhos brilhando. — Você é que nem eu. Tenho uma amiga que nem eu! O Ken e a Glória são que nem eu também?

— Não. — Alice sentiu uma pontada. — Mas todos nós vamos ajudar você. A Terry não vai deixar você aqui.

— *Te amo*, Alice. Podemos ser tigres.

Kali fez cara de brava e tentou imitar um rugido poderoso.

Alice se viu obrigada a rir, ainda que estivesse com o coração apertado, pensando na possibilidade de Brenner machucar a menina. Pela primeira vez na vida, sabia o que era sentir raiva de verdade.

— Tudo bem, seremos tigres. — Ela fez cócegas na barriga de Kali. — Não é hora de você voltar para onde deveria estar?

A menina pegou na mão dela e segurou firme.

— Já vou. O papai não pode me encontrar aqui, ou então pode ficar bravo com você.

Kali soltou a mão de Alice, acenou e foi até a porta. Ela era tão pequena que Alice correu para ajudá-la a abrir.

— Eu sou forte — protestou Kali, e abriu a porta sozinha.

Fazia sentido. De que outra forma teria chegado ali?

Alice gostava de garotas teimosas.

— Já percebi!

— Até a semana que vem! — Kali parou um instante ao lado da porta entreaberta. — Tenho um calendário agora.

A porta se fechou, e assim Kali desapareceu. Aquele furacão encantador em forma de menina.

6.

— Onde você estava? — perguntou o dr. Brenner assim que Eight se aproximou do quarto. Ele fez um sinal para os seguranças e demais funcionários ao redor se afastarem. — Nos deem um minuto.

— Não é da sua conta — retrucou ela, desafiadora, batendo o pé.

Ele notou como os outros olhavam para Eight, praticamente hipnotizados. Assim que possível, daria um sermão sobre como reagir de forma profissional a situações extremas, por exemplo, quando uma menininha engana os funcionários do laboratório e escapa de uma ala fechada. Pela segunda vez.

Ele sabia que Eight não estava com Terry, então temia o pior: que tivesse dado um jeito de fugir. Com aqueles poderes, era natural que um dia tentasse algo assim e acabasse dando certo... a não ser que ele tirasse dela qualquer interesse em sair dali. Por isso, tinha que ser bonzinho. Não a visitava fazia dias e temia que ela estivesse revidando.

Ele digeriu o alívio. Uma sensação rara, que valia apreciar. Ela estava ali o tempo todo. Queria chamar a atenção dele. Era só isso.

Ela nunca chegava ao extremo, a ponto de usar as habilidades *contra* ele. Só tinha cinco anos. Não era sagaz o bastante para pensar em *querer* fugir. Ele deveria confiar mais no próprio protocolo.

— Agora, me diga — prosseguiu ele, visto que a menina não respondia. — Onde você estava? Sei que não foi ver a srta. Ives, porque eu estava na sala dela quando o alerta soou.

— Escondida — disse Eight.

— Onde?

Os olhos de Eight eram retratos da inocência. Seu desdém, ensaiado.

— Aqui do lado. Queria te ver. Achei que você ficaria contente.

— Você sabe que eu não ficaria nada contente de não conseguir encontrá-la.

Ela continuou olhando para ele.

— Você nem tentou.

Ele ouviu alguém atrás dele prender a respiração, um dos funcionários que não deveria estar ouvindo. Se descobrisse qual deles, a demissão era certa.

— Claro que não — disse o dr. Brenner. Para entrar no papel, ele a pegou no colo, e ela amoleceu. — Eu sabia que você ia voltar. Que tal tomarmos um sorvete no refeitório?

O refeitório sempre tinha sorvete no estoque, para as crianças. Elas eram fáceis de subornar, com seus prazeres simples e memória curta. Ele deixou o castigo para depois, para quando ninguém estivesse assistindo. Um castigo que ela não esqueceria.

Eight hesitou.

— Nós somos amigos?

Brenner não fazia ideia do que dizer. Ela não costumava fazer essa pergunta. Então respondeu o que achava que ela queria ouvir.

— Estou me esforçando para trazer um amigo para você. Prometo. Logo, logo ele vai estar aqui. — Eight continuou encarando-o de um jeito incômodo. — Mas antes de tudo, vamos lá pegar um sorvete para você.

— Tá bom, papai.

Pela piscadela sonolenta dela, o homem sabia que ela cairia no sono antes mesmo de chegarem ao refeitório. O dr. Brenner precisaria se dedicar mais, visitá-la todos os dias, mesmo quando não tivesse trabalho a ser feito com ela.

Ele a castigaria pessoalmente, em primeiro lugar. Depois, quem sabe, deixaria a menina visitar seu escritório. Não tinha guardado os rabiscos dela, isso seria um problema, mas os próximos ele guardaria. Assim poderia mantê-la por perto.

7.

Três semanas tinham se passado, já era fim de fevereiro. Nas últimas sessões, Terry tinha esperado por Kali no vazio em vão. Tinha sido um mês infrutífero no laboratório, sem grandes distrações, exceto pela vez em que o dr. Brenner deixou a sala, no dia em que ela viu Kali pela última vez. Terry deixou passar a oportunidade. Estariam planejando os próximos passos nesse momento, se tivesse feito alguma coisa. Em vez disso, estavam sob um céu claro, em uma tarde quente de sábado, seguindo a promessa de Alice de que fariam "passeios divertidos".

Terry deu uma olhada desconfiada numa versão rebaixada do carro de Alice. Vermelho-fogo, mais elegante, com pequenas asas douradas pintadas no para-brisa.

— É nesse que a gente vai? Cabe todo mundo aí mesmo?

Alice revirou os olhos.

— É claro, princesa. Tem espaço de sobra. — Ela lançou um olhar de cão sem dono a Ken e Glória. — O único problema é que quem se sentar no banco de trás vai ficar sem muito espaço para as pernas, nada de mais.

— A viagem é pela Terry — declarou Glória. — Ela vai na frente.

— A Terry não curte muito carros — lembrou ela.

Alice revirou os olhos de novo.

— Todo mundo curte um Firebird, exceto comunistas. Vamos conhecer a Brickyard. O meu tio descolou entradas para assistirmos às voltas do treino.

Aparentemente, Brickyard era o apelido carinhoso da pista de corrida que sediava as 500 Milhas de Indianápolis. E ficava a uma hora de distância. *Quanta felicidade.*

Terry se lembrou do pai assistindo à corrida na televisão.

Vamos lá, Terry. Nada de ser estraga-prazeres. Deixa disso.

— E esse carro é dele? — perguntou Ken.

Terry se lembrou de uma das primeiras coisas que Alice disse a eles.

— Você não ia comprar seu próprio Firebird? Quanto ainda falta?

— Achei melhor economizar, por precaução.

Ken encostou o All Star branco sujo no pneu da frente para avaliar o carro. Evitou dar um chutinho para não despertar a ira de Alice.

— A viagem é longa. Pena que maconha não faz efeito em mim.

— Ninguém vai fumar maconha nesse carro. — Alice balançou a cabeça. — É praticamente novo. E não é meu. É emprestado. Vou ter que lavar toda semana por três meses.

Glória levantou as sobrancelhas.

— Aposto que foi você quem se ofereceu para fazer isso, só para dirigir.

Alice olhou para o céu azul reluzente, salpicado de nuvens macias. Terry entendeu aquilo como um "sim".

Aquele passeio tinha sido uma ótima ideia, mas tudo que Terry desejava no momento era tirar uma soneca. Ela havia desenvolvido a teoria de que a visita de Eight a Alice foi justamente o que a impediu de ver a menina de novo. Brenner devia ter descoberto. Ela rezou para que estivesse tudo bem com Kali.

E então, no dia anterior, tinha recebido aquele telefonema. Andrew precisava se reportar à base. Ele retornaria à cidade para se despedir dela e dos amigos dali a dois dias. Menos, até. Faltavam quarenta horas para ela dizer adeus ao homem que amava, e tudo que podia fazer era rezar para que um dia conseguisse revê-lo.

O cerco estava se apertando, e Terry não tinha como fazer nada para impedir aquela situação. Nunca tinha se sentido assim. Terry Ives era uma guerreira. Nada menos que isso. Era quem seu pai queria que ela fosse. Era quem sua mãe tinha aceitado, com relutância. Becky não ficaria contente com aquilo tudo, mas Terry já tinha ido longe demais.

— Vamos tratar de melhorar essa cara! — ordenou Alice, com um dedo em riste. — Quero ver um sorrisão! Vem, entra no carro.

— Tá bom, tá bom.

Terry apontou para os próprios olhos se revirando e forçou um sorriso que deve tê-la deixado com cara de louca.

Eles se espremeram nos bancos, desajeitados. Terry ficou se revirando no assento estreito, tentando achar uma posição confortável, mas nada. O couro rangia.

— Estou me sentindo um palhaço — disse Glória.

— Não *ouse* comparar esta beleza, esta obra de arte mecânica, com um carro de palhaço. — Alice virou a chave, e o carro deu sinal de vida com um rugido. Ela precisou berrar para se fazer ouvir. — Escutem só essa sinfonia!

— Bem alta, né? — resmungou Terry, embora fosse obrigada a admitir que o carro tinha um cheiro bom. Cheiro de novo.

— Vocês vão ver só!

Alice engatou a marcha e partiu com o carro um pouco rápido demais para o gosto de Terry.

O trajeto todo foi assim. Terry ficou com receio de levarem uma multa por velocidade, já que Alice claramente não ligava para isso. Cantaram pneu pela estrada, mas, depois de uns vinte minutos — Alice ainda sorrindo ao volante, as janelas abertas, enquanto deixavam outros motoristas comendo poeira —, Terry tinha que admitir: até que estava se divertindo.

A culpa a seguia, mas ela tentava reprimir o sentimento. Ninguém deveria se sentir culpado por estar vivo. Por ser feliz. Por fingir, por um momento, que todas as coisas ruins que estavam acontecendo no mundo lá fora não existiam.

Contanto que o fingimento não durasse para sempre.

Terry deu umas batidinhas no volante para chamar a atenção de Alice e sussurrou um "obrigada".

Alice abriu um pouco mais o sorriso e berrou:

— De nada!

As risadas de Glória e Ken no banco de trás eram como música para seus ouvidos. Terry faria de tudo ao seu alcance para proteger as pessoas que estavam naquele carro.

De tudo mesmo.

Capítulo Nove

ENTRE PAREDES

MARÇO DE 1970
Bloomington, Indiana

1.

Glória percebeu que havia algo estranho no ar assim que pôs os pés na sala de jantar.

Para começo de conversa, a mãe tinha preparado seu prato favorito — uma salada de gelatina, marshmallow e cranberry, acompanhamento que só costumava ser servido no jantar de Ação de Graças, quase nunca no cardápio cotidiano. Como se não bastasse, o pai tinha deixado uma pilha de quadrinhos novos na mesa, o que também não era comum. Ele preferia que a filha fosse até a loja e reclamasse da seleção inteira, para saber se tinha acertado ou não no pedido. *X-Men* era o único quadrinho que ela curtia, e o que menos vendia.

— O que aconteceu? Está tudo bem com a vovó? — perguntou Glória.

— Está, sim — respondeu a mãe, da cabeceira da mesa. — Senta aqui com a gente.

— Ligaram da faculdade — explicou o pai. — Insistiram que você ficasse, ofereceram até uma bolsa. O médico que está conduzindo aquela pesquisa no laboratório vem jantar com a gente. Ele fez questão de vir aqui. Parece impressionado com você.

Brenner jantando com ela e os pais? Depois de mandar Terry grampear o telefone da loja? Justo quando ela estava começando a achar que largar o experimento não seria tão difícil. Embora esperasse uma resposta drástica, não imaginava nada tão pessoal assim.

— Já volto! — disse ela, recolhendo os quadrinhos. — Vou levar isso logo para o meu quarto.

O pai deu uma piscadela para ela.

— Não quer que o doutor veja as revistas engraçadinhas, né?

— Exato!

Ela se segurou até sair da sala, então respirou fundo. Alguém batia à porta. Ela não queria atender.

— Querida, você pode abrir? — pediu a mãe, e não foi bem uma pergunta.

Ela colocou os preciosos quadrinhos debaixo de um jornal, ajeitou a saia e preparou um sorriso agradável. Só então foi abrir a porta.

E qual não foi sua surpresa ao se deparar com Alice do lado de fora.

— Alice?

— Desculpa aparecer assim, sem telefonar antes, mas eu não tinha o seu número. Cheguei a ligar para a loja, mas disseram que você já estava em casa e...

— Não, tudo bem — respondeu Glória, puxando Alice para dentro. — É que acabei de descobrir que o Brenner vem jantar aqui em casa hoje, daqui a pouco.

Alice parecia tão chocada quanto Glória.

— Meu experimento para ver o que ele faria para nos conter saiu pela culatra. Melhor você ir embora antes de ele aparecer. — Glória franziu as sobrancelhas. — Mas calma! Antes me diz o que você está fazendo aqui.

— Preciso falar com você sobre uma coisa. Mas é melhor eu ir embora mesmo.

— Tarde demais — declarou Glória, observando pelo vidro jateado da porta a sombra que se aproximava. Uma batida. — Ele chegou.

Nervosa, Alice encarou Glória sem saber o que fazer.

— Mãe, você pode arrumar mais um lugar na mesa? — pediu Glória. — Minha amiga Alice vai jantar com a gente também!

A mãe deu uma espiada no corredor e reparou no traje informal da garota.

— Claro — disse, como se não aprovasse mulheres de calça à mesa.

Glória era apegada aos pais. Não queria que simpatizassem com Brenner.

Outra batida. Glória não tinha escolha. Precisava abrir a porta.

— Oi, dr. Brenner — disse ela, abrindo o sorriso mais simpático que conseguiu. — Seja bem-vindo ao nosso humilde lar. Você já conhece a Alice, claro. Ela veio para...

Glória não tinha ideia do que dizer.

— A janta — completou a mecânica. — Ouvi dizer que a comida da sra. Flowers é de lamber os beiços. E esse lar, de humilde não tem nada. — Glória levantou as sobrancelhas, e ela acrescentou: — Quis dizer que a casa é linda, só isso.

Em qualquer outra circunstância, o elogio teria alegrado Glória.

— Que bela surpresa! — comentou o dr. Brenner. — Um jantar com duas das pacientes mais promissoras do laboratório.

— Por aqui — indicou Glória, tomando Alice pelo braço para não ter que caminhar ao lado de Brenner.

O pai dela se levantou para cumprimentá-lo, e seguiu-se o protocolo de aperto de mãos e tapinha nas costas. A mãe de Glória retornou com um jogo americano para Alice.

— Estamos muito felizes em recebê-lo, dr. Brenner — disse ela.

Ele assentiu, como se tivessem mais é que estar mesmo, e não se deu sequer ao trabalho de perguntar o nome dela. Típico.

O pai de Glória fez um sinal para todos se sentarem e se servirem.

— Agora, conta para a gente do desempenho incrível da nossa Glorinha.

— Estou tão contente por saber que não a perderemos para a Califórnia — disse Brenner, sem tirar os olhos do pai dela. — Conversei com o pessoal de lá, amigos meus, e comentei que precisamos dela aqui.

Glória ouviu Alice engasgar e começou a colocar uma montanha de salada no prato.

— Pega um pouco de frango também, Glorinha — sugeriu a mãe. — Você também, Alice.

— Fiquei curioso, Glória. Por que você pensou em nos deixar? — perguntou Brenner, encarando-a.

— Só estava avaliando as minhas opções.

Ele balançou a cabeça.

— O meu trabalho é a melhor opção, garanto a você.

Brenner prosseguiu, explicando aos pais dela quão importante era a pesquisa, sem, no entanto, revelar muita coisa.

Eu só queria que todos nós pudéssemos largar o experimento. Então pensei em testar, de um jeito fácil, se seria possível.

Antes que Terry invadisse o escritório de novo para procurar mais evidências. Mas esse plano tinha sido protelado. Terry não estava muito bem desde Brickyard, uma excursão que tinha se mostrado fascinante. Glória e Alice deram uma de guia e explicaram a ela como funcionavam os carros de corrida, embora poucos estivessem à mostra. Alice cumpriu a promessa. Tinha sido mesmo um "passeio divertido".

Isso só mostrava como o laboratório não era nada divertido. Glória já dominava a arte de dispensar o ácido. Não tomava mais, ou pelo menos não a dose inteira. Ela empurrava o papel até a bochecha como um chiclete e, quando ninguém estava olhando, cuspia na palma da mão. O interrogatório continuava, e ela fingia que estava confusa e desnorteada. Aquilo era o oposto de ciência.

As coisas que fizemos para burlar o experimento são mais científicas que o próprio estudo. A máquina caseira de Alice, de eletrochoque, por exemplo. Glória nunca tinha sentido tanto medo.

Antes de acionar a corrente elétrica, ela imaginara todas os cenários possíveis, caso algo desse errado e Alice se machucasse. Ninguém acreditaria que ela havia permitido aquilo. Ninguém acreditaria que uma garota como Alice, sem educação formal, seria capaz de criar algo do tipo. Seria "o escândalo de Glória Flowers", a jovem envolvida em atividades suspeitas e perigosas no bosque, e ainda por cima com um homem solteiro a reboque.

É claro, ela temia ser pega pelos capangas do laboratório, mas tinha outras preocupações. Algumas reputações eram mais vulneráveis que outras.

— Nada nunca vai ser justo, né? — disparou Glória, interrompendo a palestra de Brenner sobre o trabalho esplêndido que fazia no laboratório.

— Não — respondeu ele. — O mundo não é um lugar justo.

As rugas na testa do pai dela se aprofundaram, como sempre acontecia quando ele matutava sobre algum assunto.

— Nesta casa, tudo que puder ser justo será. Mas lá fora, não, não vou mentir para vocês. O dr. Brenner tem razão.

— Obrigada, sr. Flowers.

A presença de Brenner à mesa comprovava que o mundo não era mesmo um lugar justo.

— Bom saber que o dr. Brenner gosta de vocês, meninas — comentou a mãe de Glória, que por sua vez abocanhou uma garfada de salada.

A última coisa que ela queria era deixar os pais chateados, porque eles faziam tudo por ela.

Depois de insistir em tomar um drinque com o sr. Flowers após o jantar, Brenner finalmente foi embora. Era como ter uma cobra venenosa dentro de casa.

Para a alegria de Glória, Alice estendeu a visita. O jantar teria sido tenebroso sem uma aliada. E ela também queria saber por que a amiga tinha passado lá, então disse para os pais que a acompanharia até o carro.

Chuviscava lá fora, por isso as duas preferiram conversar na varanda. Glória esquadrinhou a área para se certificar de que nenhum veículo estava à espreita na rua.

— Ele foi embora, finalmente. Aconteceu alguma coisa? — quis saber ela. — Por que veio aqui? Desculpa ter feito você aturar esse homem fora do laboratório.

— Ele não vai deixar a gente em paz, não é? — perguntou Alice.

— Se a Terry estivesse aqui, diria para a gente dar um jeito de fazer ele deixar, por bem ou por mal.

— É por causa dela que estou aqui. Por causa do futuro. Ela estava lá... Não era coisa boa, e não sei o que fazer. Não sei se conto para ela ou não.

Glória queria distância de mais segredos terríveis, mas se importar com os amigos às vezes significava compartilhá-los mesmo assim.

— O que você viu? Pode me contar — pediu ela.

2.

Terry se olhou de novo no espelho do quarto, para ver se tinha colocado a camisa do lado certo. No dia anterior, logo após o almoço, uma desconhecida a puxou no canto e apontou para a etiqueta nas costas da bata. Ela entrou no banheiro mais próximo e ajeitou a peça, mas enquanto não voltou para o quarto e trocou de blusa, ficou querendo morrer com as marcas de desodorante aparentes.

Sim, daquela vez a camisa estava do lado certo. Tinha uma estampa indiana, que Andrew adorava. Dizia que ela ficava parecendo uma pintura. Por mais que Terry quase não estivesse comendo ultimamente, tinha ganhado meio quilo, o que deixou a saia um pouco apertada. A distribuição de peso de seu corpo por alguma razão estava diferente.

Terry presumiu que fosse um dos efeitos colaterais que Brenner mencionara, mas achou melhor não comentar nada com o médico.

Ela retocou a maquiagem. Penteou o cabelo. E olhou pela janela mais uma vez.

Nunca tinha ficado nervosa antes de um encontro com Andrew. Talvez fosse o único garoto de quem ela tivesse gostado — decerto era o único que tinha amado, o único com quem tinha se sentido confortável logo de cara. Ele era direto. Sem papas na língua. Podia até mudar de ideia de vez em quando, mas fazia questão de ser sincero quando isso acontecia.

O Barracuda verde-esmeralda dele parou em frente ao prédio. Ela pegou a bolsa, com a Polaroid dentro, e saiu correndo. Parou no meio do caminho. Tinha trancado a porta?

Quem se importa?

Continuou correndo escadaria abaixo, sem paciência para esperar o elevador, e, ao chegar à portaria e avistar Andrew do lado de fora, apertou o passo, zuniu pela porta e se jogou em cima dele.

Andrew deu risada.

— Calma, meu amor! — Ele respondeu com um abraço apertado. — Pelo jeito não preciso mais ficar nervoso me perguntando se você vai ficar feliz em me ver.

Foge para o Canadá. Não vai embora. Fica comigo. Para sempre.

— Não quero que você fique se achando o tal — disse ela, sem soltá-lo. — Então vou fingir que não estou nem aí para você.

— Por favor, nunca faça isso...

— Nem se eu quisesse.

Ela recuou um pouco para observá-lo.

Andrew estava realmente nervoso. Tímido, até. Esperou Terry terminar a inspeção, mas sentia-se desconfortável. Estava com o cabelo bem curtinho, raspado, sem a franja formando os parênteses que Terry tanto amava. O que não significava que tinha deixado de fazer o coração de Terry bater mais forte. Pelo contrário. No coração dela só havia espaço para ele.

— Gostei! — Ela passou a mão no couro cabeludo dele, sentindo a penugem curtinha e macia. — É terapêutico.

— Pode parar! Assim eu me sinto um pedaço de carne! — brincou Andrew, sorrindo mais relaxado.

— Por falar nisso... Tem algum lugar onde a gente possa ficar a sós? — perguntou ela, levantando as sobrancelhas.

— Tem, sim. O Dave cedeu o apartamento. Ele vai voltar para tomar uma cerveja com a gente lá pelas cinco.

Terry o agarrou pela mão, arrastando-o para fora do prédio.

— Vamos! Não temos tempo a perder.

— Mas você está usando sua blusa favorita. Tem certeza de que não quer sair? — protestou ele.

— É a *sua* blusa favorita — retrucou Terry, com uma piscadela. — Por isso coloquei.

— Ah, então, nesse caso...

Eles não mencionaram que dali a uma semana ele partiria para a guerra. Mas não havia necessidade. A dor da separação pairava no ar, quase palpável, prestes a estragar tudo.

Andrew a abraçou por trás, e ela se aninhou no corpo dele. Parecia até que estava tudo bem. *Parecia.*

Mas os lençóis na cama não eram os lençóis macios dele, de algodão. Eram os lençóis cor de vinho de Dave, acetinados, e embora ela soubesse, pelo cheiro, que estavam limpos, eram os lençóis errados.

O quarto de Andrew agora pertencia a Michael, que também participara do protesto no refeitório com Dave e Andrew. Assim como Dave, ele não seria enviado para o Vietnã. Dave e Michael continuavam sendo universitários, e, mesmo depois da formatura, não teriam muito com o que se preocupar. O aniversário deles estava no fim da lista, e as chances de serem convocados eram baixíssimas. Nada era justo.

Os lençóis estavam diferentes. O quarto estava diferente. Tudo estava diferente, exceto por eles dois.

Mas mesmo eles se sentiam estranhos. Não eram mais os mesmos.

— Terry... — disse Andrew, e ela ficou tensa.

Ele quase sempre a chamava de "amor". Só usava "Terry" quando se referia a ela para outras pessoas.

— Andrew...

Ela não facilitaria as coisas, mas se virou para ficar de frente para ele.

— Você sabe que eu te amo.

— E você sabe que eu te amo.

Ela estava tentando memorizar os cílios dele. O rosto dele, sob diversos ângulos, com o cabelo raspado. *Não temos mais tempo. Não temos mais tempo nenhum...*

— Quero que você aproveite a vida e faça suas coisas, sem ficar presa a mim.

Andrew falou numa tacada só, como se tivesse ensaiado palavra por palavra.

— Andrew Rich — declarou Terry, tentando manter a calma. Ela se debruçou na cama. — Não ouse me dizer o que fazer.

— Longe de mim, mas...

— Mas?

Terry estava imóvel, paralisada na cama. Aquilo não seria fácil para nenhum dos dois.

— Não sei se eu seria capaz de fazer o que preciso fazer por lá sabendo que você está aqui esperando por mim. Não vou conseguir pensar em nada além de você.

Terry não entendeu o que ele quis dizer.

— Que bom. Você tem mesmo que pensar em voltar para casa. Tem que pensar no nosso futuro, juntos.

Andrew suspirou e se deitou de costas.

— Sabia que você ia agir assim.

— Como você queria que eu agisse?

Terry tentou focar no pôster do The Who na parede de Dave. Andrew cobriu o rosto com a coberta.

— Sei lá! Não faço ideia do que estou dizendo. E quem estou tentando enganar? Estou surtando, essa é a verdade.

Esse era o Andrew que Terry conhecia. Isso ela entendia. Sinceridade.

— Sam, está tudo bem — disse ela, puxando o lençol. — Você está a caminho da Montanha da Perdição. Ninguém sabe o que vai acontecer daqui em diante.

— Pelo menos sei que o Sauron não está lá — disse ele, voltando a encará-la.

Terry balançou a cabeça.

— Isso mesmo. Todo mundo sabe. Você é um homem bom, está fazendo a coisa certa.

— Será?

— Você é um homem bom. — Ela segurou o choro. Tinha que ser forte, mais forte do que acreditava ser. Foi isso que Ken previra. — Não vou deixar você terminar comigo. Isso tudo... É culpa minha. Foi o Brenner quem planejou tudo isso. Não queria te contar, mas...

— Como assim?

— É isso, sem tirar nem pôr. É culpa minha. Acho que foi ele quem fez isso com você.

— Não importa. — Andrew ficou um instante em silêncio e depois a beijou com tanta delicadeza que ela mal sentiu os lábios dele. — Não é culpa sua. Se foi ele ou não, quem pode dizer? Era capaz de acontecer de qualquer jeito.

Ela não conseguia falar, então só assentiu.

— Isso aqui não é um término — prosseguiu ele. — É a sua liberdade. Não quero que você fique esperando por mim, pelo menos não se aparecer outra pessoa. Não seria capaz de fazer o que é preciso sabendo que estou prendendo você. Não quero isso de jeito nenhum. Então é melhor darmos um tempo enquanto eu estiver fora... Não vou deixar de te amar. E espero voltar para casa e ficar com você.

Terry queria dizer *Você vai! Vai, sim! Não precisa ser assim.* Mas não podia prometer isso. Ela não sabia o que o futuro reservava aos dois. Ninguém sabia o que o futuro dos soldados reservava. Ou, se sabiam, não falavam sobre isso. Era algo que ninguém queria prever. Estava na cara que Andrew tinha preparado e praticado aquele discurso.

Terry abriu um sorriso triste.

— Se é disso que você precisa, é o que faremos.

Andrew suspirou e se recostou na cabeceira, aliviado.

Terry saltou da cama e revirou a bolsa.

Ele levantou as sobrancelhas.

— Pode parar, seu mente suja! — brincou ela. — Só estou procurando a câmera. Quero um retrato de recordação.

— Mas precisamos de alguém para tirar a foto, não?

— Não. Temos braços longos. Você segura de um lado, eu seguro do outro, daí eu aperto o botão. Vou ajustar a posição.

Aquela ideia genial era obra de Alice. Jamais teria ocorrido a Terry tentar tirar fotos de si mesma.

Ela equilibrou a câmera no joelho, em cima da cama, e olhou pelo visor. *Ele está uma graça com esse cabelo raspado.* Assim que achou o enquadramento ideal, fez um sinal para Andrew erguer o braço. Ele segurou a câmera de um lado, enquanto ela se aninhava junto a ele, segurando do outro. Bem juntinhos, para caberem na foto.

— Sorria! — disse ela, e pressionou o botão.

Ele já estava baixando a câmera, mas ela pediu que esperasse e mantivesse a pose. Filme de Polaroid era caro, mas o momento pedia mais um registro. Ela se inclinou para pegar a foto que saía da máquina.

— O treinamento militar é fichinha perto disso — brincou Andrew, como se segurar a câmera o deixasse exaurido.

— Uma para mim agora!

Ela tascou um beijo no rosto dele e sentiu Andrew abrir um sorriso. Então estendeu o braço e apertou o botão. Mais um clique. Mais uma foto expelida.

Ele largou a câmera no colchão. Terry se aconchegou no peito dele enquanto balançava as fotos, esperando a revelação.

Ela queria ter o poder de captar esse momento em uma foto e permanecer para sempre dentro dela, até que mais nada a impedisse de viver milhões de momentos como aquele.

Andrew deu uma carona para ela até o alojamento e nem fez questão de ligar o rádio. Ele planejava deixá-la no campus e voltar para tomar uma última cerveja com Dave, mas parou em frente ao prédio e ali ficou, compenetrado na foto tirada horas antes. Os dois sorriam. Terry estava em primeiro plano, inclinada para apertar o botão.

— Obrigado — disse Andrew. — Por isso.

— Obrigada, amor — respondeu Terry.

Mais tarde, ela ia chorar. Agora não.

Queria que você ficasse. Não vai embora. Sinto que temos mais a dizer, mas não quero dizer nada, porque seria como admitir que nunca mais vamos nos ver.

Andrew ajeitou a foto no painel e segurou as mãos dela.

— Fica bem, meu amor. E acaba com aquele crápula do laboratório! Cuida da minha irmãzinha também.

Terry não teve escolha senão sorrir, mas isso a deixou a ponto de chorar.

— Vou tentar. Juro.

— Você vai tirar tudo isso de letra! Eu não seria nem louco de me meter com você.

— Bom, você não é um monstro.

Andrew ainda não sabia de toda a verdade sobre os monstros de Alice nem de *quando* eram. Terry não queria falar do futuro, não naquele momento. Conversariam sobre isso quando ele voltasse. Quando tivessem um futuro diante deles.

— Já está ficando tarde. Tenho que ir. Vê se não dá bola para esses monstros desnecessários, tudo bem? — disse Andrew. — E me escreve.

— Você também.

Terry o beijou, sem saber se seria a última vez.

3.

Ken não era bobo. Sabia que não seria uma boa ideia marcar o encontro na lanchonete onde Terry trabalhava. Alguém poderia reconhecê-lo e comentar com ela. Então, combinou com Andrew de encontrá-lo na cantina do campus, que tinha o melhor café da região. Colocou três cubos de açúcar no dele, escandalizando todo o quadro de funcionários do local. Mas era assim que gostava do café, e ponto final.

Andrew se sentou diante dele e passou a mão no cabelo raspado. Ken reconheceu o gesto. Ele também ficou fazendo isso quando cortara o cabelo longo, anos atrás. Sentia falta dos cachos quando ficava ansioso.

— Cara, espero que você esteja certo — disse Andrew. — Não foi fácil.

— Já vai ser difícil o bastante para ela.

Ken não sabia dos detalhes. Na verdade, ele se sentia à deriva quando pensava em Terry. De tempos em tempos, como uma onda, vinha a certeza de que ela era forte e se fortalecia cada vez mais, mas ele não conseguia enxergar o panorama completo. Era frustrante. Ele mal tinha certeza de que ir até Andrew aconselhá-lo a terminar com ela havia sido a decisão correta.

— Já falei, ela está passando por maus bocados — prosseguiu ele —, e isso poderia colocar todos nós em perigo. Mais perigo ainda.

— Ela não vai perdoar você se souber que agiu pelas costas dela.

— Eu sei — resmungou Ken. — Eu não devia ficar me intrometendo na vida dos outros. Acho que comentei com você, foi um conselho que minha mãe me deu quando eu era criança.

Andrew fez um sinal para a garçonete.

— O que você vai querer, meu bem? — perguntou ela, mascando chiclete.

Ele refletiu.

— Um milk-shake de chocolate.

A garçonete se afastou, e ele desabafou com Ken:

— Vou aproveitar a vida enquanto é tempo. — Ele chegou mais perto e apoiou os cotovelos na mesa. — E quanto a essa história de intromissão... Não se preocupa, isso não é nada de mais. Nossas vidas não têm tanta importância assim. Essa é a questão. Somos todos descartáveis.

Ken não concordava. E...

— Melhor não dizer essas coisas por aqui.

— Com certeza não sou o único que pensa assim.

Por um instante, olhando para Andrew, Ken teve uma sensação esquisita. Podia muito bem ser ele naquela situação, prestes a atravessar o oceano — e talvez, se o país continuasse em guerra até sua formatura, ele *de fato* se visse naquela situação. Seu número de chamada era relativamente alto, então estava seguro por ora. Ele se perguntou como seria se estivesse no Exército. Nada bom, imaginou. Ou não tão ruim, talvez, se ficasse na dele, se guardasse seus segredos muito bem guardados. Ele estava acostumado a isso, mas não significava que gostava.

— Ninguém é descartável — retrucou Ken. — É errado pensar assim, embora as pessoas cometam esse erro o tempo todo.

— Você parece falar por experiência própria — comentou Andrew, tamborilando na mesa. — Vem cá, qual é a sua? Você é mesmo vidente?

Ken olhou pela janela, tentando intuir o que fazer. Será que deveria responder àquela pergunta? Com sinceridade?

Acho que dá para confiar nele, sim. Bem, na Terry eu confio.

Vamos lá.

— Minha família sempre acreditou nessas coisas, e sinto que é real. É tudo que posso dizer. Passei a vida aprendendo a lidar com esses pressentimentos. — Ken deu um gole no café e o colocou de volta na mesa. Ficou girando a xícara, aflito. — Eu achava que família sempre protegia família, mas agora acho que escolhemos quem protegemos.

— O que mudou?

Andrew parecia genuinamente interessado.

— Minha família me tratou como se eu fosse descartável. — Ken secou as mãos na calça jeans. Não costumava falar sobre isso, quase nunca se abria. Estava suando. — Eles não implicavam com esse meu jeito diferente, entendiam até, mas não foi bem assim com a outra diferença.

Andrew franziu as sobrancelhas, intrigado, e Ken percebeu que ele não tinha sacado por completo.

— Sinto muito — disse Andrew. — Minha família me acha idiota por eu ter feito o que fiz, mas eles nunca deixaram de me apoiar. Deve ser difícil para você.

— Muito. Hoje dói menos. — Ele abriu um sorriso triste. — Quer dizer, contanto que eu não pense muito nisso.

— O que aconteceu? — perguntou Andrew.

As pessoas não entendiam que ser vidente não significava estar certo o tempo todo. Não significava que Ken tinha todas as respostas. Não significava que ele nunca errava. Algumas pessoas o desapontavam. Era assim com todo mundo. A diferença era que ele não abria mão da própria verdade.

— Contei para eles que estava saindo com um cara... Depois terminamos, mas sei que vou me apaixonar de novo um dia. E vai ser por outro homem. Acho que vou conhecer minha alma gêmea em Hawkins.

— Eu não fazia ideia. Digo, nunca imaginei que...

Andrew parecia ligeiramente apreensivo e surpreso.

— Vou tomar isso como um elogio.

— Desculpa. Estou sendo meio babaca. — Andrew sorriu. — O que quero dizer é que deve ser péssimo perder a família por causa de quem você ama. Sinto muito, cara. Mas então é por isso que você está em Hawkins, fazendo parte do estudo? Para conhecer o homem da sua vida?

Ken sorriu também. Confiar na pessoa certa era a melhor sensação do mundo.

— Por isso, e pelo que comentei com Terry e as meninas. Acredito mesmo que somos importantes uns para os outros. Era uma coisa que eu sabia que precisava fazer. — Ele fez uma pausa e continuou: — Mas não custa nada ficar de olho para ver se aparece o cara certo.

— Nenhum candidato ainda?

— Nada. Não está fácil! Mas vou saber quando ele aparecer. Assim espero.

A garçonete chegou com o milk-shake. Um copo alto, cheio de espuma. Parecia delicioso. Andrew agradeceu.

— Ei! Você já provou batata frita com milk-shake de chocolate? — perguntou Ken.

— Não — respondeu Andrew. — Que feitiçaria é essa?

— Você precisa acordar para a vida, cara! — Ken chamou a garçonete de volta e pediu uma porção de batata frita. — Como Terry reagiu?

Andrew esboçou um sorrisinho.

— Ela não facilitou.

— Imagino.

Andrew hesitou um pouco antes de continuar a conversa.

— Não estou nem aí para o que vai acontecer comigo, mas e a Terry? Ela vai ficar bem?

— Não faço a menor ideia — disse Ken. — Não sei nada de vocês. Por isso fui te procurar e sugeri que dessem um tempo. Achei que seria melhor para ela assim. Não consigo explicar mais.

As batatas fritas chegaram. Andrew pegou uma e fez uma careta. Estava pelando. Ele mergulhou a batatinha no milk-shake e deu uma mordida.

— Que delícia! Quente e frio, salgado e doce.

Ken pegou uma também.

— Prometo fazer tudo que estiver ao meu alcance para protegê-la. Isso te deixa mais tranquilo?

— Não — respondeu Andrew, empurrando o prato e o milk-shake. — Mas é o que dizem: *You can't always get what you want.*

A sabedoria dos Rolling Stones. Nem sempre você consegue o que quer. Ken fez uma releitura:

— E nem sempre você consegue aquilo de que precisa.

4.

Terry parecia um sonâmbulo recém-desperto. Sentia que o mundo estava esquisito — e não esquisito do jeito que andava nas últimas semanas, longínquo. Até mesmo no laboratório de Hawkins. Admitir para Andrew que se sentia culpada pela convocação tirou de seus ombros um peso que ela nem tinha percebido que carregava.

O dr. Brenner entrou na sala e colocou um potinho de comprimidos na mesa ao lado, junto a um copo contendo algum líquido.

— Vitaminas — disse ele. — Você não está tomando as vitaminas que recomendei. Então aqui estão. Isto é água, para descer.

Ela bebericou com cautela até se certificar de que era *só* água mesmo. E ingeriu as vitaminas, apesar de tudo.

— Não estou tomando mesmo. Algum desses seus medicamentos está afetando o meu metabolismo, o meu peso — comentou Terry.

— Seu namorado reclamou? — perguntou o médico.

Ela não estava mais namorando, pelo menos não tecnicamente. Tinha sobrevivido à despedida. Ainda assim, rezava por ele de manhã e rezava de novo à noite. A preocupação com ele era uma constante, embora não se debulhasse mais em lágrimas com qualquer canção melosa que tocava no rádio. Era assim que as pessoas que "seguiam em frente" se sentiam? Ela não gostava da sensação, mas era melhor que ficar na incerteza. Melhor que continuar com ele, escondendo um grande segredo.

Ela optou por ignorar a pergunta de Brenner.

— Por que isso está acontecendo?

Ele a examinou em vários pontos com o estetoscópio, e por alguma razão ela se conteve e não se afastou quando ele pressionou o aparelho no seu peito. O metal gelado ardia na pele, mesmo por cima da camisola. Ele baixou o estetoscópio para ouvir a barriga dela.

— Você está agitada. Mais do que nas últimas sessões.

Ainda no furgão rumo ao laboratório, com um sinal silencioso, ela indicou aos demais que pretendia falar com Kali de novo. Será que a menina finalmente apareceria no vazio? Era a única saída.

— Está se sentindo melhor hoje? — indagou Brenner.

— Estou, sim. — Uma declaração relutante.

— Viu só? São os remédios fazendo efeito.

Ele falava de um jeito incisivo, sem abertura para ser contrariado.

— Ou não.

Ele a encarou.

— Srta. Ives, se você não for capaz de fazer o que é melhor para você, então...

Ela queria muito botá-lo contra a parede... Queria exigir que ele concluísse a frase, a ameaça. Mas...

Ela lembrou que o médico apareceu de surpresa na casa de Glória e que a amiga parecia muito abalada quando contou da visita. Ele tinha conquistado os pais dela. Precisavam tomar cuidado.

— Acabei de tomar as vitaminas, não foi? Satisfeito?

— Ótimo — disse ele. — Agora tome isto aqui.

Ele ergueu um pequeno tablete de ácido entre os dedos, e Terry o arrancou da mão dele.

Colocou a droga na língua e, ignorando a presença de Brenner, fechou os olhos, à espera. Não abriu nem quando escutou alguém entrar na sala. Devia ser o auxiliar. Ela se lembrou do primeiro dia no laboratório, de como tinha acompanhado o monitor de frequência cardíaca, a linha vermelha, subindo e descendo, entre picos e estabilidade.

Em pouco tempo, ou pelo menos no que pareceu pouco tempo, ela mergulhou fundo. A água formava ondinhas em torno de seus pés. Não havia nada ao redor além do vazio.

Ela esperou. Começou a se sentir forte, desperta.

Kali emergiu da escuridão e cruzou os braços.

Terry quase caiu de joelhos, tamanho alívio.

— Não pude vir da outra vez — disse a menina. — Estava com muito sono. Não sei se estou sonhando.

— Você estava doente?

— Eu estava me sentindo doente. O papai veio me ver todo dia — contou Kali. — Espero que a Alice não esteja triste comigo porque não apareci. Prometi para o papai que me comportaria.

O coração de Terry disparou no peito. Ela tentou se acalmar antes de continuar.

— Mas ele não sabe que você conhece a Alice, sabe?

Kali balançou a cabeça.

— Você acha que ainda consegue distraí-lo? Não vai sobrar para você, vai?

A menina pensou um pouco.

— Preciso fazer o papai vir me ver, certo?

— Não sei o que você fez aquele dia, mas funcionou. Só preciso de um tempo sozinha.

— Ele ficou bravo, mas tive outra ideia — contou Kali.

E então desapareceu.

De volta ao laboratório, Terry abriu os olhos e fingiu estar se espreguiçando e bocejando.

— Acho que vou me deitar — disse. — Não estou mesmo me sentindo muito bem.

Brenner respondeu com um gesto desinteressado. Seria possível ser sarcástico sem dizer uma palavra? Porque ele parecia dominar aquela arte.

Arrastando os pés, Terry desabou no colchão fino da maca e virou de lado, com os braços cobrindo o rosto, na melhor simulação de cansaço que conseguiu fazer.

A caixa de som, instalada no alto da parede, chiou.

— Temos um Código Índigo — anunciou uma voz masculina. — Dr. Brenner, dirija-se à ala G. Temos um Código Índigo.

O médico ficou tenso, parecia furioso. O corpo dele chegou a se arquear enquanto ele disparava para a porta. Terry balançava os pés, desconcertada.

— O que aconteceu? — perguntou ela, com ar de inocência.

Estava preocupada com a expressão dele, e também com Kali.

— Não é da sua conta.

Ele acenou para o auxiliar acompanhá-lo, enquanto a caixa de som repetia o chamado.

Terry foi até a janelinha da porta e espiou a movimentação do lado de fora. Não queria que os esforços de Kali fossem em vão. Esperou até que Brenner e o auxiliar estivessem fora de vista, pegou a bolsa e disparou pelo corredor. Dessa vez, ela não virou em nenhum lugar errado.

O novo código que Alice tinha memorizado funcionou perfeitamente, permitindo que Terry desligasse a trava eletrônica a caminho do escritório de Brenner. Dava para ouvir o tumulto que vinha do corredor que levava ao quarto de Kali: funcionários aos berros e o tom autoritário de Brenner. Terry resolveu dar uma olhada. Imaginou que veria um grupo de pessoas, mas no lugar se deparou com labaredas que pareciam reais, mas não podiam ser. Não estava quente.

Kali estava criando uma ilusão para distrair Brenner.

Terry apressou o passo. Provavelmente havia câmeras de segurança por toda parte. Sua única esperança era que não analisassem as imagens com muita atenção. Ela entrou no escritório de Brenner e soltou um suspiro profundo e demorado, sentindo-se vitoriosa.

Não. Ainda não vencemos.

— Certo — murmurou.

Colocou a bolsa em uma cadeira, tirou de dentro a máquina fotográfica cinza e preta, novinha em folha, e a deixou em cima da mesa de Brenner.

Calma.

As fotografias precisavam de contexto.

Ela deu a volta na mesa para tirar a foto da plaquinha. DR. MARTIN BRENNER. Mentalmente, ela acrescentou: *gênio do mal*. A câmera foi ativada e cuspiu a foto.

No silêncio do escritório, o ruído era como um estrondo... Ela torceu para que fosse coisa da sua cabeça, fruto do ácido. Colocou a foto em cima da mesa. Tinha mais sete até acabar o filme.

Ela deixou a câmera ao lado da foto e se dirigiu para o arquivo.

Eu devia ter olhado no relógio para saber quanto tempo faz que saí da sala.

Agora é tarde demais.

Ela escancarou uma gaveta e procurou as fichas das crianças. Os documentos com o título PROJETO ÍNDIGO na etiqueta.

Bingo!

Terry vasculhou os documentos até encontrar a ficha que parecia ser a de Kali.

008. Cinco anos de idade. Abaixo, leu o relatório com os experimentos e seus respectivos resultados: A *criança apresenta dons que requerem afastamento daqueles que podem enfraquecê-la... Constantemente pede pela família e para ser chamada pelo nome de registro... Parou de perguntar da mãe... Sustentou uma ilusão crível de um oceano durante cinco minutos, mas sem exercer controle. O potencial dela evolui dia após dia...*

Terry selecionou duas páginas e tirou uma foto de cada uma delas, fazendo mais barulho. Ela confirmou que os arquivos iam até o número 010, não 011. Então tirou uma foto do conjunto de documentos, para, quem sabe, convencer algum repórter a investigar o caso.

Mas e o experimento com ela e os amigos?

Terry tentou outra gaveta e se deparou com as palavras PROJETO MKULTRA na etiqueta dos documentos. Será que era aquele? Ela abriu uma pasta e notou que era a ficha dela.

Você precisa encontrar a ficha da Alice.

Ela guardou sua ficha de volta e folheou o resto. Alice Johnson... No relatório, registravam apenas as dosagens e datas de uso do ácido e do eletrochoque. Uma observação da dra. Parks levantava uma questão: *É impossível dizer se o eletrochoque faz efeito ou apenas traumatiza a paciente.*

Ao lado, uma anotação à mão de Brenner: *Aumentar a intensidade da carga deve esclarecer a questão.*

Terry fotografou e virou a página. O documento seguinte era um memorando, o esboço de uma proposta para que as cobaias do experimento MKULTRA residissem no laboratório. Um carimbo dizia: PENDENTE / REQUER ANÁLISE.

Isso não pode acontecer.

Muito tempo já havia se passado. Terry precisava sair dali.

Ela guardou as Polaroids e a câmera, ajeitou a alça da bolsa no ombro e ensaiou a mentira deslavada que contaria se fosse pega: tinha seguido o dr. Brenner até o corredor e imaginou que ele estivesse no escritório.

Não havia mais tumulto do lado de fora. Estava tudo muito calmo.

Ela passou despercebida no trajeto de volta para a sala de exames. Ou pelo menos não foi parada.

Não se sentia mais tão forte, mas estava melhor que antes. E se ela desse uma passada no quarto de Kali? Por que não? Talvez a menina estivesse em apuros. O dr. Brenner ainda não tinha voltado... Coisa boa não era.

Terry não permitiria que nada acontecesse à menina por sua culpa. Então disparou de volta pelo corredor. Sombras inundavam seu campo de visão conforme a paranoia se instalava. De novo, ninguém a parou. Não havia vivalma pelo caminho.

Quando ela chegou ao quarto de Kali, o dr. Brenner estava na porta, à espera.

— Peguei você, srta. Ives. Não adianta dar meia-volta agora. Imagino que esteja preocupada com a menina. Tenho certeza de que ela adoraria ver você.

Terry não fazia ideia do que estava acontecendo. Ainda assim, abriu a porta do quarto. Precisava ver Kali.

A menina estava deitada na cama de cima do beliche, chorando, agarrada aos lençóis. Encharcada de suor. Mesmo da porta, dava para ver que a camisola dela estava ensopada.

— Kali, você está bem? — perguntou Terry.

— Quer deitar na cama de baixo? — sugeriu a menina, choramingando.

Terry fitou o dr. Brenner, nervosa, e ele entrou atrás dela.

— Por mim, tudo bem, srta. Ives.

Aquilo era o oposto do que ela deveria fazer. O ideal seria sair correndo. Já tinha conseguido provas... Mas abandonar Kali antes de garantir a segurança dela não era uma opção.

Terry se deitou no beliche e ficou encarando o colchão de cima, as tábuas de madeira que o escoravam. Ela ansiava pelo vazio, desesperadamente. Queria ter uma conversa com a menina às escuras.

— Eu contei pro papai — desabafou Kali. — Que a gente conversa.

Adeus, privacidade. Terry queria encarar Brenner, ver a reação dele. Mas não lhe daria esse prazer.

Ao ouvi-lo se mexer, contudo, virou o rosto e saltou do beliche, alarmada. Estava com medo. Mas de quê? Não sabia dizer.

Ele só tinha se escorado na parede.

O sorrisinho dele dava a entender que sabia que tinha vencido. Terry olhou para Kali.

— Por que você contou para ele?

Terry não tirava Alice da cabeça. Se Brenner soubesse das visões do futuro, nada poderia impedi-lo...

— Ela me contou a verdade — respondeu Brenner. — Que você pediu para ela criar uma distração.

O coração de Terry batia feito um tambor.

— Ela contou que eu... Eu... Eu... — gaguejou Terry. O medo a deixou paralisada. Ela odiava sentir medo daquele homem. Ele não merecia. Mas como não sentir medo dele? Será que ele sabia do vazio? — Eu não...

— Não pode mentir para o papai — sussurrou Kali, e, quando Brenner olhou para Terry, a menina colocou o dedo nos lábios trêmulos. Os detalhes do segredo delas não tinham sido revelados. Ele não sabia. — O papai sempre acaba descobrindo.

O dr. Brenner se aproximou do beliche e voltou a atenção para Kali.

— Exato. — Ele juntou as mãos. Estava sorrindo. — Mal posso esperar para ver como vai ser a performance de vocês mês que vem. Eu já suspeitava, mas o episódio de hoje confirma... Vocês estão ficando mais fortes. Muito promissor.

Engraçado... Terry não descreveria a situação da mesma forma.

— O que vai acontecer no mês que vem? — perguntou ela, orgulhosa por conseguir manter o tom de voz estável.

— Uma surpresa para Kali. E para você.

Terry fechou os olhos. *Canalha.*

5.

O médico a escoltou de volta à sala dela. O auxiliar tinha colocado os pertences da bolsa na mesa, incluindo a Polaroid e as fotos. Ah, e o absorvente gigante e o cinto para segurá-lo que ela mantinha sempre à mão.

— Você menstruou nos últimos meses? — perguntou Brenner.

— Nossa, não vai nem me pagar um jantar antes, é?

Ela estava com as bochechas vermelhas, ardendo. Não era um tópico comum nas conversas deles.

— Menstruou ou não?

— Sim... Não que seja da sua conta.

— Estou checando para ver se os medicamentos do tratamento não tiveram efeitos colaterais. Uma vez por mês?

Ele esperou pela resposta, fuzilando-a com o olhar.

— Para falar a verdade, não. Está bem irregular — respondeu Terry, ainda ruborizada. — Por isso carrego o absorvente na bolsa. Não sei se você sabe, mas muitas mulheres têm pequenos sangramentos, especialmente em situações de estresse. E tem as cólicas também... Quer que eu continue ou paro por aqui?

Brenner pegou a pilha de fotos com calma, sem se deixar abalar pelos comentários de Terry, que tentava constrangê-lo assim como ele fizera com ela. Avaliou uma por uma, com muita atenção.

— Vou ficar com essa aqui — disse ele, referindo-se à foto da placa com o nome dele. — O resto é seu. Não vão render mais do que uma notinha no jornal. Sinto muito estragar seus planos. Quem sabe você não tem mais sorte da próxima vez? Embora eu espere de verdade que isso não se repita.

Terry ainda sentia os efeitos do LSD. A sala vibrava.

— Já acabou? Posso ir?

— Quase. — O médico a observava. — Terry, você e os seus amigos fazem parte de uma pesquisa muito importante. A Kali também. Sei que pode parecer cruel para você, mas é um estudo bem humano. Outros países também fazem isso, com métodos bem piores, para expandir as fronteiras do conhecimento humano.

Sombras surgiram em torno dele. Ou talvez o acompanhassem sempre, e o ácido só as tornasse visíveis. Talvez o dr. Brenner tivesse uma aura formada apenas de sombras, como se o Cavaleiro Negro tivesse saído do livro.

Terry não conseguia ignorar a perversidade daquele homem.

— Sério? Eles também mantêm garotinhas de cinco anos isoladas de outras crianças para que não sejam "contaminadas"? Também deixam crianças trancafiadas em celas, em lugares como este? Vestindo camisolas de hospital? Isoladas do mundo, de uma vida normal?

— Essas crianças são a nossa única vantagem. — Ele ficou em silêncio um instante. Quando falou novamente, abriu um sorrisinho insosso. — No último relatório, o núcleo de inteligência me informou que os russos desenvolveram uma teoria. Mães têm uma conexão mental com seus filhos. Sabe como testaram essa teoria? Criaram coelhos, colocaram as mães e os filhotes em salas separadas e mataram os filhotes para ver se as fêmeas *sentiriam*.

— Meu Deus do céu! — Terry sentiu o estômago revirar. Visões de coelhinhos agonizantes invadiram a mente dela. — Preciso descansar. Você poderia me dar um pouco de privacidade? O efeito do ácido está muito forte.

Ela pegou as fotos de volta e se deitou na maca.

Brenner permaneceu onde estava.

— Vejo você na semana que vem, srta. Ives. Sugiro não testarem mais a minha capacidade de ir atrás de vocês e trazê-los de volta.

— Ele fez uma pausa. — Se bem que... Talvez você seja a mamãe--coelho neste cenário... Eu sei que você vai voltar, porque não me deixaria castigar a menina no seu lugar.

Terry se recusou a dizer que ele estava certo. Nem precisava. Ele sabia.

— Eu pedi para você sair.

Assim que ele se retirou, ela examinou cada foto que tinha tirado com o precioso filme da Polaroid. Nomes e palavras desfocados, que não fariam sentido algum para quem não tivesse visto o documento completo. Tudo em vão.

E ela ainda tinha sido pega.

6.

Alguns homens se consideravam superiores ao dr. Brenner.

Entretanto, o dr. Brenner os via como patrocinadores, financiadores, homens importantes para quem ele apresentava seus resultados, e não que lhe cobravam resultados. Uma distinção crucial.

A melhor forma de fazer um bom trabalho era fazer um trabalho próprio. Seguir os caprichos e as diretrizes de terceiros era comprar uma passagem para o fundo do poço. Por sorte, para ele, quase todos os detentores de poder que ele precisava convencer já estavam acostumados à podridão. Manipulá-los era simples. As pessoas abriam mão de suas convicções com tanta facilidade...

Ainda assim...

Depois de sua realocação, o agente de segurança insolente plantou a semente da discórdia entre os superiores, apesar da confissão de que não tinha sido capaz de grampear uma oficina mecânica. Um grupo passou a exigir atualizações sobre o andamento da pesquisa. Afinal, já fazia meses que Brenner estava trabalhando no laboratório.

Por conta disso, ele convidou todo o quadro de diretores para uma demonstração. Kali prometia uma apresentação e tanto. Ela faria de tudo para deixá-lo feliz, depois de ter sido flagrada tramando com Terry Ives.

Ele ainda estava esperando a cobaia adulta se dar conta de sua condição.

Terry podia inventar os planos que quisesse para sair das garras dele, mas ela logo entenderia que não teria paz tão cedo. Não carregando uma carga tão valiosa.

7.

Terry não daria o braço a torcer. A descoberta de Brenner, de que ela estava fuçando os documentos dele, era ruim. Mas, no furgão, no trajeto de volta para casa, ela teve uma ideia.

E daí se ainda não tinha provas? E daí se as Polaroids tinham sido um desastre? Ela ainda poderia chamar alguém para investigar. Era preciso expor o dr. Brenner para conseguir libertar Kali. E ele não era o único que sabia planejar surpresas.

Assim que chegou ao alojamento, Terry pegou a lista telefônica emprestada na recepção e folheou a seção referente à cidade mais próxima de Hawkins. Ela encontrou o nome de um jornal de boa distribuição e anotou o telefone.

Esperou na fila do orelhão, atrás das garotas de sempre, que ligavam toda noite para seus namorados. Os dedos dela formigavam de antecipação enquanto ela girava o disco, número após número. Estava chamando.

Depois de três toques, um homem atendeu. Estava no meio de um bocejo.

— Redação!

— Eu... Bom, *nós* gostaríamos de oferecer uma pauta — disse Terry. — Acho que daria um ótimo artigo. Estamos com um novo diretor no Laboratório Nacional de Hawkins, com um histórico louvável de distinções. Ele está trabalhando em pesquisas fascinantes, sigilosas.

— Hawkins tem um laboratório agora? — perguntou o homem.

— Tem, sim. E você não vai acreditar no que acontece lá.

Ela segurava o fio do telefone. Estava nervosa. Não queria soar desesperada para vender a história. O repórter já tinha compromissos marcados para as duas quintas-feiras seguintes. Mas na terceira? Claro, ele adoraria fazer uma visita e se encontrar com o tal do dr. Martin Brenner para conferir o que estava rolando por lá.

Terry desligou com um sorriso no rosto.

Capítulo Dez

O HOMEM À ESPREITA

ABRIL DE 1970
Bloomington, Indiana

1.

Uma luz forte atravessava a janela e invadia o dormitório.

— Tenho que ir, mas não quero.

Terry cobria os olhos com o braço e reclamava com Stacey. Estava acordada já fazia uma hora, mas não suportava a ideia de entrar no furgão e seguir para o laboratório mais uma vez, para as garras de Brenner.

Só que não tinha escolha. Havia telefonado para o repórter no dia anterior, fingindo ser do laboratório, confirmando a visita. Disse a ele para chegar às dez e meia da manhã em ponto e dar o nome do dr. Martin Brenner aos seguranças na entrada. Estava nervosa. Será que tinha tomado uma decisão sábia, ou feito uma bobagem?

Ela não sabia dizer.

— Faz que nem eu, vira as costas e vai embora!

Stacey estava ocupada fazendo os trabalhos dos três últimos dias numa tacada só. Era o método dela. Terry não entendia como a amiga tinha conseguido se passar por alguém com inteligência normal, quando era obviamente a mais esperta de todos. Fazia o que bem entendia e se safava sempre.

O lado de Stacey do quarto era uma colagem de pôsteres de bandas e páginas arrancadas de revistas ensinando técnicas de maquiagem passo a passo. Terry era mais organizada, com algumas fotos de família em porta-retratos e um pôster de Audrey Hepburn no filme *Sabrina*, presente que havia ganhado da tia quando era adolescente.

— É bem capaz de alguém do laboratório vir até aqui e me obrigar a entrar no furgão — disse Terry.

— É impressão minha ou você está ficando mais paranoica? — perguntou Stacey.

— Tenho meus motivos.

Stacey não fazia ideia do que estava acontecendo. Brenner tinha se recusado a comunicar qual seria a tal surpresa que estava preparando. Nada que aconteceu até então poderia ser considerado surpreendente, e as duas últimas sessões se resumiram a um interrogatório sobre o passado dela, impedindo-a de acessar o vazio e de ver Kali. O pavor era sua companhia constante.

— Sei lá, todo esse LSD... É até estranho você não ter entrado em uma viagem permanente... Ou talvez tenha, vai saber. Talvez seja por isso que está tão paranoica.

— Não foi isso que eu quis dizer.

A paranoia dela tinha nome e sobrenome: Martin Brenner. Ela *não podia* simplesmente abandonar o laboratório. Kali sofreria as consequências. Glória, Ken e Alice ainda estavam presos àquilo, assim como ela. Não podiam deixar Brenner vencer.

Não vamos permitir que isso aconteça.

— Não vou desistir — insistiu Terry, ainda sem coragem de se mexer.

— Bom saber — disse Stacey, já acostumada com a teimosia da amiga. — Poxa, podia ter dado esse conselho para o Paul continuar na banda... Acho injusto ficar culpando a Yoko, mas quem mais as pessoas poderiam responsabilizar?

Os Beatles tinham se separado. A decisão corria em segredo, até que Paul fez uma declaração sobre seus planos de seguir carreira solo.

— Dizem que o John foi o primeiro a pular do barco — comentou Terry. — Podiam é culpar ele, isso sim.

— Até parece! — Stacey riu, e de repente mudou de assunto. — Nossa! Já ia me esquecendo. Você recebeu um postal do Andrew.

Terry pulou da cama.

— Por que você não disse nada ontem?

O carteiro passava no alojamento no fim da tarde, o que significava que o postal estava ali desde o dia anterior. Era uma foto do Arco Gateway, em St. Louis. Terry deu um pescotapa em Stacey para ela aprender a nunca mais fazer aquilo e se sentou na beirada da cama para ler a mensagem.

Amor...

Um começo promissor, pensou ela. Talvez ele já tivesse desistido daquele papo de "dar um tempo".

Estou aproveitando o tempo livre do fim de semana para dar um alô. Vou embora amanhã, e pode deixar que mando o endereço quando chegar lá. Vou ligar para os meus pais assim que puder, e minha mãe me fez prometer que eu escreveria toda semana. Então você pode sempre se atualizar com ela. Estou com saudade. Mas sei que fizemos a coisa certa.

Quero que você viva a sua vida enquanto eu estiver fora. Pense em mim de vez em quando. Vou sonhar com você, com um futuro e uma casinha no Condado. Nada de Portos Cinzentos para nós.

Com todo o amor do mundo,

Andrew

A saudade bateu com tanta força que ela sentiu as pernas bambas. Depois, serviu de estímulo. Andrew seria enviado para o Vietnã, onde lutaria pela própria vida e pela de todos ao seu redor. Então ela poderia muito bem entrar em um furgão com os amigos e enfrentar o monstro que contava histórias sobre coelhos sendo mortos, como se manter crianças presas como cobaias fosse *menos* perturbador que isso. Ela estava disposta a lutar por um futuro melhor do que as visões de Alice.

Foi por isso que você aceitou participar disso tudo, Terry.

Além do mais, ela queria ver o choque no rosto de Brenner quando o repórter aparecesse. Então enfiou o postal na bolsa — queria mantê-lo por perto — e tocou com carinho na foto dela com Andrew, dos dois sorrindo na cama, que tinha colocado no espelho da parede. Ela já estava conseguindo dormir melhor. Ainda detestava a ideia de não estarem *oficialmente* juntos no momento, mas, se aquilo ajudasse Andrew a enfrentar a guerra, era o certo a se fazer. Não fazia muita diferença para ela estarem namorando ou não. Seu coração era de Andrew.

— Então você vai? — perguntou Stacey.

— Vou, sim.

— Melhor vestir a calça antes, não?

— Estou ficando louca, só pode! — disse Terry, bufando. Pior que todas as suas calças estavam muito apertadas. — Vou colocar uma saia.

Ela foi até o guarda-roupa e revirou as peças. Lá estava a saia, longa, leve e confortável — perfeita. Valorizava o corpo dela. Enquanto vestia e ajeitava a peça na cintura, ela perguntou para Stacey:

— Você não vai perguntar o que o Andrew escreveu?

— Não! Eu li quando chegou.

Terry pegou um travesseiro da cama e jogou na amiga, que ria. Tudo parecia normal, exceto, claro, para onde estava indo.

2.

Os homens chegaram cedo em Hawkins, uma fila de três carros pretos competindo com o nascer do sol. Talvez acreditassem que poderiam pegar o dr. Brenner despreparado, mas o médico já estava à espera deles na entrada. Não esperava que o diretor fosse aparecer pessoalmente e não sabia se deveria interpretar a presença dele como um sinal positivo ou negativo.

— Senhores, é uma honra recebê-los — disse ele, como se não estivessem três horas adiantados. — Especialmente você, Jim. Como foi a vinda de Langley?

— Nada digno de nota — respondeu Jim, já de olho no prédio atrás de Brenner.

Claramente era um sinal negativo.

O terno do diretor era escuro, feito sob medida, mas Brenner escolheu o melhor que tinha, um modelo cinza que deixava o do outro no chinelo. Ele reconheceu alguns daqueles homens de reuniões anteriores. Eram figuras importantes, ainda que não tanto quanto o diretor.

— Pode ter certeza de que pelo menos por aqui você vai encontrar muitas coisas "dignas de nota". — Brenner passou com eles pelo balcão da segurança. Homens como aqueles não precisavam assinar registros quando visitavam seus investimentos ultrassecretos. Preferiam não deixar vestígios. — Prometo que será a demonstração mais emocionante da semana.

Ele não queria criar expectativas, embora quase tivesse dito "do ano". Talvez até "da vida", considerando a promessa do bebê de Terry Ives, além de Eight.

— É com certeza a mais cara — alfinetou um dos homens.

Os sapatos dele brilhavam de tanta cera. O cabelo também.

— Façanhas extraordinárias por vezes requerem custos extraordinários — rebateu Brenner. — E você é...?

— Peço desculpas. Bob Walker — disse o outro, sem fazer menção nenhuma de apertar a mão do médico.

Brenner respondeu com um aceno. Registrado. Ele decidiu que dedicaria sua atenção ao diretor e àquele homem. Os outros deram seus nomes, mas estavam ali apenas servindo de comitiva para indicar status. O diretor nunca andava desacompanhado. Brenner tinha ouvido histórias sobre a carreira indomável dele em campo, sobre os limites que tinha extrapolado e eliminado, e acreditava nelas. Vê-lo na companhia de burocratas engravatados era uma vergonha. Homens de visão eram cada vez mais raros.

Ele acionou o interfone e avisou aos funcionários que estava entrando com um grupo importante. As portas se abriram, e os soldados a postos saudaram o diretor.

— Eu estava aqui pensando... — começou Bob Walker. — Gostaria de conversar com o restante da sua equipe executiva sobre o projeto e os custos.

Foi então que Brenner se deu conta de que eles não estavam ali só porque tinham sido convidados. Estavam ali para minar o trabalho dele. Pelo menos, aquele homem estava. Mas qual seria o motivo?

Ah, sim.

— Por acaso você serviu no Exército com o nosso antigo chefe de segurança? — perguntou Brenner.

— Sim, faz tempo. Parece até outra vida. Gente fina.

Mistério resolvido.

— Será um prazer sanar as suas dúvidas. Afinal, a equipe responde a mim.

— Gostaríamos de conversar com os funcionários diretamente. E de conhecer algumas de suas cobaias. Pelo que entendi, vocês mantêm crianças aqui, certo? — inquiriu Bob. — O experimento não está muito às claras, se me permite dizer.

— Vamos com calma — interrompeu o diretor. — Não há por que se precipitar.

— Concordo. — Brenner respirava com cuidado para manter o rosto relaxado. — Jim sabe da importância deste trabalho melhor que ninguém. Foi ele quem me contratou, pessoalmente, para supervisionar esta instalação.

O diretor franziu a testa. Não pareceu gostar de ser lembrado daquilo. Já Bob parecia surpreso. Provavelmente aquela informação era novidade para ele.

— Prioridades podem mudar — alertou o diretor. — É tudo uma questão de custo-benefício.

Brenner sorriu e se imaginou entre tubarões. Não havia por que se preocupar. Ele também era.

— Eu não poderia estar mais de acordo.

3.

Terry estava no furgão tamborilando no assento ao lado. Ken tinha se atrasado uns minutinhos, e, por conta disso, o furgão chegou a Hawkins um pouco depois do combinado. Então ela avistou a... cena diante da guarita e precisou se conter para não rir. Eles pararam logo atrás.

Os outros trocaram olhares. Terry já tinha atualizado todos por telefone.

Brenner estava cruzando o estacionamento em direção à guarita de segurança, onde um funcionário conversava com um homem e uma mulher numa lata-velha bem na frente do furgão. Terry não fazia ideia de quanto era o salário dos repórteres, mas supôs que fossem eles dentro do calhambeque. O médico levou as mãos à cintura quando se aproximou do guarda, que lhe disse alguma coisa. Ele hesitou, parecendo indeciso.

Terry nunca tinha visto Brenner transparecer incerteza. Ela apostava que ele não arriscaria mandá-los embora, por receio de passar vergonha ou levantar suspeitas. Mas Terry precisava se certificar de que não iriam mesmo desistir da matéria.

Antes que alguém pudesse pará-la, ela abriu a porta do furgão e se esticou para fora do veículo, de pé no estribo.

— O que você está... — A voz do motorista ecoou atrás dela, mas era tarde demais.

— O que está acontecendo? — gritou ela. — Algum problema?

O homem no carro colocou a cabeça para fora. Terry aproveitou a deixa e desceu do furgão.

O motorista começou a segui-la, mas Brenner fez um sinal com a mão, e ele parou onde estava. Quando ela se aproximou, a mulher no banco do passageiro ergueu uma câmera fotográfica e pressionou o botão do obturador. Brenner ainda estava com a mão levantada.

— Espere — protestou ele. — Você não pediu permissão para tirar fotos.

— Por mim, tudo bem. — Terry estava abusando da sorte, mas não conseguia se conter. — Mas, espera aí... Quem são vocês? E por que você está tirando fotos?

Ela mexeu na gola da blusa com delicadeza, se fazendo de tímida. O homem tinha a barba por fazer e usava um casaco informal, um visual desleixado, bem a imagem que Terry tinha de um repórter. A fotógrafa era jovem, talvez da idade de Terry, ou alguns anos mais velha. Estava de camiseta e calça de sarja.

— Somos do *Gazette* — explicou o homem. — Estamos aqui para escrever um artigo sobre o laboratório.

— Estão escrevendo um artigo sobre o nosso experimento, é? — perguntou Terry, fingindo surpresa.

O repórter franziu as sobrancelhas, confuso.

Brenner mordeu o lábio e em seguida relaxou.

— Não é bem isso. Eles estão aqui para fazer um perfil meu. Devo ter me confundido com minha agenda. Acho que hoje não é um bom dia.

— Se quiserem acompanhar os testes, por mim, tudo bem — disse Terry, muito solícita. — Tenho certeza de que o pessoal não vai se importar.

— Não é você quem decide isso, srta. Ives — rebateu Brenner. Então notou a expressão intrigada do repórter e deu o braço a torcer. — Pode liberar a entrada deles — ordenou ao segurança. — Encontro vocês no saguão.

E se apressou de volta ao prédio.

Terry abriu um sorriso de orelha a orelha para os jornalistas.

— Mal posso esperar para ver o que vocês vão achar de tudo isso aqui. Morro de curiosidade para saber mais sobre o histórico do dr. Brenner. Ele é fascinante.

— Fascinante — repetiu o repórter, em um tom que alguém poderia usar para dizer "babaca".

Ele esticou o braço para pegar o passe do estacionamento com o guarda, e Terry voltou para o furgão, embora só faltasse estacionar.

O grupo seguiu amontoado pelos corredores do prédio. Brenner explicou aos repórteres que, por conta de sua agenda atribulada, teria que deixá-los nas mãos de uma colega, a dra. Parks, e que, devido ao caráter sigiloso das instalações e da pesquisa, eles precisariam pedir permissão para tirar qualquer foto.

— Certo — disse a fotógrafa, sem tirar as mãos da câmera que pendia do pescoço. — Que tal uma sua com as cobaias?

— Não tenho muito tempo para isso.

— A gente devia trocar de roupa, para ficar bem realista — sugeriu Terry. — Podemos fazer isso já.

Ela queria provas visuais da presença de todos ali, inclusive da de Brenner.

— Vamos ser rápidos, para não atrapalhar a sua agenda — prometeu a fotógrafa.

Brenner torceu o nariz, mas acabou assentindo.

Terry estava gostando de bagunçar a vida dele. *Agora você sabe como é a sensação.*

O grupo foi conduzido às salas de sempre, onde os membros da equipe os aguardavam.

— Não divulgue nenhum detalhe do nosso trabalho — disse a dra. Parks a Terry.

Evidentemente, seguia ordens do dr. Brenner. Ela se retirou, provavelmente para repassar a mensagem aos outros.

Todos apareceram de camisola.

Brenner estava à espera no fim do corredor, com uma mulher de camisola que ela nunca tinha visto antes. O repórter fazia anotações no caderno enquanto a fotógrafa posicionava médico e pacientes na parede de concreto.

— Sorriam!

Terry não sorriu. Ninguém deve ter sorrido, ela imaginou. O obturador abriu e fechou mais vezes que o necessário.

— Então, o que você pode falar sobre o seu trabalho aqui? — perguntou o repórter.

— Como já disse, não posso contar muita coisa — explicou o dr. Brenner. — Não queremos comprometer as nossas descobertas a essa altura do campeonato. Mas é um trabalho vital para a segurança de nosso país. Sinto muito, mas minha presença está sendo requisitada. Tenho reuniões importantes pelo resto do dia.

Conta outra.

— Como você se interessou por esse assunto?

Brenner deu de ombros.

— Certo — disse o repórter. — Como foi a sua infância?

O dr. Brenner passou a bola de volta, fingindo bom humor:

— A minha infância foi bem normal, eu diria.

O ânimo de Terry evaporou um pouco com a capacidade de Brenner de se ajustar rapidamente à situação. Ele devia estar se revirando por dentro. Certo? Provavelmente suspeitava que alguém da equipe tivesse armado tudo aquilo. Talvez estivesse meio paranoico. Ele bem que merecia aquilo.

Só que o principal objetivo do plano era obrigá-lo a responder perguntas. E ele não estava respondendo.

— Terry, por favor, me acompanhe. Vou deixá-la nas mãos competentes da dra. Parks — disse ele com calma, e se virou para os repórteres. — Vocês podem voltar quando quiserem, é só avisarem com mais antecedência.

— Você teve três semanas — retrucou o repórter.

O dr. Brenner franziu a testa e fez um sinal para Terry acompanhá-lo. Ele a conduziu à sala de sempre.

— Foi você quem tramou isso? — perguntou ele.

— Eu? Como faria isso? — Deu de ombros, fingindo tranquilidade.

— Você poderia ter comprometido todo o experimento — disse ele, com rispidez. — É melhor seguir as minhas ordens. Não vai gostar das consequências se não me obedecer. Você e a Kali têm visitas hoje. Trate de se comportar.

Antes que ela pudesse perguntar qualquer coisa, ele foi embora. Ela testou a maçaneta. A porta estava trancada.

Visitas para Kali e ela. Agora era surpresa atrás de surpresa. Mas seu plano ainda podia dar certo. Se ela conseguisse levar Kali até o repórter, ele faria as perguntas certas...

Ela tirou seu exemplar de *O Retorno do Rei* da bolsa. Já estava com a lombada toda enrugada — obra de Andrew, que gostava de dobrar o livro para ler. Faltava pouco para o fim, então talvez logo entendesse as referências da mensagem dele. Ela pegou o cartão-postal para usar de marcador e releu antes de abrir o livro.

Só quero que ele viaje em segurança e fique bem. Que ele esteja cercado de pessoas boas, que cuidem umas das outras. Preciso que ele volte para mim.

Ela estava imersa no capítulo em que Sam e Frodo permaneciam entre os orcs, depois de chegarem a Mordor, quando alguém escancarou a porta. O auxiliar de sempre entrou na sala.

Ele parecia ter cortado o queixo fazendo a barba naquela manhã. O arranhão cor de sangue lembrou Terry de que ele era humano.

— Vem comigo.

— Um "por favor" cairia bem.

— Não tenho tempo para isso. O dr. Brenner pediu que eu reforçasse que é crucial que você se comporte bem diante das visitas — disse ele, todo empertigado.

Visitas. Quem visitaria aquele lugar? Terry sabia que ele não se referia aos repórteres.

Então ela se lembrou das palavras de Brenner no mês anterior, sobre a "performance" de Kali.

Será que existia a possibilidade desses visitantes não aprovarem o trabalho de Brenner? *Ele não me exibiria se fosse o caso.*

Mas quem poderia dizer? Ela se sentou e se agarrou ao resquício de calma que ainda existia dentro de si.

O auxiliar já tinha saído da sala. Teve que voltar.

— Vem comigo — insistiu.

Manchas escuras embaçaram um pouco a visão de Terry quando ela ficou de pé.

— Não se levante tão rápido assim.

Ele a apoiou pelo braço.

Como o homem jamais demonstrara qualquer preocupação com ela, Terry atribuiu o gesto aos visitantes misteriosos. O funcionário a guiou pelos corredores, passando pelas salas onde os amigos dela estavam. Aparentemente, não faziam parte da tal performance... ou talvez já tivessem feito o que quer que tivesse sido programado para eles.

Brenner estava no fim do corredor, diante da sala que abrigava o tanque de privação sensorial. Ele os recebeu com impaciência.

— Srta. Ives, você sabe que a sua cooperação é crucial para a segurança da cobaia Eight, não sabe?

Cobaia Eight. Ela se lembrou dos números na ficha. *Não pode ser...*

— É assim que você se refere a ela? Não pelo nome?

— Isso não importa. Só me responda: você entendeu?

Terry cruzou os braços.

— Por que não chama todos nós por números, então?

— Adultos são mais complicados que crianças. Você entendeu ou não?

— Entendi. — *Entendi que você é o homem mais monstruoso da face da Terra.* — Quem são os visitantes?

— Pessoas importantes. Nem pense em criar confusão, ou nós dois vamos acabar nos arrependendo.

Vai me desculpar, doutor, arrependimentos são para pessoas com alma. Você não deve nem saber o que é isso.

— Eu jamais deixaria a *Kali* ou qualquer criança correr perigo.

Ele segurou o riso. Pela cara dele, dava para ver que estava se divertindo.

— Claro. Vamos lá?

Terry esperaria o momento certo para agarrar a menina e sair correndo. Provavelmente, os repórteres ainda estavam no local.

Brenner abriu a porta e deixou que ela e o auxiliar entrassem na frente. Kali estava de pé diante de uma fileira de cadeiras em semicírculo, uma espécie de auditório em torno do tanque, com uma área livre no meio. Um grupo de homens que Terry nunca tinha visto compunha a plateia diante dela. Quando Kali a viu, abriu um sorriso, mostrando todos os dentinhos, e acenou.

— Fique aqui — ordenou Brenner, em voz baixa. Então se voltou para os homens de terno escuro e continuou o teatro. — E aqui está outra cobaia promissora, que assistirá à apresentação da cobaia Eight com vocês.

Kali sorriu mais uma vez, maravilhada com a atenção.

Um dos homens apontou na direção de Kali.

— Só não me venha com passes de mágica.

— O que é um passe de mágica? — perguntou Kali.

O homem ficou encabulado e baixou o rosto.

— Uma coisa que eles não conseguem fazer — disse Terry, levantando a voz.

— Ah!

Kali assentiu, com ares de sabedoria.

O dr. Brenner repreendeu Terry apenas com o olhar, como se ela também fosse uma criança.

— Como vai ser essa demonstração, então? — perguntou o mesmo homem, com o cabelo tão ensebado que brilhava.

— Luzes, por favor — ordenou Brenner ao auxiliar.

O subalterno acionou o interruptor. A sala ficou escura, como um teatro prestes a abrir as cortinas, escura como o vazio.

— Kali... — disse o dr. Brenner, dando a deixa.

— Mas o que está acontecendo? — resmungou um dos homens na escuridão.

Depois, mais outro:

— Não consigo ver nada. Alguém acende a luz de volta.

— Isso é uma grande farsa! Já vimos o bastante.

— Kali!

O comando do dr. Brenner ecoou novamente.

Labaredas brotaram do nada. De uma hora para outra, a sala escura estava em chamas. O fogo fantasma se espalhou pelo recinto, emanando de Kali em direção a todos. Os homens gritaram, não de dor, mas de choque.

A cortina de fogo crepitava, lambendo o ar. Terry queria correr, mas ouvia o choro de Kali, então cruzou a linha de fogo até a menina. *Não é de verdade*, teve que repetir a si mesma, embora fosse difícil acreditar. Ela se embrenhou pelas chamas com cuidado, enquanto a razão insistia na veracidade do fogo. *Corra! Salve-se!*

Ela só se importava com Kali. Aproximou-se da menina e, com cautela, colocou a mão no ombro dela e a puxou para perto. As falsas chamas aumentavam.

— Kali, pode parar. Não precisa fazer isso. Estou aqui com você.

Parecia que aquele inferno nunca ia acabar.

A garota tremia e chorava, soluçando.

— Não consigo...

— Consegue, sim — sussurrou Terry.

As chamas sumiram tão abruptamente quanto tinham surgido. Terry sentiu Kali desabar em meio à escuridão.

A luz voltou.

Dois dos engravatados tinham sacado armas e as apontavam para ela e Kali. Terry se colocou na frente da menina para protegê-la. Kali ainda chorava.

— Parem! — gritou Terry. — Não atirem.

Era o momento ideal para correr e chamar os repórteres, mas não havia como.

Kali estava à mercê deles. Ela também. Não restava opção.

Brenner havia estabelecido bem as regras e, ali, ela não tinha escolha além de segui-las. Os homens viram do que Kali era capaz.

O silêncio durou uma eternidade.

Foi Brenner o primeiro a se pronunciar, oferecendo o seu sorriso encantador de sempre ao homem que estava entre os dois colegas armados.

— Impressionante, não é, diretor? Um milagre, eu diria, se acreditasse em milagres, e não na ciência.

— Sim, muito impressionante — respondeu o diretor. — Peço desculpas por ter dito que era uma *farsa*.

Ele se virou para o homem de cabelo seboso, que guardou a arma. O segundo homem fez o mesmo. O diretor se levantou e encarou Kali, fascinado. Depois Terry.

— Imagine só... — Ele andou em direção a Brenner. — Imagine se tivéssemos mais pessoas assim, ainda mais poderosas.

O médico se aproximou e colocou o braço nos ombros de Terry.

— Pois teremos!

— Tem certeza? — perguntou o diretor.

— Como já comentei com você, estamos cultivando a próxima geração de maravilhas.

— Foi bom você ter nos chamado até aqui. Quase cometemos um grande erro — disse o homem de cabelo lustroso, juntando-se ao grupo e analisando Terry dos pés à cabeça, como se ela fosse uma égua premiada. — Fale mais sobre as cobaias mais velhas. Você vê algum potencial?

— Muito — respondeu Brenner. — Uma delas tem se mostrado bem receptiva à terapia de eletrochoque...

Algo na forma como aqueles homens estranhos estavam examinando Terry fez o estômago dela se revirar de pânico. Ela pensou nas palavras de Brenner sobre a existência de outros como Kali, sobre a próxima geração... E também...

Em como andava cansada. Como vivia com fome. Com vontade de chorar. Pensou em como seu corpo tinha mudado.

Nos sintomas que ele mencionara.

Mas por que ele não disse nada? Se ele sabia, por que continuava o estudo? Qual era o propósito daquilo?

Posso estar errada. Talvez seja uma conclusão precipitada.

Mas ela sabia que ele era capaz de fazer experimentos em crianças.

Ela disparou em direção à porta, quase tropeçando.

— Com licença, preciso me deitar — disse Terry, e colocou a mão na barriga assim que teve certeza de que o médico não conseguiria ver o movimento. Parecia que seus batimentos cardíacos vinham da barriga. A sala estava girando.

— Tudo bem — disse o dr. Brenner, atrás dela. — Você se saiu muito bem, srta. Ives.

Tudo que ela fez foi acudir Kali, coisa que ele não tinha feito.

O auxiliar a pegou pelo braço, e ela o empurrou, queria manter a mão na barriga. Seu coração batia com força, enquanto, desesperada, ela se perguntava se poderia haver outro coração dentro dela seguindo aquele mesmo ritmo.

4.

Alice não sabia se era efeito do ácido, dos eletrochoques ou se apenas coisa da sua cabeça, mas sentia que a energia do laboratório estava diferente naquele dia. O prédio parecia estar vibrando em outra frequência. A dra. Parks demorou para aparecer. Estava atribulada, dando conta dos jornalistas. O plano não tinha corrido conforme Terry esperava, mas talvez deixasse Brenner preocupado.

Talvez.

A dra. Parks administrou apenas uma onda de eletrochoque, forte, depois disse a Alice que "iria com calma" no resto da semana.

As pessoas estavam para lá e para cá nos corredores, agitadas, e ela viu Terry passar escoltada.

Ela também tinha captado um vislumbre de um pesadelo, em outra dimensão. Um vórtice monstruoso de fogo e energia e escuridão. Tentáculos que se estendiam e cresciam. Tão grandes que poderiam devorar o céu. Uma chama crescente de destruição visível dentro da boca da criatura...

Como alguém poderia lutar com aquela coisa?

A porta se abriu, e ela não ficou muito surpresa ao ver Kali entrar saltitante.

— Alice! — A menina correu para abraçá-la. — Hoje foi tão divertido!

— Ah, é? Por quê?

Alice olhou para a porta, mas não parecia ter ninguém atrás da menina.

— Os homens estão aqui, aí tive que fazer coisas. A Terry viu.

Alice levantou as sobrancelhas. Tinha muitas perguntas. Mas...

— Como você veio parar aqui fora?

— O papai está ocupado! Perguntei se podia visitar a minha amiga, e ele disse que sim. — Kali abriu um sorriso tímido. — Ele achou que eu estava falando da Terry. Mas eu já vi ela hoje. Então vim ver *você*.

Alguma coisa estava incomodando Alice. Ela sabia que as visões não eram do presente, que ainda iam acontecer, mas... A menina morava ali. Talvez soubesse de algo.

— Kali, você já viu algum monstro no laboratório?

Kali fez uma careta, tentando se concentrar.

— Acho que não. Que tipo de monstro?

Alice levantou e balançou os braços feito tentáculos.

— Grandalhão, com uns braços esquisitos e uma cabeça que abre e vira uma bocona.

Kali balançou a cabeça. Estava com os olhos esbugalhados.

— Esse bicho mora aqui? — perguntou ela, apavorada.

Boa, Alice.

Com oito anos de idade, Alice viu um filme de terror e ficou meses sem conseguir dormir de luz apagada. A mãe dela a proibiu de ver outros. De vez em quando, ela ainda espiava embaixo da cama antes de dormir. E nunca, nunquinha, deixava o pé para fora. Ela pediu para Ken contar uma história de fantasma naquela noite, no bosque, porque parte dela gostava de sentir medo. Mas, quando era criança, sentia o oposto.

— Não se preocupa, tigresa — disse Alice.

Mas Kali ainda estava de cara feia.

— Você viu o monstro, não viu?

Alice fez que sim.

— Mas não agora. Ele não está aqui agora. É no futuro.

— No futuro? — perguntou Kali.

— É só daqui a um tempo. Ainda falta. Esquece o que eu disse.

— Eu nunca esqueço! — Kali rugiu como um tigre e caminhou furtivamente pelo quarto. — Quer ver o que eu fiz para os homens? Antes da Terry chegar?

— Não. — Alice percebeu que Kali ficou magoada. — Não quero que você pague o preço.

Kali deu de ombros.

— Eu não ligo.

— Porque você é muito boazinha.

— O papai não acha — respondeu ela, na lata.

Alice estava com dificuldade para dar continuidade à conversa. Precisava aprender a falar o idioma das crianças. Por fim, tentou:

— Então o papai tem titica de galinha na cabeça.

Kali gargalhou tanto que Alice ficou até com medo de que ela fosse cair. Pelo menos, a menina esqueceu a história dos monstros de bocas famintas.

Pena que Alice não conseguia fazer o mesmo.

5.

Assim que o furgão foi embora, Terry se voltou para os outros, no estacionamento da universidade. Ainda estava com a mão na barriga. Não conseguia parar. Tinha pensado em um milhão de cenários, vários deles extremamente desagradáveis. Becky furiosa com ela, ter que contar para Andrew sem que ele surtasse, a probabilidade de ser expulsa da faculdade...

Além de, claro, Brenner. O que fazer?

— Precisamos conversar. Eu preciso contar uma coisa.

— Vamos até a oficina? — sugeriu Ken, preocupado. — Pena que não deu certo com os repórteres. Sinto muito. Pelo menos vão escrever um artigo.

— Quem eram aqueles homens de terno lá no laboratório hoje? — perguntou Glória.

Terry estremeceu.

— Um dos motivos da nossa conversa.

— Vem comigo, te dou uma carona — disse Alice, pegando Terry pelo braço. — Fica tranquila. Vai ficar tudo bem.

— Não sei, não. — Terry balançou a cabeça. — Vamos conversar aqui mesmo, vai. Preciso falar com a Stacey depois.

— Tá bom. — Glória assentiu, então esquadrinhou o estacionamento com bastante cuidado. — O motorista já foi embora.

Ken indicou o prédio mais próximo com a cabeça.

— Tem um banco ali. Podemos nos sentar. Se não demorarmos muito, os seguranças nem vão se importar.

A noite estava fria e calma, e o céu, oculto por trás de nuvens baixas, acinzentadas. As árvores do campus estavam começando a dar folhas, mas no escuro pareciam mais lágrimas. Quando chegaram à área que Ken tinha indicado, ele se sentou no meio-fio, e Alice fez o mesmo. Glória foi para o banco de metal e Terry se acomodou ao lado dela.

— Que foi? — perguntou Alice. — O que aconteceu?

Terry mal conseguia pronunciar as palavras.

— Eu acho que... Acho que talvez eu esteja grávida.

Ninguém sabia como reagir à notícia. Ken estalou os dedos.

— Sabia que estava acontecendo alguma coisa com você!

Terry ficou com vontade de rir. E chorar. E gritar. Mas se ateve a uma acusação:

— Você é o pior amigo vidente de todos os tempos!

— Poxa — comentou Ken. — Mas você tem razão.

Ken era tão doce que culpá-lo por qualquer coisa dava até peso na consciência.

— Desculpa.

— Tudo bem. Deixa pra lá.

— Você tem certeza? — interrompeu Glória.

— Não — respondeu Terry. — E sim. Quase certeza.

Alice não parava de olhar para ela, em choque.

— Como a gente não percebeu?

— Ela nem está com barriga direito — disse Glória. E, em um tom mais baixo, acrescentou: — Tem clínicas em que você pode ir... Ninguém precisa saber. Umas garotas da igreja já fizeram isso.

— É do Andrew — disse Terry. — Se eu estiver mesmo grávida, o bebê é meu e do Andrew. Não posso desistir dele assim.

Alice se levantou e começou a andar de um lado para outro.

— Você deveria ligar para ele.

— Ele já embarcou. Recebi um postal ontem. Ele foi para a guerra.

O pior de tudo era que ela conseguia até imaginar a reação de Andrew. Ele não surtaria. Ficaria contente. Nem por um segundo ela duvidou disso.

— Você acha que o Brenner sabe? — perguntou Glória. — Eles vivem fazendo exames de sangue na gente.

— Deve saber. Ele disse um negócio que me deixou com a pulga atrás da orelha. — Terry contou da demonstração de Kali e do que tinha acontecido depois. — Ele é intocável agora. Vocês tinham que ter visto a cara daqueles homens! Ele vai conseguir qualquer coisa que quiser deles.

— Ele sabia que você se recusaria a usar as drogas se soubesse — disse Alice. — Por isso não contou.

— Ele disse que o bebê faz parte da próxima geração de pessoas extraordinárias deles. — Terry balançou a cabeça. — Eu taco fogo naquele lugar antes de deixar isso acontecer.

— A Kali ainda está lá. — Alice suspirou. — Ela veio me ver hoje. Acho que a assustei.

— Como?

— Talvez tenha descrito um monstro para ela.

Ah, não!

— Alice!

— Vejam pelo lado bom, ela disse que não viu nada assim. Terry, o que você quer que a gente faça?

— Nada. Só me ajudem a pensar em uma solução. Todos vocês. Com todas as forças. Deve ter algo que a gente possa fazer para se livrar daquele lugar. Ele não pode tirar meu bebê de mim.

Glória pegou na mão de Terry.

— Ei! Calma! Você acabou de ficar sabendo, e ainda por cima no meio de uma viagem de ácido. Precisa parar e pensar com clareza. O próximo passo é descobrir com quantas semanas você está. Ver se o bebê está saudável...

— Tenho certeza de que eles estão prestando atenção nisso — comentou Terry, amarga.

— Mas você, não. Acho que ter essas informações vai fazer você se sentir melhor. — Glória afastou uma mecha de cabelo da bochecha da amiga, e Terry lembrou que a mãe costumava fazer aquilo. — Você vai ficar bem.

Terry apertou a mão de Glória e sorriu.

— Obrigada. A todos vocês.

Ela precisava falar com Stacey. Dar o próximo passo para o próximo passo. Para então dar o seguinte. Ken também se levantou e, sem pedir permissão, tocou a barriga dela.

— O que você está... — protestou Kerry.

— É uma menina — disse ele. — Não consigo ver você nem ela claramente, mas é uma menina.

Uma menina. Uma menina. Ela seria mãe de uma menina.

Pelo menos, dessa vez, Ken tinha cinquenta por cento de chance de estar certo... Quer dizer, se estivesse mesmo grávida, e não passando por um surto paranoico.

6.

Quando Terry entrou no quarto, Stacey estava no meio da cama desarrumada, pintando as unhas do pé de rosa.

— Ainda bem que você está aqui — disse Terry.

A Sociedade — os novos amigos dela — entendia pelo que ela estava passando de um jeito que ninguém mais seria capaz de entender. Mas Stacey era a amiga mais antiga de Terry. Ela a entenderia de outro jeito, e era disso que Terry precisava no momento.

— O que foi, lindinha? — perguntou Stacey, sem se dar conta da clara expressão de pânico no rosto da amiga.

Terry se sentou na beirada da cama e arrancou o esmalte da mão dela.

— Ei! — protestou ela.

Terry colocou o esmalte em cima da escrivaninha e puxou a mão de Stacey para sua barriga.

— Acho que entendi por que ando tão insuportável e com tanta fome.

Stacey olhou para a própria mão, então para a amiga. Estava em choque, exatamente como Terry imaginou.

— Terry! — Ela respirou fundo. — O que você vai fazer?

Terry quase riu. Havia algo de reconfortante na maneira como todos os amigos reagiam, com a mesma incerteza que ela sentia.

— Eu estava contando com você para me ajudar a decidir. Preciso confirmar ainda. Mas não quero me consultar com o meu médico.

Tenho medo de que o laboratório esteja observando qualquer movimentação dele.

— Terry, meu amor, para de se preocupar com aquele laboratório. Você *tem* que parar de ir lá!

Terry se jogou na própria cama.

— Escuta... Você pode agendar uma consulta com o seu médico? Prefiro me consultar com ele.

Stacey assentiu.

— Vou ligar para lá assim que acordar.

— E pode dar o seu nome?

Mais uma vez, ela se passaria por Stacey.

— Claro! Agora entendi por que você está tão paranoica. Hormônios da gravidez. — Stacey fez uma pausa. — Mas fique sabendo que o meu médico é um velho nojento. Tenho certeza de que ele me apalpou uma vez.

Ela já se sentia praticamente graduada em gente nojenta, graças ao laboratório.

— Vou sobreviver.

Stacey se aproximou e puxou Terry para um abraço.

— O Andrew vai ficar muito contente. Ele teria pedido você em casamento antes de ir embora, se soubesse.

— Eu sei. Acho que ele seria o único empolgado com a novidade.

— Facilitaria as coisas. Isso não é nada bom — comentou Stacey, apontando o óbvio. — Vai dar muita dor de cabeça.

Terry deveria ter concordado. Tinha pensado a mesma coisa, no fim das contas. Ainda assim, tudo dentro dela rejeitava aquela ideia. Talvez porque Ken tinha dito que o bebê era uma menina. Ou porque ela sabia que precisava ser mais forte agora.

— Não, ela não vai dar dor de cabeça. Vai ser perfeita.

— Já disse: hormônios da gravidez.

Capítulo Onze

PARTIDAS E CHEGADAS

MAIO DE 1970
Bloomington, Indiana

1.

O consultório do médico de Stacey teria surpreendido Terry pela frieza se ela já não estivesse acostumada com o laboratório. Por isso, as pinturas de maletas antigas e os quadros de Norman Rockwell nas paredes praticamente a faziam se sentir em casa.

O tecido da camisola ali era mais grosso. Em uma mesa havia uma caixa de lenços e potes com abaixadores de língua, bolas de algodão e pirulitos. Um pôster intitulado O CORPO HUMANO retratava a anatomia de um homem, com os órgãos e a estrutura óssea indicados.

Acho que não vai ser dessa vez que ele vai mostrar onde está o bebê, pensou Terry.

Uma enfermeira baixinha pesou Terry, encarando-a com um olhar reprovador quando ela contou por que tinha marcado a consulta, então a instruiu a vestir a camisola. Também pediu para Terry fazer xixi em um potinho e levou embora.

— Usamos o sistema dos laboratórios Wampole aqui — disse ela. — É mais rápido que os outros. Volto em duas horas com o resultado.

Terry passou aquelas duas horas à espera do veredito sentada em um lençol de papel que fazia barulho ao menor movimento. Ela se arrependeu de não ter pedido um jornal, para ler as últimas notícias sobre o massacre na universidade de Kent. Uma manifestação tinha dado errado; policiais abriram fogo contra a multidão e quatro estudantes foram mortos, nove, feridos. Foram sessenta e sete tiros em treze segundos, e nenhum indício real do que havia incitado as tropas a atirar.

A vida podia acabar tão rápido...

A porta finalmente se abriu, e o médico entrou, acompanhado pela enfermeira.

— Você é amiga de Stacey Sullivan, certo?

O médico torceu o nariz para ela. Uma nuvem de cabelo grisalho se arrepiava em sua cabeça, uma versão de Einstein. Ele começou a colocar as luvas, e Terry notou que suas mãos eram enormes, com dedos peludos, e ela torceu com todas as forças para que ele não tentasse apalpá-la.

— Sou, sim.

— Os Sullivan são boa gente. — Ele parou um instante e estalou a língua. — Stacey é uma garota esperta. Jamais arranjaria um problema desses.

Realmente, ele era um velho nojento, sob vários aspectos. *Bom saber.*

— Isso quer dizer que *eu* arranjei um problema?

— Sim. — Ele a encarava com um olhar funesto. — E eu não deveria atendê-la sem a presença do pai da criança ou de um adulto responsável. Se bem que, se o pai fosse presente, você provavelmente não estaria aqui.

— Ele foi enviado para o Vietnã antes do esperado. Estamos em um relacionamento sério.

— A não ser que você seja casada, não deveria estar aqui por essa razão. — O homem fez um sinal para que ela se deitasse. — Vamos ver o tamanho do seu problema.

Encantador.

Por um segundo, ela se arrependeu de estar ali. Pensou no médico da família dela, sempre gentil e solícito. Não importava se ela e a irmã chegavam com uma febre baixa, ele sempre dava sorvete para as duas assim que se sentiam melhores. Tinha até ido ao funeral dos pais.

Apreensiva, Terry se ajeitou na mesa. Ela já deveria estar acostumada com toques e apertos de médicos, mas... daquela vez era diferente. Tinha feito a conta. Ou já estava no fim da gravidez, ou bem no comecinho. Costumava usar proteção com Andrew, mas houve umas duas ou três vezes em que não usaram camisinha porque, teoricamente, ela estava no período fértil.

A enfermeira levantou os calcanhares da garota e os encaixou nos estribos de metal, na extremidade da mesa. Cobriram o colo dela com um lençol. Terry fechou os olhos e tentou imaginar que estava em outro lugar, enquanto o médico fazia aquele exame mais que desagradável.

— Por que os instrumentos médicos são tão gelados? — perguntou.

— Hum... — respondeu o médico, e estalou a língua mais uma vez. — Pode se sentar, senhorita.

Nossa, a simpatia em pessoa.

— E então? — indagou Terry.

— Você está no terceiro trimestre.

A enfermeira a olhou com desprezo, como se Terry tivesse planejado tudo aquilo.

Mas Terry estava em choque. Não esperava por isso. Ela fez as contas — novembro. Fazia tempo. Quando Andrew invadiu o refeitório... Naquela noite, depois de pagar a fiança dele, tinham sido descuidados.

— Mas já?

Ela queria se certificar de que tinha entendido direito.

— Eu estimaria sete meses. É até surpreendente que você não esteja com um barrigão. — Ele a fitou com tanto desdém quanto a enfermeira. — Imagino que você não soubesse mesmo. Mas foi tão descuidada que, a esta altura, não há uma solução palatável para o seu problema. No entanto, existem lugares onde você pode concluir a gravidez sem ninguém ficar sabendo. E é o que deveria fazer.

O uso da palavra "descuidada", logo depois que ela tinha pensado em si mesma da mesma forma, doeu.

— Não — disse Terry. — Não vou desistir dela.

— Ainda não sabemos o sexo do bebê. Você está desenvolvendo um apego irracional. São os hormônios.

Será que foi daí que a Stacey tirou aquela história de "hormônios da gravidez"? Que horror.

Ele continuou com as asneiras.

— Você cometeu um erro, e vai ser melhor para todo mundo se deixar esse bebê com pais amorosos que podem cuidar dele.

Terry jamais acataria sugestões daquele homem, mas sabia que não valia a pena discutir. Ela precisava de informações, acima de tudo.

— O que mais eu preciso saber sobre a gravidez? Você consegue ver se ela... se o bebê está saudável?

— Tudo parece normal. — O médico entrelaçou os dedos e lhe lançou um olhar austero. As sobrancelhas dele pareciam duas taturanas. — Posso recomendar alguém para você, mas converse com a sua família. Vão dizer a mesma coisa que eu.

Terry ficou em silêncio, e o homem prosseguiu:

— Você precisa aumentar sua ingestão de calorias. O bebê precisa ganhar peso, e você também. Você precisa urinar com mais frequência. E aconselho largar as aulas na universidade...

— O semestre acaba semana que vem.

Graças a Deus. Com sorte, a instituição jamais descobriria e não a expulsaria por infração moral.

Garotas decentes não engravidavam antes de casar. Era quase cômico, porém, como a vergonha era uma das últimas preocupações de Terry. Ela não dava a mínima para aquilo. Estava mais focada no monstro que a enchia de drogas e nos propósitos dele. Se aquele homem achava que o bebê dela faria parte da próxima geração do que quer que ele fizesse naquele laboratório, estava redondamente enganado.

Ela quase pediu confidencialidade ao médico, temendo que Brenner pudesse ficar sabendo da consulta. Se bem...

Sete meses. *Sete. Meses.* Brenner provavelmente já sabia... Desde quando? E continuava fazendo experimentos com ela. Ele não contara para ela de propósito, exatamente como Alice supôs. Para continuar administrando as doses.

É, a vergonha podia esperar, talvez para sempre. A principal preocupação dela se resumia mesmo a outra palavra: *fugir*.

Ela precisava dar um jeito de resolver a situação sem que ninguém se machucasse. Mas, primeiro, precisava contar para Andrew que teriam um bebê.

Deixou o consultório sem esperar que o médico ou a enfermeira fizessem qualquer menção a acompanhá-la até a saída.

2.

Terry acreditava que, em termos de lotação, o saguão do alojamento provavelmente estava à altura da estação Grand Central. Ela não tinha certeza, nunca tinha ido a Nova York, mas, nos filmes, todo mundo vivia apressado, de passagem. A uma semana das últimas provas do semestre, aquele era um período frenético: alunos tentando estudar as matérias, entregar os trabalhos e garantir boas notas, isso tudo sem deixar de se divertir, para compensar as férias de verão em suas cidades natais.

O orelhão tinha fila, como sempre. Quatro pessoas na frente. Ela aproveitou para tirar o livro da bolsa e dar uma lida, mas não conseguiu se concentrar. Sam e Frodo ainda em meio aos orcs. Em certo momento, simplesmente parou de tentar.

Telefonar para a mãe de Andrew era a melhor opção no momento. Terry pensou em pedir a ela que combinasse com Andrew um horário específico em que ele pudesse ligar para o dormitório. Terry já havia ensaiado o que diria: *Que tal a gente deixar pra lá essa história de "dar um tempo" e noivar? Porque vamos ter um bebê no verão...*

Quando finalmente chegou sua vez de ligar, Terry discou o número de cabeça e esperou, nervosa e inquieta, a sra. Rich atender. Já estava quase desistindo quando a mulher finalmente atendeu, e, assim como no outro dia, ela deixou escapar uma fungada ao pegar o telefone.

Terry desembestou a falar.

— Sra. Rich? É a Terry Ives. Preciso falar com o Andrew o quanto antes. Você pode ver com ele o melhor horário para ele ligar para o dormitório? A gente combina, e fico aqui a postos.

— Sinto muito, mas... Mas...

O telefone ficou mudo com um baque. Segundos depois, uma voz de homem surgiu na linha. O pai de Andrew.

— Quem está falando?

— É a Terry, namorada do Andrew. Queria deixar um recado.

— Sinto muito, Terry. Infelizmente...

Terry mal conseguiu ouvir o resto.

3.

Ken estava no quarto, estudando para uma prova de física, quando teve um pressentimento. Uma certeza gélida, obscura. Uma luz que diminuía até se extinguir. Uma sensação arrebatadora de perda no mundo dele.

Ele tinha pedido por essa resposta inúmeras vezes, e, agora que ela chegara, não queria mais.

Em cada partícula de seu ser, ele sentia que era verdade: Andrew tinha morrido.

4.

Alice bateu à porta do quarto de Terry. Ela não se sentia muito confortável no campus. No começo, tinha vontade de fuçar todos os cantos — e elevadores — para ver se entendia os mecanismos daquele mundo que sempre pareceu tão próximo do dela e, ao mesmo tempo, secreto. Agora que ela conhecia pessoas desse mundo, sabia que não era tão diferente assim.

Quando chegou ao alojamento, ela percebeu os olhares curiosos dos mauricinhos que não entendiam o que alguém com um macacão daqueles estaria fazendo ali. Mas não podia se ater àquilo: ela tinha ido por causa da amiga.

A porta se abriu.

— Ei, Alice — disse Stacey. — Obrigada por vir. Assim você dá um descanso para a Glória.

Glória a cumprimentou. Estava sentada à mesa, ao lado de Terry. Dava para ver que estavam se esforçando ali. Havia livros e papéis espalhados por toda parte em torno delas.

— Ela ainda precisa fazer a prova de literatura, depois entregar esse trabalho. Eu anotei onde ficam as salas.

— Como você está? — perguntou Alice.

— Não me faz uma pergunta dessas — pediu Terry, claramente tentando não desabar. — Estão até anotando onde ficam as minhas salas.

Alice assentiu.

— Ok, entendido. Nada de perguntas sobre o seu estado emocional. Pronta para mandar ver nas provas?

Stacey ligou para Glória e Alice assim que Terry ficou sabendo de Andrew, para que as três fizessem um mutirão para conduzi-la até o fim do ano letivo. Como também tinha as próprias provas pela frente, Stacey sugeriu que se revezassem. "Minha amiga não vai ser expulsa por causa de uma idiotice primitiva. Ela vai fazer as provas!", foi o que disse.

Ninguém se opôs. Todas concordaram. Arrastariam Terry até o fim do ano letivo, custasse o que custasse.

Glória pegou o casaco e a bolsa. Parou um instante ao lado de Alice.

— E você, tudo bem? — perguntou, bem baixinho. — Pronta para amanhã?

O dia seguinte era uma quinta-feira.

— Eu não vou — anunciou Terry, entreouvindo a conversa. — Para o laboratório amanhã, quero dizer. Ainda estou pensando no que fazer, para acabar com o experimento.

Glória e Alice se entreolharam.

Stacey bufou.

— Não ouse voltar para aquele lugar! Por que você faria isso? Você já tem muita preocupação na cabeça.

— Acho que a gente deveria ir — disse Glória. — Para ver como ele reage.

— Vocês todas tinham que largar aquele lugar — rebateu Stacey. — Deixem aquele cara ir, o Ken.

Alice olhou para Glória. Stacey não tinha como entender que a experiência deles no laboratório era mil vezes pior que a dela.

— Até amanhã — Alice disse para Glória, que deu um tchauzinho antes de partir.

Terry pensaria em alguma coisa em breve, ou pelo menos acordaria mais animada, sem se sentir a protagonista de uma tragédia grega. Quando isso acontecesse, com certeza perguntaria por Kali. Alice poderia dar uma olhada na menina. Também ficaria de olho no futuro para tentar encontrar uma saída.

— Hora de colocar os sapatos nela — anunciou Stacey.

— Eu estou bem aqui! — retrucou Terry. — Pode dizer o meu nome em voz alta.

— Ótimo! — Stacey apontou para o armário. — Então escolhe um sapato e coloca você mesma!

Alice deixou que a amiga tentasse se entender com o cadarço do tênis por sessenta segundos, então assumiu o controle.

— A gente não aprecia a maravilha tecnológica que é um tênis, não é mesmo? Imagina como deve ter sido a primeira vez que alguém costurou um pedaço de tecido assim?

Terry olhou para Alice e começou a gargalhar.

— Quer dizer que meus tênis são uma maravilha? Só me faltava essa! Você que é.

Alice ficou contente de ver aquela faísca de alegria em Terry. A amiga daria a volta por cima. Elas se assegurariam disso.

— Rá, maravilha! — disse Terry, passando a mão na barriga. A blusa dela era comprida e folgada, escolhida a dedo por Stacey e Glória, para disfarçar a gravidez. — Isso é uma grande farsa!

Alice não entendeu a referência.

— Pelo jeito que você está falando, vai tirar de letra a prova de literatura! — disse ela. — Na minha cabeça, é bem assim que os professores universitários falam. — Terry sorriu para ela, e Alice terminou de amarrar os sapatos com um puxão cuidadoso. — Está tudo uma bagunça agora. Mas vai ficar tudo bem, você vai ver.

— Eu sei — disse Terry, embora aquela ideia ainda soasse como um sonho. Seus olhos estavam vermelhos, mas não tão inchados quanto no dia anterior. — Ainda me lembro de como foi com os meus pais. Primeiro parece que nunca vai surgir a tal luz no fim do túnel, mas os dias se passam e a gente acaba dando um jeito de seguir em frente e levar todas as lembranças boas.

Alice apontou para barriga de Terry.

— Talvez já esteja lotado aí dentro. Não dá para levar muita coisa.

— Sempre tem espaço para família.

— Por mais reconfortante que seja essa conversa — interrompeu Stacey —, é melhor você agilizar aí, ou vai chegar atrasada.

Alice escoltou Terry até o prédio de inglês, seguindo as coordenadas de Glória. Enquanto Terry fazia a prova, ela esperou em uma biblioteca pequenina no saguão, abrindo livros em páginas aleatórias e lendo alguns trechos.

Andrew era boa pessoa. Quando Glória contou para ela, foi um baque. Mas, aparentemente, quem ficou mais abalado foi Ken. Além de Terry, claro. Ela nem tinha se dado conta de que Andrew e Ken se conheciam tão bem assim. Ele queria muito ajudar, mas, como não podia entrar no alojamento de Terry, se ofereceu para cobrir os turnos da amiga na lanchonete. De qualquer forma, em poucos dias ela voltaria para casa, para ficar com a irmã.

Alice estava mal por não ter conseguido se despedir de Andrew. E pior por ele não saber que teria um filho. Terry decidiu não contar para a família dele — por enquanto, pelo menos —, porque não queria que corressem perigo. Alice deduziu que Terry estava cogitando faltar à sessão no laboratório em grande parte para ver o que Brenner faria.

Ela estremeceu só de pensar.

— Está com frio? — perguntou Terry, atrás dela.

— Já? — Alice guardou *Os Três Mosqueteiros* de volta na estante. — Agora temos que entregar o trabalho, aí você pode descansar.

— Não preciso de descanso. — Terry fez uma pausa. — Preciso fazer um negócio. Sozinha. Pode deixar que vou e volto numa boa. Juro.

Alice pensou um pouco. Finalmente, Terry parecia focada.

— A Stacey vai matar a gente se acontecer alguma coisa com você — comentou Alice.

— Não vai acontecer nada. Só preciso dar uma passada na biblioteca. O que de tão ruim poderia acontecer na biblioteca, não é mesmo?

— E se eu levar você até lá, pelo menos?

— Combinado.

— Mas precisamos entregar o trabalho primeiro. Ordens da Glória.

Terry hesitou.

— Você dá uma olhada na Kali amanhã, se puder? Será que estou fazendo a coisa certa deixando de ir?

Alice não fazia ideia.

— Eu aviso quando achar que você estiver errada.

— Obrigada. Acho que essa é a melhor promessa que alguém poderia me fazer.

Ela gostaria de poder fazer muito mais.

— Pela Sociedade do Laboratório.

— Pela Sociedade do Laboratório — repetiu Terry. Ela colocou a mão na barriga de novo. — Somos uma família também.

— Sim — concordou Alice. — Somos mesmo.

— Vamos lá, irmãzinha.

5.

Terry não ficava desacompanhada havia três dias e três noites. Sempre havia alguém com ela. Quando Stacey colocava uma coisa na cabeça, não arredava o pé de jeito nenhum.

Portanto, Terry não tinha muito tempo sozinha. Perambulou pela biblioteca até avistar a bibliotecária com quem tinha simpatizado. A fila não estava tão grande, então Terry esperou. Quando chegou a vez dela, não havia mais ninguém em volta. As outras pessoas estavam terminando trabalhos, mergulhadas em livros.

Terry sentia que passara a carregar um mundo consigo aonde quer que fosse. Preocupações corriqueiras — provas, ser educada, amarrar os sapatos, não chorar em público — pareciam insignificantes diante de seus problemas e da dor de perder Andrew. Ela queria ter contado a ele que seria pai. Queria que ele pudesse ter sido um pai.

Mas precisava pensar no futuro.

A bibliotecária não a reconheceu de primeira.

— Pois não? Em que posso ajudar?

— Errr... Oi! — disse Terry. — Você já me ajudou antes. Será que poderia me dar uma mãozinha de novo? Tenho um... Bom, é um pedido esquisito. Não sei por onde começar.

— Meu tipo favorito de pedido. Pode falar.

Terry engoliu em seco.

— Digamos que alguém esteja com alguns problemas e precise sumir do mapa. Como poderia fazer isso? Você tem algo sobre o tema?

A bibliotecária avaliou o estado dela. As roupas largas, o rosto inchado, as olheiras.

— Não temos livros específicos sobre o tema, mas sou especialista em buscar informações. — Ela parou um instante. — Essa pessoa está em perigo imediato?

Uma das inúmeras questões do momento.

— Não sei ao certo.

— E ela precisa sumir para sempre ou só por um período curto?

Terry não tinha pensado em tudo isso.

— Melhor partirmos do princípio de que é para sempre.

— Dinheiro é a grande questão, então. Quanto mais, melhor. E ela precisa dar um jeito de continuar ganhando uma graninha depois de fugir. — A bibliotecária manteve o tom de voz baixo. — Se existe alguma chance de alguém continuar procurando por essa pessoa, o ideal seria acharem que está morta.

Terry já tinha considerado isso. Ninguém corria atrás de pessoas mortas. Mas ela não fazia ideia de como fingir a própria morte. Além do quê, qual seria a identidade dela depois?

— Mas como funciona isso? As pessoas precisam de um nome para viver...

— Aí é que está! — A maneira como ela falava dava um ar de conspiração à conversa. — Uma vez, li um romance em que um homem usava o nome de um garoto que tinha nascido na mesma época que ele, mas que morreu ainda criança. Só descobriram a mentira toda depois da morte dele. A única coisa que a pessoa não pode fazer é aparecer na área em que alguém reconheceria o nome.

— Onde posso encontrar os obituários do começo dos anos 1960? Pesquisar sobre as mortes de crianças nessa época?

— Por aqui. Posso ajudar, pegar jornais de alguns anos atrás. Para acidentes com crianças... Bom, recomendo dar uma olhada na editoria de cotidiano também. Talvez arranje um nome. Para a sua questão puramente hipotética.

Terry se perguntou se algo tenebroso tinha acontecido com a bibliotecária para ela se dispor tanto a ajudar. Não ousaria perguntar.

Ken chegou minutos depois do horário marcado. Ele puxou uma cadeira e estudou o jornal diante dela.

— Nossa, que pesado! — disse ele, referindo-se à coluna de obituários. — Ou você está escrevendo o dele?

Terry não tinha parado para pensar nisso. Imaginava que os pais de Andrew já tivessem escrito, para o jornal local da cidade. Lágrimas arderam em seus olhos.

A bibliotecária deu a volta no balcão.

— Senhorita? — interrompeu ela. — Está tudo bem?

O coração de Terry acelerou quando ela entendeu o verdadeiro significado daquela pergunta. A bibliotecária estava querendo saber se Ken era a razão da fuga dela.

— Ah, sim! Está tudo bem. Ele é meu amigo. Não... o problema.

Ken abriu um sorriso triste.

— Mas o problema é uma pessoa mesmo.

A bibliotecária respondeu com um aceno e continuou com seus afazeres.

— Terry... — disse Ken.

Eles não se viam desde a notícia da morte de Andrew, mas Stacey tinha comunicado aos novos amigos dela, e aos antigos de Andrew. Ken parecia arrasado.

— Não sabia que você e o Andrew eram próximos.

— Não éramos. Mas conversamos sobre você antes dele...

Ela não fazia ideia.

— Ah, é?

— Eu me meti onde não fui chamado. Fui eu quem aconselhei o Andrew a terminar com você. Senti que alguma coisa estava prestes a separar vocês, e achei que seria mais fácil assim. Deveria ter deixado isso para lá. A minha mãe dizia para eu jamais me intrometer em assuntos importantes.

— Ken, não importa. A gente mal chegou a terminar de verdade. Mas foi melhor assim mesmo. E, além do quê, ele sempre vai estar comigo.

— De diversas maneiras.

Terry soltou uma risada. Ela imaginou que a bibliotecária deixaria passar, mas voltou a fazer silêncio mesmo assim.

— O que significa tudo isso? — perguntou Ken. — Por que você queria me ver?

— Estou planejando sumir do mapa. Mas não posso deixar pontas soltas. Estou estudando as possibilidades, tentando descobrir uma maneira de nos afastarmos do Brenner para sempre. E de acabar com o que ele está fazendo. Só queria dizer que você pode me contar se souber de... *algo* importante, ok? Não posso perder mais ninguém.

— Pode deixar. Só não esquece que tem muita gente que também não quer perder você.

— Não é questão de querer — disse ela. — Talvez eu precise ir. E se for o preço para deixar todo mundo em segurança, não tem problema. Entende?

Ela sabia que ele não entendia. Terry tinha um dinheirinho — o que conseguiu guardar do laboratório, pós-fiança, e da lanchonete. Ela atualizaria a Sociedade assim que tivesse detalhes. Talvez fizessem uma contribuição.

O bebê começou a chutar, e ela tocou na barriga.

— Posso sentir? — perguntou Ken.

Terry olhou ao redor. Estavam a sós naquele canto da biblioteca.

— Pode. — Ela colocou a mão de Ken no meio da barriga inchada, e o bebê chutou de novo. — Pensei em um nome. Estava lendo uma matéria da *National Geographic* na sala de espera do consultório médico no outro dia. Era sobre uma mulher, Jane Goodall, que estuda chimpanzés na Tanzânia.

— Por favor, chega de experimentos científicos — resmungou Ken.

— Ela é diferente. Não usa números para identificar as cobaias. Ela dá nome a eles. Vou chamar a bebê de Jane. — Terry fez uma pausa. Estava sentindo a bebê chutar. Era como se ela tivesse ficado escondida aquele tempo todo, mas, depois de revelada sua existência, estivesse determinada a marcar presença. Toda hora. Terry não ligava. — Eu gosto do nome Jane, então é bom que você esteja certo de que é uma menina.

— Você está sentindo isso? — perguntou Ken, e tirou a mão da barriga dela. — Ela é geniosa. Puxou à mãe. Deve estar doida para conhecer o mundo. Pode anotar! Como eu poderia errar uma coisa dessas?

6.

O dr. Brenner havia tido um dia frustrante, e visitar Eight não estava ajudando.

Ele tinha levado uma caixa de cupcakes para a garota, sem ela ter feito nada que merecesse recompensa. E ainda assim estava emburrada.

Crianças eram enlouquecedoras.

Bom, adultos também. De um jeito completamente diferente.

— Quero ver a minha amiga — disse ela.

— A Terry não veio hoje.

Embora não demonstrasse, ele estava com raiva da audácia dela de não ter aparecido. Ele precisava dar um jeito de colocá-la de volta nos eixos. Depois de ficar sabendo da consulta médica que ela fez, presumiu que estivesse em pânico, então não ficou exatamente surpreso com a tentativa pífia da garota de enfrentar a autoridade dele. Afinal, até ele tinha ficado chocado com a notícia sobre o namorado dela.

Bom, fazer o quê? Uma complicação a menos no caminho. Ele sabia que aquele era um dos riscos do sorteio militar. E ganhara mais uma dose de poder sobre ela.

— Não tô falando da Terry! — reclamou Eight. — É daquela que é que nem eu!

De quem ela estava falando?

— Não há ninguém como você — disse o dr. Brenner. — Ainda não. Mas logo vou trazer alguém que será. A Terry vai trazer.

— *Não é disso que tô falando!* Ainda não vi os monstros, mas aposto que estão aqui. Preciso falar com ela. — Eight estava de mau humor e não pararia de fazer birra tão cedo.

Monstros? Brenner tentou se lembrar de quando tinha ouvido isso. Ah, sim, a mecânica, a cobaia que tinha uma reação intensa e curiosa ao tratamento de eletrochoque. Alice... Johnson.

Lembrar números era bem mais fácil que lembrar nomes.

— Eight, você conversou com alguém além da Terry?

A menina ficou encarando o teto enquanto lambia um restinho de chocolate no dedo indicador.

— Com a dra. Parks e o Benjamin e... — Ela listou os auxiliares e membros da equipe. — E com você, papai.

Ele não deixou transparecer a irritação.

— Mais ninguém?

— Não posso contar. Eu prometi.

Ela falou isso aos sussurros, e ele deduziu que estivesse com medo. Ótimo. Poderia trabalhar com o medo.

— Já falamos sobre isso. As únicas promessas que importam são as que você faz para mim.

Ela balançou a cabeça, jogando o cabelo de um lado para outro.

— Não é certo.

— Deixe que eu julgo o que é certo ou não.

— Não, papai!

Ela saiu correndo.

Ele a seguiu apressado pelo corredor. Não havia escapatória para ela ali. Ele não tinha por que se preocupar.

Os sapatos dele estalavam no piso conforme a seguia. Passaram pela sala vazia onde Terry Ives deveria estar, encubando o que viria a ser a maior façanha dele. Então passaram pela sala onde ficava Ken, o garoto esquisito, seguida da cobaia cujas respostas nos interrogatórios eram as mais promissoras, Glória, e, por fim, Alice. Eight estava diante dela falando muito rápido e gesticulando freneticamente.

Então era ela a tal amiga de Eight.

Ele girou a maçaneta.

Alice ficou boquiaberta, e Kali não estava mais lá.

— Eu sei que você está aqui, Eight — disse ele, entrando no quarto. — Saia já de onde estiver!

— Eight? — perguntou Alice.

Ele levantou as sobrancelhas. Que grande ironia a preocupação daquelas mulheres com nomes.

— Kali, eu não estou zangado...

O que Eight tinha dito mesmo? Que a outra amiga era "que nem ela". Será que Alice estava guardando algum segredo? Seriam aqueles monstros... de verdade?

— Você é amiga da Terry Ives, certo? — indagou o dr. Brenner, em vez de fazer as perguntas de sempre.

— Sim — respondeu Alice, sem pensar duas vezes. — Ela está passando por um momento difícil. Não precisa se preocupar com a ausência dela. Você deveria... deixar ela em paz. Deixar ela viver a vida dela.

Que gracinha.

Ele deu mais um passo adiante.

— Eight, saia já daí!

— Lindinha, melhor fazer o que ele está pedindo — disse Alice, assustada.

— Tem algum monstro aqui agora? — perguntou Brenner.

Alice fez que sim com a cabeça. *Ela está se referindo a mim.* Ele riu. Não era à toa que Eight gostava tanto dela; provavelmente tinha dito à menina que ele era um monstro.

— Não sou um monstro — disse ele. — Mas, se quiser pensar em mim assim, sinta-se à vontade. Kali, trate de aparecer, já estamos de saída.

— Tchau, Alice! — Eight cantarolou ao abrir a porta. Antes de sair, porém, deu meia-volta, hesitante. — Você tem *certeza* de que não tem nenhum monstro aqui agora?

Alice não parecia querer responder. Mas Eight se recusava a ir embora, então ela cedeu.

— Certeza.

— Há quanto tempo ela vem aqui? — questionou Brenner.

— Não muito. — Ela o encarava de forma desafiadora. — Mas não sou dedo-duro. Não vou falar nada sobre... o que ela consegue fazer.

— Ah, eu sei que não. Nós saberíamos se você falasse qualquer coisa, pode ter certeza. Agora estamos indo. Tchau, srta. Johnson.

O dr. Brenner segurou Eight pelo ombro, impedindo-a de escapulir de novo, e a conduziu pelo corredor.

— Então, essa é a sua amiga?

— Ela é que nem eu. Ela vê coisas. Mas diz que não são de agora. São do futuro.

Monstros do futuro? Ele não sabia se deveria acreditar naquilo, mas de repente se deu conta de que sabia exatamente como trazer Terry Ives de volta para o seu lugar. E decidiu que manteria a mecânica por perto. Só para se certificar de que os segredos que ela guardava tinham algum valor.

7.

Terry pegou a última caixa de roupas que precisava levar para o quarto, no andar de cima, mas Becky a tirou de suas mãos.

— Você precisa parar de carregar coisas pesadas!

Não era como se Terry quisesse carregar a caixa. Era uma questão de princípios.

— E *você* precisa parar de se preocupar tanto! Estou grávida, não com uma doença grave.

Becky respondeu com uma cara feia.

— Vamos, vou levar você para tirar um cochilo. Mas antes precisamos conversar.

— Ah, não. Uma conversa. Alguém me ajude!

O humor de Terry havia melhorado um pouco. O resultado das últimas provas tinha sido bom, e Stacey supervisionou sua mudança com tanta eficiência que Terry mal precisou levantar um dedo. Só empacotou duas caixas, que apelidou mentalmente de Caixas do Desaparecimento.

Para que fazer as malas duas vezes seguidas, certo? Ela se sentia mais tranquila sabendo que tinha um plano de contingência se tudo desse errado. Só faltava resolver a questão da grana. Já tinha até escolhido um nome falso, caso fosse necessário: Delia Monroe, uma menina que tinha morrido de tuberculose aos seis anos. A fuga teria que dar conta do recado.

Becky carregou a segunda Caixa do Desaparecimento escada acima sem saber de nada. Terry foi atrás, degrau por degrau, devagarinho. Agora que ela sabia que estava grávida, e não atribuía mais o cansaço, as dores e o mau humor às circunstâncias da vida, estava mais ciente de todo o incômodo que sentia.

— Becky... obrigada por nunca ter me dado um sermão a respeito disso tudo. Seu apoio foi muito importante para mim. E não estou falando isso só para adiar o possível sermão, caso venha a acontecer.

Quando elas chegaram ao andar de cima, Becky seguiu em frente e deixou a caixa junto às outras, no quarto de Terry. Dentro delas, estavam todas as fotos reconfortantes da infância, os retratos de família e a colcha de retalhos que a tia delas tinha feito quando a mãe estava grávida de Terry. Ela já tinha colocado a foto com Andrew na penteadeira, do lado do porta-joias com a bailarina. Becky já tinha começado a decorar o quarto do bebê. Ficaria de frente para o dela.

Isso se ficarmos por aqui.

Depois de um tempo afastada, ela poderia voltar para libertar Kali.

Becky se virou, colocou as mãos nos ombros de Terry e a olhou bem nos olhos.

— Terry, você é minha irmã. O que esperava que eu fizesse? Mandasse você para o olho da rua? Não estou aqui para dar sermão. O Andrew era um cara legal. Eu não esperava que você fosse esperar até o casamento, e...

Ela hesitou.

— E?

Becky tirou uma mecha de cabelo da testa suada de Terry.

Terry retribuiu o favor.

— Precisamos de chá gelado — disse Becky.

— Não era isso que você ia falar. Desembucha.

— Acho que você fez bem em não esperar. Você estava apaixonada. Eu sei que vai amar essa criança. Vai ser uma boa mãe. E eu vou ajudar. Não precisa fazer tudo sozinha.

Terry vislumbrou a possibilidade, e não parecia tão ruim. As duas na casa dos pais, criando a menina, juntas. Daria mais vida à casa, assim como a presença de Andrew no Natal. Engraçado. Oito meses antes, virar uma solteirona e acabar indo morar com a irmã soaria como um destino pior que a morte. Mas havia coisas muito piores por aí... Viver foragida com uma criança, por exemplo.

Uma irmã mais velha e sensata não era a pior pessoa para se ter ao lado.

O telefone tocou no corredor, alto e estridente, interrompendo o momento delas.

— Deixa que eu atendo — disse Becky. — Deita um pouco. Descansa. É uma ordem.

Terry bateu continência, mas permaneceu onde estava para ver quem era.

— Residência dos Ives. Becky falando. — Silêncio enquanto ela ouvia quem quer que estivesse do outro lado da linha. — Dr. Brenner? Não, nunca ouvi falar. De onde você conhece a Terry?

Não demorou muito. Terry foi até o corredor na ponta dos pés e levou o indicador aos lábios em um pedido de silêncio. Ela empurrou os cachos da irmã para trás, para aproximar o ouvido do telefone.

— Como a srta. Ives está se sentindo? — perguntou o homem do outro lado da linha. — Soube que ela passou por um momento de extremo choque. Mas gostaria que ela retornasse o quanto antes para fazermos alguns testes.

A voz dele, sozinha, já soava como uma ameaça. O coração dela acelerou.

— Ela está melhor — respondeu Becky, evasiva.

— Fico contente. Quando poderemos vê-la?

Terry ficou tensa, e Becky parecia ter notado.

— Acho que ela não vai conseguir aparecer tão cedo.

Becky não mencionou a gravidez porque não achou que fosse da conta dele. Nada mudaria o fato de que Terry estava prestes a ser uma mãe solteira, mas, quando vinha ao caso, a abordagem de Becky era sempre comentar que o pai da criança havia morrido na guerra. Assim, limitava as perguntas.

— Ah, que pena. — Ele fez uma pausa. — Posso falar com ela?

Falar com aquele homem era a última coisa que Terry queria na vida, mas não seria justo deixar Becky naquela encruzilhada. Era hora de parar de se esconder. Ela poderia conseguir tantas informações com a conversa quanto ele.

Terry pegou o telefone.

— Oi.

— Terry, sinto muito pelo seu namorado — disse Brenner, com calma, como se uma plateia acompanhasse a conversa. — Mas também fiquei sabendo que você tem uma surpresa a caminho!

Ela imaginou que gelaria de terror quando o momento chegasse, mas ferveu de raiva.

— Como se você já não soubesse, enquanto...

Becky olhava para ela, intrigada, então ela poupou a irmã e não terminou a frase. *Enquanto você me enchia de drogas em plena gravidez.*

— Essa criança vai ser extraordinária. A *nossa* criança vai ser extraordinária, essa que fizemos juntos. Não é isso que todos os pais querem?

Ela mal conseguia respirar. *Você não tem direito à* minha *criança. Ela é minha e do Andrew.*

— Foi pelo seu bem, pelo bem de todos — completou ele.

Ela ficou com vontade de bater com o telefone na parede, mas manteve a calma.

— Não, não foi.

Isso era o que você queria para as suas *experiências horrorosas. Não é a mesma coisa.*

— Terry, você está mesmo pensando em não retornar ao laboratório? Sei que Eight... Digo, Kali ficaria chateada. Você foi longe demais. Pense nos seus amigos... Acabei de descobrir algo interessantíssimo sobre um deles.

Pronto. Lá estava. O terror por trás da raiva.

— Do que você está falando?

— Eu sei da sua amiga Alice. Preenchi o termo de compromisso dela hoje.

Não, não, não. O que ele queria dizer com "sei da sua amiga Alice"? Terry pretendia acabar com tudo, mas, se ele sabia das habilidades de Alice... Já tinha preenchido a papelada. Jamais a deixaria ir embora. Prever o futuro era tudo que um homem como ele queria, só para ver um jeito de controlá-lo.

— Deixa ela em paz.

— Terry... — prosseguiu Brenner. — Só quero ajudar vocês a alcançarem o seu potencial. Posso até fazer a dor da perda do Andrew ir embora. Isso não facilitaria as coisas? — Terry não conseguia falar. Estava paralisada, tomada pelo ódio. — Você vai ver. Lembra-se do dia do funeral dos seus pais? A primeira lembrança que exploramos? Pense nessa memória. A dor foi embora, não foi? Fui eu que fiz isso. Deixe-me ajudar.

Terry pensou na igreja. A mãe em um caixão, o pai no outro. Costumava ter pesadelos com a cena. Era doloroso demais para ela lidar com aquela realidade acordada.

Mas, agora, só sentia uma pontadinha de dor.

— Você é diabólico. Deixa a gente em paz!

— Sinto muito, mas não posso — declarou ele. — Não deixarei vocês partirem.

Respira. Você vai achar uma saída para todo mundo. Vai dar um jeito.

Terry ficou em pânico. E se não conseguisse? Ela desligou o telefone e ficou encarando o aparelho.

Becky estava com as mãos na cintura.

— O que está acontecendo? Dava para ver que você queria entrar pelo fio para acabar com ele. Você não está em condições de participar de experimento nenhum agora.

O que fazer? A verdade deixaria a irmã aflita, mas Terry não aguentava mais mentir.

— Acho que é hora de contar a você sobre o laboratório de Hawkins. Sobre o que fazem comigo lá. Com todos nós. Ele sabia que eu estava grávida do Andrew, Beck. Não sei desde quando, mas a questão é que sabia. Só que, antes de mais nada, preciso fazer uma ligação.

— Como assim? O que está acontecendo?

— Espera um pouco. — Terry procurou o papel em que Stacey tinha anotado o telefone de todo mundo, e ligou para Glória assim que o encontrou. — Glória? Oi! Você pode dar uma passada aqui com a Alice? Vou ligar para o Ken também. Precisamos conversar.

— Claro — disse Glória.

Terry passou o endereço para ela e então telefonou para Ken. Ele disse que iria na mesma hora.

Becky estava esperando por ela no quarto. Quando entrou, a presença das Caixas do Desaparecimento já não trazia mais conforto, mas a irmã, sim. E isso lhe deu uma ideia, um paliativo para o desespero depois da conversa com Brenner. Eles tinham uma sociedade. Tinham aliados. Tinham *habilidades*.

Brenner, por outro lado, tinha ambições, crueldade e um prédio do governo à sua mercê. Ela jamais deixaria aquele homem ficar com sua filha. Ou com Alice. Ou Kali. Queria deixá-lo com o que merecia...

Nada. Ninguém.

Aquela era uma guerra pelo futuro, e ela não estava disposta a sofrer mais nenhuma perda.

8.

Uma hora depois, todos estavam na casa de Terry e Becky.

— Você se importa se formos lá para cima? — perguntou Terry à irmã quando Ken chegou. Alice e Glória haviam chegado pouco antes.

— Vou fazer brownies — disse Becky.

Terry odiava esconder coisas de Becky, ainda mais depois de revelar quase toda a verdade, mas era mais seguro assim. Becky era extremamente cética. A ideia de pessoas com habilidades especiais sob o controle do governo seria demais para a cabeça dela. Ela mal conseguia lidar com a revelação de que o dr. Brenner havia bombardeado Terry de ácido por meses a fio, sabendo da gravidez. Achava que Terry só queria voltar ao laboratório para pedir danos morais. Afinal, criar filhos era caro.

Terry estava se esforçando para traçar um plano, e já tinha algumas ideias em mente.

Tinha pensado em se reunir com eles em seu quarto, mas Alice entrou no quarto do bebê, que ainda estava sendo montado, o que não foi um problema.

Terry entrou logo atrás e acendeu a luz.

— A Becky que está cuidando disso — contou ela.

O quarto já tinha um berço, comprado de segunda mão de uma garota que havia estudado com Becky no ensino médio, e um móbile de palhaços azuis e vermelhos.

— Nunca vi uma criança que gostasse de palhaços, mas é fofo — comentou Glória, fazendo o móbile rodar. — A bebê Jane vai adorar.

— Todo mundo adora palhaços — disse Ken.

— Eu tenho horror — admitiu Alice.

— Pessoal, tenho más notícias — disse Terry. — O dr. Brenner ligou para cá.

Talvez, quem sabe, se ela conseguisse convencê-los a participar do seu plano insano, e juntos conseguissem colocá-lo em prática, aquela ideia utópica de criar a filha pudesse se tornar real. Contudo, Terry tinha uma única certeza: não podiam conversar abertamente na casa.

Sem sombra de dúvidas, Martin Brenner estava espionando. Terry pegou o caderno que Becky estava usando para anotar as medidas das cortinas e abriu em uma página em branco. Ela levantou um dedo, chamando a atenção dos amigos, e eles se amontoaram enquanto ela escrevia um recado: *Vocês precisam fingir que estão de acordo com o plano que vou descrever agora. Eles estão escutando a gente. Depois eu explico o plano verdadeiro.*

— Ele... me ameaçou — contou ela. — Disse que preciso voltar.

— Nossa... — Glória reagiu com uma compostura digna de espiã. — Logo?

— Vou voltar esta semana, mas preciso da ajuda de vocês com um negócio. Todos vocês. Alice, ele sabe de você.

Alice ficou arrepiada. Não tirou os olhos do caderno enquanto Terry escrevia.

— O quê? Como assim?

Terry escreveu: *Você estaria disposta a ficar com os seus primos no Canadá? Pelo tempo que fosse necessário?*

Alice franziu a testa, mas assentiu.

— Todos nós estamos em perigo. — Terry respirou fundo. — Quero conseguir provas do que está acontecendo no laboratório de uma vez por todas. É hora de derrubar o Brenner e o projeto dele. Se eu conseguisse os arquivos do escritório dele, poderia vazar para alguém... Não só para o *Gazette*, mas para o *New York Times*, o *Washington Post*, qualquer um que possa *fazer* alguma coisa para tirar as crianças de lá e acabar com tudo. Depois, nunca mais voltamos.

— E qual seria a nossa participação nisso tudo? — perguntou Glória.

Terry olhou para Ken.

— Você acha que damos conta?

— Estou com um bom pressentimento — respondeu ele.

— Era só disso que eu precisava saber. Dessa vez o Brenner cai.

Espero que ele morda a isca, pensou ela, e começou a delinear o plano falso.

— Glória, você acha que conseguiria acionar um alarme de incêndio?

— Sim. Sem problemas.

Terry descreveu uma série de elementos falsos: Glória criaria uma distração, Ken ajudaria caso fosse necessário, e Terry entraria escondida no escritório de Brenner e roubaria os arquivos. Simples. Moleza.

Estava longe de ser o verdadeiro plano.

— E eu? — perguntou Alice.

Terry escreveu outro bilhete: *Vamos discutir o verdadeiro plano lá fora, mais tarde. Você precisa desativar a máquina de eletrochoque de um jeito que ninguém perceba. Espero que a Kali cuide do resto.*

Alice assentiu.

Alguém bateu à porta com força no andar de baixo. Terry saiu do quarto e parou no topo da escada. Os demais se juntaram a ela.

Becky atendeu, limpando as mãos em um pano de prato.

— Oi? Quem são vocês?

Havia um grupo de homens uniformizados na soleira da porta. Terry jogou o caderno para Ken e ordenou:

— Esconde isso!

Ele desapareceu.

O líder do grupo se dirigiu a Becky:

— Estamos procurando Alice Johnson. Temos um mandato que nos autoriza a levá-la sob a custódia do Laboratório Nacional de Hawkins.

Antes que Terry pudesse assimilar o que estava acontecendo, eles invadiram a casa e subiram a escada.

— Ei! Espera aí! — protestou Becky do andar de baixo, mas eles foram mais rápidos.

O líder começou a avançar em direção a Terry, porém um colega o interrompeu:

— Cuidado com a grávida! — Ele se virou para Terry. — Temos uma mensagem para você: compareça às suas obrigações esta semana.

Ele a tirou do caminho e puxou Alice.

— Não, eu não quero ir! — berrou Alice.

— O termo de compromisso — comentou Terry, assim que se deu conta. — Ele disse que ia fazer algo assim. Alice, não se preocupa. A gente se vê em breve. Prometo.

— Eu não quero ir! — repetiu Alice, e Ken reapareceu.

Os três ficaram assistindo, sem poder fazer nada, enquanto a garota era carregada escada abaixo — os olhos tão arregalados que mais pareciam estrelas — e colocada em um furgão.

Os homens foram embora, dirigindo noite adentro.

Terry rezou para que o plano verdadeiro a salvasse.

Capítulo Doze

TODOS CAEM

JUNHO DE 1970
Bloomington, Indiana

1.

Terry estava sentada na cama. Era quinta-feira de manhã, e eles estavam prontos — na medida do possível, ao menos.

Ela encontraria Glória e Ken em alguns minutos, mas antes queria se certificar de algo sobre si mesma, sobre a própria capacidade. Fechou os olhos e colocou as mãos na barriga, forçando-se a relaxar e respirar fundo. Nada de drogas, nada de monitores, nada além dela.

Mergulhe mais fundo, disse ela a si mesma, e o ambiente em torno dela começou a se esvair. Ela adentrou o vazio negro, a água batendo nos pés. Já estava quase desistindo quando Alice apareceu diante dela.

A amiga estava deitada em uma mesa de exames e não viu Terry se aproximar. Vestia a camisola hospitalar e estava com olheiras profundas e uma expressão de pavor.

Alice? Ela tentou, com todas as forças, emanar o pensamento. *Estamos a caminho. Se prepara.*

Alice não disse nada. Não dava para saber se tinha visto ou escutado qualquer coisa.

Quando Terry abriu os olhos, a luminária do criado-mudo estava piscando. Ela estava pronta.

2.

Brenner tinha passado o dia todo no escritório. Estava em êxtase.

Terry Ives estava tão confiante em seu plano que acabar com ele talvez até fizesse com que ela cooperasse a longo prazo. A garota era mais teimosa do que ele imaginava. Ele quase a respeitava por isso.

Mas jamais seria capaz de respeitar uma pessoa que se engajava em atividades tão banais e inúteis. Ele jamais permitiria que destruíssem tudo que ele planejava construir. Todo o trabalho dele. Talvez nunca entendessem o comprometimento dele com o projeto, mas não importava. Ele não precisava de compreensão; só precisava de tempo para provar que estava certo. A única coisa prestes a ser encerrada era a rebelião.

Alguém bateu à porta.

— Senhor? — chamou o segurança.

— Sim. Diga.

— Ives e Flowers chegaram. O homem não apareceu hoje.

Ken. Talvez fosse melhor que parasse de ir mesmo. Os resultados dele tinham sido medíocres.

— Obrigado.

Brenner não foi ver Terry imediatamente. Em vez disso, fez um pequeno desvio e passou pelo laboratório farmacêutico no segundo andar do complexo. Ele tinha passado instruções específicas para o diretor-assistente que gerenciava o laboratório.

Era um local esterilizado e sereno, apesar do turbilhão de atividades em curso. Havia homens e mulheres aos montes e máquinas complexas produzindo uma variedade de substâncias químicas para alterar o cérebro ou o corpo humano. Era uma substância do segundo tipo que ele buscava.

— O composto está pronto? — perguntou Brenner.

O homem de jaleco fez que sim com a cabeça. A pele dele tinha um tom pálido, como se nunca tivesse entrado em contato com o sol. Um funcionário exemplar.

— Demora cerca de duas horas para fazer efeito, aproximadamente — explicou ele, e então entregou uma grande seringa tampada ao médico.

— Perfeito — disse o Dr. Brenner, guardando o objeto no bolso.

Ele percebeu que estava assoviando uma música qualquer a caminho da sala de Terry Ives, conforme atravessava o labirinto de corredores que compunham seu reino. Espiou pelo vidro da porta. Ela estava sentada, à espera.

Em breve, ele destruiria seus sonhos.

Mas, antes, fazia questão de se divertir um pouco.

— Vejo que você cumpriu a promessa — disse ele, entrando sem pedir licença. — Fiquei surpreso. Está tudo bem com a sua amiga. Detectei um tom grave de hostilidade quando nos falamos.

Ela respondeu com um sorriso falso.

— Nem todo mundo dá conta de mentir tão bem.

Que espirituosa. Será que a cria dela seria assim também?

Ele pretendia ir com calma, mas percebeu que não seria capaz de esperar e removeu a seringa do bolso.

— Estique o braço, por favor.

— O que é isso? — Ela torceu o nariz. — Não vou tomar mais ácido.

— Imaginei. — Ele balançou a cabeça. — Esse é um dos motivos que me levaram a não falar nada sobre a sua condição. A injeção faz bem para grávidas. Não vai machucar a nossa criança.

Ele percebeu como ela ficou tensa ao ouvir aquela palavra. *Nossa*. Mas a criança era mesmo *deles*, tanto quanto era dela.

— Por que você acha que eu confiaria em você com essa agulha?

Ele fez um sinal, e o auxiliar entrou na sala.

— Segure a moça — ordenou Brenner.

Terry resistiu, mas o homem a forçou a ficar de pé e segurou os braços dela junto ao corpo.

Brenner inseriu a agulha no braço dela e pressionou o êmbolo. Resolver problemas era simples quando se tinha as ferramentas certas.

— O que mais vocês querem de mim? — indagou ela, enquanto tentava empurrar o auxiliar.

— Por hoje, é só. Você está liberada. Só precisava dar essa injeção e tirar sangue para uns exames. — Ele abriu um sorriso falso. — Agora, é só você esperar pelos seus amigos.

— Só isso? Já acabou? — perguntou ela. — Você vai deixar a gente ir embora?

— Poxa, você não confia em mim, Terry?

Ela respondeu com um olhar malicioso.

— Você acha que sou idiota? Não, não confio em você. Nem um pouco.

— Apenas descanse — disse ele. — Não se preocupe à toa.

— Vou fazer isso, pode deixar. — Ela se deitou na cama e fechou a cara, feito uma criança. — Mas não porque você falou.

— Volto mais tarde.

— Mal posso esperar.

O médico não gostava de deixá-la dar a última palavra, mas ainda tinham chão pela frente.

Ele retornou ao escritório e esperou o esqueminha dela se desdobrar.

3.

Terry arriscaria ir ao quarto de Kali e falar com ela pessoalmente caso fosse necessário, mas Brenner talvez descobrisse o plano cedo demais. Ela estava confiante de que conseguiria acessar o vazio sem a ajuda dele, sem nada além de si mesma.

Ela queria descobrir o que ele tinha injetado nela, mas, ao mesmo tempo, sentia-se aliviada por não saber. Só lhe restava acreditar que ele nunca machucaria uma criança que julgava ser dele... Bom, talvez "machucar" não fosse a melhor palavra, já que ele não via nenhum problema em aprisioná-la e transformá-la em rato de laboratório para atender a seus propósitos nefastos.

Terry se sentou e revisou o plano, tim-tim por tim-tim, ponderando sobre o que poderia dar errado, e como a execução tinha que ser impecável. Ela pensou em Andrew, em como deviam ter sido os últimos momentos dele, e em como ela jamais saberia. Ela fez uma promessa.

Terminaria de ler o livro assim que saísse dali e descobriria o que acontecia com o Anel, Frodo e Sam.

Ela se perguntou se Glória estaria preparada. Se Ken estaria. Alice. Precisavam fazer tudo direitinho.

Mas precisavam de Kali para o plano dar certo. *Por favor, Kali, apareça para mim, nem que seja pela última vez.*

Terry já acessava com tranquilidade o lugar nenhum que era todos os lugares. Ela fechou os olhos e deu um passo adiante dentro da mente. A escuridão a cercou, e seus passos começaram a espirrar água, silenciosamente.

Kali apareceu de imediato.

— Terry! Você finalmente veio! Estou muito feliz!

Terry se viu obrigada a rir diante da surpresa da menina.

— Também estou muito feliz em estar aqui! Preciso falar com você sobre uma coisa muito importante. Preciso da sua ajuda. A Alice também. E queremos ajudar *você*.

Kali ficou desconfiada.

— O papai sabe?

— Ele não pode ficar sabendo. Nunca. Eu já disse isso antes, mas dessa vez é sério. Seu papai quer me machucar. E quer machucar meu bebê também — disse Terry, dando um tapinha na própria barriga.

— Tem um bebê aí dentro? — perguntou Kali, deslumbrada.

— Tem, sim. E o Brenner quer machucar ela. Ela e a Alice. Se a gente deixar, ele vai machucar mesmo a Alice. Vai mexer com coisa que não deve.

Kali encarou Terry e fez um bico.

— Por minha causa — sussurrou ela, aflita. — Porque eu contei para ele.

— Não foi sua intenção, eu sei. — Terry se agachou e abraçou a menina. — Mas dessa vez ninguém pode saber. Precisa ser segredo. Para sempre. Precisamos proteger a Alice. Proteger o futuro. Combinado?

Kali fez que sim.

— Ótimo. Preciso que você crie uma ilusão... Uma que você possa controlar. Coisa pequena.

— Posso tentar — disse a menina, soando calma.

— Perfeito!

Aquele plano era arriscado, mas o que não era?

— Você acha que consegue ir até a sala da Alice? — prosseguiu Terry. — E fazer com que pareça que ela está em sono *profundo*, como se nem estivesse respirando? Você consegue fazer isso, não importa o que aconteça?

Kali hesitou e bateu o pé.

— Mas não quero que a Alice vá embora!

— Você pode vir com a gente. Deixar o papai para trás e ser livre.

Terry não fazia ideia de como Kali reagiria à sugestão, mas nada a agradaria mais do que levá-la com eles, se houvesse algum jeito de fazer isso.

— Não posso — declarou Kali, em tom solene. — Os *monstros* estão vindo para cá. Não posso deixar meu amigo.

O amigo que Brenner prometera. Terry repousou a mão na barriga. Ele tinha prometido o bebê de Terry a ela. *Como ela não percebeu antes?* A menininha das visões de Alice, com o número 011 no braço.

Não! Não vou deixar!

— Kali, por favor. Estou implorando. Somos suas amigas.

A menina parecia prestes a chorar.

— Não posso ir embora. O papai não vai deixar.

Era o que Terry temia. Teria que prosseguir com o plano e voltar para resgatar Kali, por mais que ficasse com o coração apertado por deixar a menina, mesmo que fosse por pouco tempo. Jane começou a chutar.

— Eu vou voltar para pegar você, tudo bem? O quanto antes! Você acha que consegue fazer isso?

— Mas a Alice não vai voltar, né?

Terry encarou o rosto pequenino dela.

— Não, ela não pode. A Alice precisa ir embora. Para sempre.

— Mas eu quero que ela fique!

Kali bateu o pé de novo.

— Kali, eu entendo. Também quero que ela fique. Mas você não quer que ela se machuque, quer? Eu também não quero. Certo?

— Certo — resmungou ela.

Como ela poderia fazer a menina entender?

— É como se lembrar da mamãe. Ela está aqui dentro, não está?

Terry pegou a mão da menina e a levou ao coração dela.

— Sim.

— Porque ela é da sua família. Amigos são a família que você escolhe. Eles estão sempre com você, mesmo quando vocês não estão juntos. Mesmo se você esquecer detalhes, quando estiver velhinha... A família de amigos está sempre por perto. Não precisamos estar junto dessas pessoas para que elas façam parte de nós. Nós as levamos conosco o tempo inteiro, aonde quer que a gente vá.

Como ela levava Andrew.

— Então a Alice sempre vai estar comigo? — perguntou Kali depois de refletir.

— E eu também.

— Vou te ajudar. E não vou contar para ninguém. Vou te proteger. — Kali sorriu. — Somos uma família.

Terry se abaixou e beijou a testa dela. Para sua surpresa, Kali deixou.

— Não vou me esquecer de você — disse Terry. — Nunca. Prometo. Agora vai. E não esquece: precisa parecer que a Alice está em sono profundo. Sem respirar. E não deixa ninguém saber que é você que está fazendo, não importa o que aconteça.

— Não importa o que aconteça!

Kali foi embora, saltitante, sem perder tempo. Terry seguiu um ruído sonoro pela escuridão, de volta à sala de exames. Um alarme.

Glória.

Estava na hora.

4.

Glória queria ter a chance de ludibriar o dr. Green, mas ele saiu da sala mais cedo que o normal. Depois de dar a ela um tablete de ácido — que ela não tomou e guardou no bolso — e uma folha de papel cheia de coordenadas para decorar, ele se retirou. Não deixou nenhum auxiliar com ela, nada.

Era sua chance de viver uma aventura digna de uma heroína de quadrinhos. Portanto, aproveitaria o momento ao máximo. Para começar, destravou a fechadura usando os métodos que Alice tinha ensinado.

No corredor, encontrou o alarme de incêndio. Puxou a alavanca.

Nada aconteceu.

O alarme de incêndio estava desativado? Então Terry estava certa sobre a casa estar sendo vigiada.

Mas não podiam ter desligado todos. Nem mesmo cientistas malucos correriam um risco tão grande em um prédio como aquele. Um incêndio poderia destruir tudo.

O coração de Glória batia com tanta força que seus ouvidos latejavam: seu desejo por uma missão arriscada e audaciosa tinha se realizado. Ela apressou o passo pelo corredor em busca de um alarme para acionar. A caça tomou minutos preciosos do tempo dela, que temeu que isso atrapalhasse a sincronização do plano. Até que, finalmente, ela avistou uma alavanca.

Que estava bem atrás de um auxiliar com um carrinho de material de limpeza. *É agora ou nunca.*

Ela tirou o auxiliar do caminho com um empurrão e um pedido de licença e acionou o alarme. Meio segundo de silêncio a fez pensar que tinha falhado de novo, mas então o ruído afortunado das sirenes estridentes preencheu o ambiente.

Consegui! Que nem a Jean Grey!

O auxiliar tentou segurá-la, mas Glória foi mais rápida. Ela desviou do homem e correu de volta para a sala. Ainda tinha trabalho a fazer.

Graças às visões de Alice no bosque, eles sabiam qual era a entrada mais vigiada do prédio. Então, Glória se dirigiu ao ponto de encontro, na ala norte, para se juntar a Ken. Ela torcia para que o alarme funcionasse conforme o esperado, confundindo as reações à entrada triunfal dele, que deveria acontecer a qualquer minuto. A qualquer segundo. Ela riu um pouco enquanto corria. Nunca tinha pensado nisso: *super-heróis são loucos.*

5.

Ken não se considerava um aficionado por carros, mas tinha crescido entre eles. O pai adorava, assim como adorava visitar salões do automóvel e discutir preços, aerodinâmica e pintura. Mas aquela não era muito a praia do filho.

Até tinha curtido a visita à pista de corrida em Brickyard. O interesse de Alice e Glória por carros era tão intenso que parecia transmissível pelo ar, como uma gripe.

Se Ken fosse aficionado por carros, provavelmente não se sentiria mal pelo pobre carro de Terry a caminho de Hawkins. O veículo não era lá essas coisas, mas nem por isso merecia ser sacrificado.

Mas justo porque ele era quem era, e definitivamente não um aficionado por carros, ele se desculpou com o velho Ford pelo fim que daria a ele.

— Você foi um bom garoto e serviu bem a Terry. Não é chamativo. Não corre muito. Mas cumpriu o seu papel com dignidade. E agora? Você vai ser uma biga e se transformar no melhor carro de combate da região.

Pois Ken estava dirigindo rumo à batalha.

A cerca metálica do laboratório surgiu à esquerda. As luzes de emergência estavam acesas, e Ken não conteve o sorriso. Ele não era o melhor dos motoristas — afinal, não era aficionado por carros —, então agradeceu pela certeza de que ainda não tinha chegado a hora dele.

Já quase na entrada, ele deu um cavalo de pau, pisou fundo e sentou a mão na buzina. Os soldados não eram muito rápidos, mas já tinham saído da frente quando ele acelerou e derrubou o portão.

O carro deixou os restos mortais do alvo para trás e seguiu adiante.

— Bom trabalho, Nellie.

E daí se ele tinha dado um nome ao carro de Terry? Era um bom carro. Ken seguiu em frente, rumo ao laboratório. Derrubou a cancela de madeira do segundo posto, buzinando feito louco o tempo inteiro.

As sirenes ecoaram quase que imediatamente, e os seguranças da guarita entraram em ação, mas estavam amontoados atrás de Ken. Não na frente dele.

Ele conduziu o carro até a lateral do prédio e parou diante da entrada que Alice tinha citado durante as explorações visionárias dela. Glória passou zunindo pela porta e parou do lado de fora.

— Cadê ela? — perguntou ele.

— Já está vindo — respondeu Glória, colocando um peso qualquer para manter a porta aberta. — Bem atrás de mim, espero! Vou lá ver. Já volto.

Diante dos primeiros homens armados que apareceram, Ken desejou o mesmo.

6.

Brenner levou um susto quando uma sombra se aproximou da porta do escritório dele. Um alarme reverberava pelo prédio, em um volume que desafiava a sanidade. Até que ela demorou para chegar ao escritório.

— Ora, srta. Ives, que sur... — começou ele, mas parou assim que notou que se dirigia a um segurança. — Mas o que está acontecendo?

— Estamos com um problema, senhor — gritou o homem, para se fazer ouvir por cima do alarme.

— Qual é o problema?

Brenner se levantou, pegou o blazer do braço da cadeira e o vestiu.

— Um alarme de incêndio disparou, e temos uma ameaça do lado de fora do prédio.

Ken tinha dado as caras, afinal.

— Desliguem o alarme e neutralizem a ameaça.

— É um civil, senhor — prosseguiu o guarda. — Mas o que mais nos preocupa é a srta. Ives. Ela estava a caminho do seu escritório, conforme o previsto, mas parece que viu alguma coisa. Ela ficou paralisada. Está no quarto de Alice Johnson. É melhor você ir lá dar uma olhada. Ela está transtornada. E... hum... a Dra. Parks também. E a cobaia Eight.

Brenner estava preparado para destruir os planos de Terry e jogar na cara dela o fracasso. Queria vê-la transtornada, mas não na sala de Alice Johnson. Algo devia ter dado muito errado para fazer com que ela abandonasse o plano.

Ele acompanhou o segurança.

Nada irritava tanto Brenner quanto surpresas. Nada, exceto perder.

7.

Terry se aproximou de Alice e afastou a dra. Parks. Alice se encontrava estatelada no chão, do lado da máquina de eletrochoque. Não se mexia. Não respirava.

Kali estava chorando ao lado dela, como tinha chorado em todas as vezes que Terry testemunhou as ilusões.

— Ela não está se mexendo! — berrava a menina.

Terry viu quando ela limpou uma gota de sangue no nariz. Estava realmente desesperada, mas até então conseguia manter a ilusão. Era simples. *Boa garota.*

— Alice! — gritou Terry. — Não, a Alice não! Por favor, não!

Os eletrodos ainda estavam afixados às têmporas dela.

O indicador da máquina estava no máximo. Terry já não estava mais de camisola hospitalar e vestia as próprias roupas. No bolso da calça, guardava uma faca de cozinha que tinha contrabandeado de casa. Ela esperaria o momento certo.

Terry sabia que a ilusão precisaria ser expressiva para pegar Brenner de surpresa. Mas não podiam exagerar, ou ele se daria conta de que estavam tentando enganá-lo. Ele não imaginava que Kali seria capaz de controlar uma ilusão, mas Terry sabia que ninguém entendia de todo as próprias habilidades até a necessidade bater à porta. Principalmente crianças. Aquela ilusão era fichinha para ela, não era nada perto das chamas. Mas não duraria para sempre.

Precisava fazer Alice sumir. Se tudo desse certo, ela desapareceria. Porque Brenner acreditaria na morte dela... até não acreditar mais.

O plano tinha que dar certo. Terry sabia que, de outra forma, ele jamais os deixaria em paz.

— Preciso examiná-la — disse a dra. Parks.

— Eu já disse para deixar minha amiga em paz! — ordenou Terry. Ela se inclinou sobre Alice e, com carinho, colocou uma mecha de cabelo dela atrás da orelha. A ilusão ainda estava funcionando. — Ela está morta, não percebeu?

Quando ela olhou nos olhos de Kali, a menina abriu o berreiro de vez. Para todos os efeitos, era um choro genuíno. *Kali, prometo que vou voltar por você.*

Se Terry não soubesse que a cena era falsa, já teria perdido a cabeça. Quando Brenner passou pela sala de Alice e deu um passo para trás, deparou-se com uma tragédia pura. A dra. Parks também estava chorando, tentando afastar a criança do corpo de Alice.

— Mas o que é isso? — perguntou Brenner ao entrar na sala.

Até mesmo ele se assustou com a cena.

— Ela mudou a configuração da máquina— explicou a dra. Parks, baixinho. — Foi demais para ela.

— Foi você quem fez isso! — Terry se levantou, colocou o dedo na cara do homem e canalizou todo o ódio que sentia por ele nas acusações. — A Alice morreu por sua causa. Você a matou.

— Calma! Talvez ela possa ser ressuscitada.

Ele parecia não acreditar no que estava diante de seus olhos.

— Ela morreu! Ela não vai voltar, e... E não vamos ficar aqui. Não vamos mais fazer isso.

Alice permaneceu onde estava, sem mover um músculo, um fio de cabelo.

— Por que esse desespero todo? — perguntou Brenner. — Que tal eu dar a você um sedativo bem potente?

— Eu planejava pegar os documentos do seu escritório, mas acho que a Alice... — Ela se engasgou com o falso choro. — Era o alerta de que eu precisava para manter o meu bebê e os meus amigos longe daqui. Vou falar com a família dela. Eles não vão abrir o bico, contanto que você nos deixe em paz. Você pode até tentar nos manter aqui, mas a gente sabe da verdade. Não vou descansar até escapar. E vou provar para o mundo que você matou a Alice. Vou mostrar tudo que você fez aqui. *Nós* vamos!

— Terry, se eu fosse você, tomaria bastante cuidado. Pense no seu bebê.

— Estou pensando. — Terry tirou a faca do bolso e mostrou a ele, prateada, reluzente. — Agora, vou sair daqui com a Glória e o Ken, e você não vai nos seguir. Você matou a Alice! E se *não* quiser que o mundo saiba, vai permanecer onde está e deixar a gente ir embora. Você sabe que sou obstinada. E não vai querer correr o risco de machucar a criança. Se alguém colocar a mão em mim, vou me cortar com a faca. Farei o que for preciso.

Brenner ficou imóvel, sem saber o que poderia fazer. Terry estava nervosa, com a cabeça quente. E se ele não os liberasse? O que aconteceria com eles?

— Eu amava a Alice. Solta eles, papai — pediu Kali, aos soluços.

Terry não esperava uma interpretação tão dedicada da menina, mas ficou satisfeita.

— Sai da minha frente! — ordenou ela.

Brenner permaneceu imóvel.

— Sinto muito por ela — disse ele, apontando para Alice com a cabeça. — É uma tristeza sem tamanho perder alguém com tanto potencial. E há tão pouco potencial no mundo. Mas ainda podemos aprender com ela.

Era um embate. Terry encarava Brenner. Ele estava com a guarda levantada.

O que ela faria se ele recusasse?

— Estamos indo — anunciou Terry.

As palavras dele a enojavam, mas foi exatamente o que eles deduziram que o homem diria.

— Tudo bem — disse ele, e deu um passo para o lado. — Não machuque a criança.

E se Brenner mudasse de ideia? Terry não queria arriscar descobrir. Simplesmente agiu. Passou por ele aos tropeços, segurando com firmeza a faca, temendo que, a qualquer momento, ele fosse tentar agarrá-la.

Mas ele não fez nada.

— Deixem a srta. Ives passar! — berrou ele para os seguranças no corredor, que se afastaram imediatamente. — Avisem a todos que eles estão liberados.

Glória topou com ela no meio do corredor, vestindo um jaleco de auxiliar e com o cabelo mais longo que o normal.

— Funcionou? — perguntou Glória.

— Está funcionando — respondeu Terry. — Kali fez um bom trabalho. O Ken está pronto?

— Cavalaria a postos — anunciou Glória. — Já volto.

Terry não ousou se virar para ver Glória executar a última parte do plano.

8.

Glória tinha escondido uma maca no fim do corredor da sala de Alice e foi lá buscar. Tinha trazido até uma peruca do armário da mãe, para montar um disfarce convincente. Ela nem precisava ter se dado ao trabalho.

A dra. Parks estava se debulhando em lágrimas, e Brenner já tinha ido embora. Kali também. Glória não tinha muito tempo.

Estirada no chão, Alice parecia... morta.

— Senhora — disse Glória em um tom de voz mais grave —, vim retirar o corpo para levá-lo ao necrotério, para a dissecação.

A palavra "dissecação" a deixou com náuseas.

Com um aceno, a dra. Parks autorizou a retirada.

Glória não estava conseguindo levantar Alice sozinha. Por sorte, a médica estava distraída. Cadáveres não costumavam subir sozinhos em macas. Glória cobriu Alice com um lençol e empurrou a maca pelo corredor.

E deu no pé.

— Segura firme! — disse.

Ela viu Alice se agarrar à beirada da maca, sob o lençol.

— Aonde estamos indo?

— Embora.

— Parece uma boa ideia — sussurrou Alice.

Conforme planejado, Ken estava à espera na entrada. Terry tinha deixado a porta escancarada.

— Fica deitada — ordenou Glória enquanto passava com a maca pela porta. — Pode levantar agora. O capô do porta-malas vai tapar você. Pode se ajeitar aí dentro.

— Isso é sério? — reclamou Alice, tentando se acomodar no compartimento, toda encolhida.

— Vai ser rápido.

Alice bufou e fez o combinado. Glória fechou o porta-malas e foi para o banco de trás. Ken e Terry fizeram suas melhores expressões de luto pela morte da amiga. Eram ótimos atores.

Os seguranças tinham cercado o perímetro, mas mantiveram distância. Ken deu a partida e ouviu alguém gritar:

— Ele disse para não fazermos nada. Não atirem!

— Todas a postos? — perguntou Ken, ao volante.

— Manda ver! — disse Terry. Ken pisou fundo no acelerador, e ela finalmente conseguiu respirar aliviada. — Adeus, Hawkins. Se tivermos sorte, até nunca mais!

Só volto para buscar a Kali.

Terry não tinha a menor intenção de permitir que Brenner prosseguisse com o trabalho monstruoso dele, mas primeiro precisava garantir a segurança de Alice e trazer a bebê Jane ao mundo.

O plano "Forjar a morte de Alice e blefar até escapar" tinha dado certo.

9.

Eles só diminuíram a velocidade quando já nem dava mais para ver Hawkins pelo retrovisor. Pararam no terminal rodoviário de Unionville, nas imediações de Bloomington, não muito longe de Larrabee. Tiraram Alice do porta-malas, e Ken entregou a ela a passagem que tinha comprado mais cedo.

— Não acredito que vocês conseguiram me tirar de lá!

Alice estava maravilhada.

— Nem eu. Foi por um triz! — disse Glória.

Alice estava com os olhos marejados.

— Vou sentir saudades, pessoal.

Terry não queria se estender naquele assunto, ou acabaria chorando também.

— Nada de lágrimas! O plano foi um sucesso. E isso é só até conseguirmos mostrar ao mundo o que ele está fazendo naquele laboratório. Até lá, você vai estar segura. Quer que a gente avise os seus pais?

— Não precisa. Os meus primos ficaram de telefonar para eles assim que eu chegar. Criei um código para eles usarem.

Alice teria dado uma ótima espiã.

—Ótimo. — Terry acenou para Ken. — A mala.

Ele voltou para o carro e pegou no banco traseiro a bagagem enorme que tinha ido ao lado de Glória durante o trajeto. Terry tinha colocado o conteúdo das Caixas do Desaparecimento, deixando um vestido de fora para ela se trocar. Elas vestiam praticamente o mesmo tamanho, então as peças iam servir. Ela pegou o vestido, protegido por uma capa transparente de lavanderia, e entregou à amiga.

— Veste isso aqui. Ninguém vai te reconhecer.

— Ninguém me contou que a gente ia renovar o guarda-roupa dela — brincou Glória.

Alice mostrou a língua para ela, mas se dirigiu ao banheiro mesmo assim.

— Vocês acreditam mesmo que ele vai nos deixar em paz? — perguntou Glória.

— A Alice vai ficar bem — declarou Ken.

— Acho que por hoje já deu de emoção, né? — disse Terry, então flagrou a dúvida estampada no rosto de Ken. — O que foi?

— Não sei. Não tenho certeza.

— Então guarda para você.

Procedimentos psíquicos vagos não seriam de grande ajuda àquela altura. Ao confrontar Brenner horas antes, Terry já tinha pensando nas inúmeras formas em que o plano poderia fracassar e nas consequências que eles sofreriam se isso acontecesse.

— É melhor mesmo — concluiu ele.

Alice saiu do banheiro com o macacão dobrado no braço, tímida e cabisbaixa. Estava usando um vestido florido, um dos prediletos de Terry — e de Andrew também —, que ficava poucos dedos acima do joelho. E as botas pesadas que sempre a acompanhavam.

— Os sapatos! — comentou Terry, e revirou o porta-malas até encontrar o scarpin de salto baixo. — Quase esqueci. Você pode guardar as botas na capa do vestido.

— Ficou ótimo! — declarou Glória.

Alice ficou com as bochechas coradas.

— De morta para modelo — comentou Terry.

Alice pegou os sapatos com Terry e foi até o carro, se sentou no banco do passageiro e os calçou.

— Vocês não acham que estou ridícula, não? Como uma garotinha vestindo as roupas da mãe?

— Não — disse Terry. — Está linda!

— Estou me sentindo a própria Cinderela.

— Ainda bem que temos bastante tempo até a meia-noite, então — disse Ken.

Terry torcia para dar tudo certo com ela no Canadá. *Não é para sempre. Espero.*

O grupo trocou abraços e despedidas chorosas. O ônibus chegou à estação. Era chegada a hora de se separarem de vez. Terry acompanhou Alice até o ônibus com um nó na garganta, levando a sacola com as botas da amiga.

Alice pegou a mala e a entregou a um funcionário da companhia, para que guardasse no porta-malas do ônibus. Ela ficou de olho nele até que a bagagem estivesse acomodada em seu devido lugar e aproveitou para sugerir que apertassem o parafuso da portinhola, que poderia cair a qualquer momento.

Terry esperava ao lado da porta.

— Acho que é isso, então — disse ela. Alice hesitou, e Terry percebeu que algo atormentava a amiga. — O que foi, Alice? Me fala, vai.

— Preciso te contar uma coisa. Uma coisa que vi acontecer com você. No futuro. A Glória disse que eu deveria deixar você escolher se quer saber ou não.

Alice estava com dificuldades para se equilibrar no scarpin. Seu rosto tinha um ar sombrio. O que quer que tivesse visto, definitivamente não era coisa boa.

— Só me diz uma coisa... Eu continuo lutando? — perguntou Terry. — Continuo tentando fazer o certo?

Alice respondeu de imediato.

— Sim.

É o que importa.

— Então não quero saber.

Alice protestou, mas Terry encerrou o assunto:

— Eu aviso se mudar de ideia, tudo bem?

Alice aceitou a proposta.

— Me avisa *imediatamente*.

— Combinado.

Terry a envolveu em um abraço e observou enquanto a amiga embarcava. Ela jamais pediria para alguém ler o futuro dela de novo. Pelo menos, era o que planejava.

— Todos a bordo!

Ken chamou Glória e Terry assim que o ônibus partiu.

Alice estava a caminho do Canadá.

Eles se espremeram de volta no carro, e Terry se contentou em deixar Ken continuar dirigindo.

— Vou sentir falta dela — disse Glória.

— Eu também — responderam Ken e Terry ao mesmo tempo.

10.

Brenner não conseguia acreditar que a garota Jonhson tinha morrido antes que ele descobrisse os segredos dela. E toda a história do eletrochoque ainda tinha dado a Terry Ives a oportunidade de fazê-lo parecer fraco. Kali, desolada, tinha ido direto para a cama, com a ajudinha de um sedativo providenciado por ele. Mas ele ainda daria um jeito de ganhar o dia.

A dra. Parks logo superaria o peso na consciência. Ele tinha dado a noite de folga a ela, junto com um lembrete dos protocolos de confidencialidade. O corpo da garota, ao que tudo indicava, tinha sido levado ao necrotério, e o dr. Brenner concluiu que pelo menos seria o detentor dos segredos dele.

Ele telefonou para Langley para comunicar o ocorrido. Queria que fosse ele a fazer isso.

— Diretor, gostaria de ser o primeiro a reportar a você um transtorno que enfrentamos aqui esta noite.

— Fiquei sabendo que uma situação saiu do controle — comentou o homem.

As notícias corriam rápido.

— Foi um alarme falso — respondeu Brenner.

Ele relatou os detalhes da morte de Alice Johnson, contou que a garota tinha aumentado a carga da máquina de eletrochoque por conta própria, engatilhando um ataque cardíaco, e também que outras cobaias problemáticas tinham visto o corpo, além de acionarem o alarme de incêndio e arrebentarem alguns portões. A equipe já estava sendo instruída a contar alguma história envolvendo um motorista bêbado que perdeu o controle da direção e atingiu a cerca com o carro. Quase ninguém ficaria sabendo da verdade, e quem já sabia logo esqueceria. Eles tinham ferramentas para isso, caso alguém representasse uma ameaça.

— De modo geral — continuou Brenner —, eu diria que nos livramos de um problemão. As cobaias prometeram parar de mexer no vespeiro em troca da ilusão de que seriam deixadas em paz. Por ora, vamos respeitar o momento de luto da família. Não vamos incomodá-los. Veremos o que dá para extrair do corpo, embora o choque deva ter fritado o cérebro da garota. Vamos deixar Terry Ives acreditar, por um instante, que saiu ganhando.

— Mas não precisamos do bebê da moça? — perguntou ele.

— Estou cuidando disso.

— Acho bom.

Aquela era a aprovação de que precisava para executar a próxima fase do plano. Teria sido mais fácil fazer isso no laboratório. Era novidade para ele rearranjar os planos para acomodar as interferências, ou dar a cara à tapa e ainda conseguir manter o anonimato. Ele pegou as credenciais dele, um uniforme de hospital, um crachá falso, e entrou no carro. Balançou a cabeça ao passar pelo portão dilacerado; ao menos a equipe de limpeza já tinha dado conta de metade da bagunça. Havia apenas um hospital nas imediações de Larrabee. Terry decerto daria entrada lá antes do fim da noite. A injeção logo faria efeito, se é que já não estava fazendo.

Brenner pisou no acelerador.

11.

Ken parou em frente ao jardim da casa de Terry, que estava morrendo de sono e bocejando sem parar, depois da agitação das últimas horas. O carro de Ken estava estacionado na calçada, e depois de pegá-lo ele seguiria para casa e daria uma carona para Glória.

— Ainda estou elétrico! — comentou Ken. — Não entendo como você está tão molenga, Terry.

— Somos duas. — Glória levantou a mão no banco de trás. — Nunca mais vou fantasiar com a vida fácil, glamorosa e empolgante de uma heroína dos quadrinhos.

Terry riu. Os três saíram do carro.

— Querem entrar? — O convite não tinha sido muito convincente. Ela estava torcendo para que recusassem, mas também não ligaria se aceitassem. Em outras palavras, eram amigos de verdade, sem obrigações ou constrangimentos. — Ainda tem brownie, acho.

— A noite foi longa — disse Glória. — E você precisa do sono do bebê.

— Sono do bebê? — perguntou Terry.

— É, que nem o sono de beleza, mas nesse caso o bebê fica lindinho e saudável junto com a mãe.

— Ah!

— E você, Ken?

Ele estava olhando para o céu, intrigado.

— Planeta Terra chamando Ken — disse Terry. — Você tem algo para me contar, ou já chega por hoje?

— Tenho, mas não sei o que é. — Ele ergueu as mãos. — Sim, eu sei que é um saco. Não precisa ficar com vergonha de jogar isso na minha cara só porque a Alice não está mais aqui.

— Pode deixar. Vou entrar, então.

Terry pegou as chaves do carro com Ken, que deu um tapinha no porta-malas e disse:

— Bom trabalho, Nellie!

Ela não se atreveu a perguntar quem era Nellie.

Eles se despediram, e Terry entrou em casa. Fez uma parada na cozinha para pegar um copo de água. Ou talvez leite. Será que tinha sobrado brownie?

Ela merecia um pedaço. Tudo correra conforme o planejado. Alice estava a salvo. Eles estavam em segurança. Se Brenner fosse inteligente, não iria atrás deles, e ela ainda daria um jeito de denunciar as atrocidades do laboratório.

Mas, então, por que ela sentia a escuridão tomando conta?

Uma dor percorreu o corpo dela e se concentrou nos quadris. Água escorreu pelas suas coxas.

Terry se agarrou à bancada.

A *bebê.*

— Becky, ela está nascendo! — berrou.

Uma porta bateu no andar de cima, e Becky desceu correndo.

— O quê? Como assim? Sua bolsa estourou! — Ela parou um instante. — Vai nascer prematuro.

— Temos que ir. Hospital. — Terry estava se sentindo zonza. — Agora.

Becky perguntou por que o carro estava naquele estado, e Terry não podia responder.

— Pisa fundo! — ordenou Terry.

— Vai ficar tudo bem — disse Becky. — É um bom hospital.

Mas as duas lembravam que era o hospital em que seus pais tinham morrido.

— Mais rápido! — As contrações chacoalhavam os ossos dela feito trovoadas. Dor. Muita dor. — Chega logo!

Becky realmente pisou fundo, o máximo que conseguiu, e em poucos minutos já estava na entrada do pronto-socorro, ligou o pisca-alerta e ajudou Terry a sair do carro.

Terry mal sabia onde estava, de tanta dor que sentia.

— Ela está dando à luz! — berrou Becky.

— Me ajudem! Salvem minha bebê! — implorou Terry.

A bebê Jane precisa ficar bem. Aguenta firme, bebê Jane.

Médicos e enfermeiras se amontoaram ao redor de Terry e a colocaram em uma maca. Correram com ela até uma sala, com Becky logo atrás. Administraram uma solução intravenosa e disseram qualquer coisa sobre analgésicos. O monitor com a linha vermelha que subia e descia era tão familiar para Terry que, por um instante, ela achou que estivesse de volta ao laboratório de Hawkins.

— O bebê está nascendo! — gritou alguém.

Ao redor dela, havia um borrão de jalecos e máscaras, bipes e tinidos de ferramentas cirúrgicas sobre bandejas, cheiro de desinfetante... Terry tentou, a todo custo, permanecer consciente. Cada contração era uma facada no estômago. Ela rezou pela bebê Jane e aceitou a dor.

— Mais um empurrão — instruiu uma voz ao lado dela, com parte do rosto coberto por uma máscara cirúrgica, e ela empurrou. Com todas as forças.

O brilho da luz a ofuscou, e de repente ela ouviu o som mais lindo entre o céu e a terra.

Jane estava abrindo o berreiro. Era um choro aguerrido, como se ela já dissesse ao mundo o que achava dele. Jane tinha nascido. *Ela nasceu.*

Alguém entregou o bebê a um homem de uniforme. Ela reconheceu os olhos dele, aqueles olhos azuis. Precisava pará-lo.

É a minha menina. Ela estava perdendo a consciência. *É a* minha *menina.*

Becky estava sentada ao lado da cama quando Terry recobrou a consciência.

— Cadê ela? — perguntou Terry, desesperada, lutando para conseguir se sentar. — Cadê a Jane?

O silêncio de Becky foi retumbante.

— Sinto muito, Terry — disse a irmã, por fim. — Houve complicações no parto e não conseguiram salvá-la...

— Não, eu *ouvi.* — Terry arrancou a agulha do braço e tentou ficar de pé, e Becky a segurou para acalmá-la. — Você não está entendendo. Eu vi. Ele a levou. Ele levou a Jane!

— Terry, não. Não tem nenhum bebê. Você precisa me escutar.

Ninguém dava ouvidos a Terry.

A menina dela estava viva. *Viva.*

E ela daria um jeito de provar.

Epílogo

NOVEMBRO DE 1970

— Coloque-a no carrinho — ordenou Brenner à enfermeira que supervisionava os cuidados da criança.

— Seria bom se você... Digo, se *eu* ficasse um pouco com ela no colo... — sugeriu a mulher, como se ele claramente fosse uma ameaça ao bebê.

— Eu cuido disso sozinho, é melhor. Você pode esperar no corredor enquanto converso com eles?

A enfermeira não apreciou a arrogância daquele pedido, mas a petulância do homem se esvairia rapidinho, quando o bebê começasse a chorar, babar e fazer cocô. Bebês eram assim mesmo, por mais que os adultos desejassem que não fossem.

A mulher a colocou de volta no carrinho, com cuidado. A cabeça carequinha dela, com uns fiapos de cabelo e olhos levemente desfocados, não parava quieta. Será que ela se pareceria com uma pessoa um dia?

Tenha paciência, pensou ele. *Agora você vai aprender a ter paciência, de uma forma ou de outra. Ela vai obrigá-lo.*

Se havia alguém capaz de obrigá-lo, seria essa cobaia.

Para salientar quem estava no comando, ele empurrou o carrinho e fez um sinal para a enfermeira abrir a porta. Ela segurou a porta e acenou para a pequena, como se um bebê recém-nascido pudesse compreender algo além de suas necessidades biológicas. Dormir. Comer. Defecar. Dormir mais. Comer mais. Repetir.

Mas, um dia... Um dia, ela seria a conquista suprema dele.

Eight não fazia ideia, mas a bebê ficava a apenas duas portas de distância dela, ambas trancadas. Uma tinha um teclado numérico, e a outra, apenas uma tranca simples. A segunda dava no berçário.

Fazia meses que Eight não progredia. Estava sempre de birra ou fazendo pirraça. Brenner não a visitava mais, a não ser que fosse estritamente necessário. Mas conseguira o instrumento perfeito para conquistá-la de volta, e finalmente estava prestes a apresentá-lo à menina. Tudo seria perdoado.

Segundo a enfermeira, a bebê logo começaria a brincar. Isso faria bem para as duas crianças. Ele já tinha ordenado que pintassem o berçário com cores bem vivas e alegres, bem como Eight gostava.

— Chegou a hora — anunciou o dr. Brenner, empurrando o carrinho adiante. A enfermeira abriu a porta do quarto de Eight e entrou atrás dele, mas ele se virou e falou: — Espere no corredor, por favor.

Ela olhou para o carrinho com ares de desconfiança, mas se ateve a seguir a ordem do médico.

Eight estava na cama de cima do beliche, encarando o teto. Ele notou que a garota tinha feito um desenho lá em cima, um arco-íris, com lápis coloridos. Era uma boa ideia para decorar a ala de brinquedos do berçário.

Ela finalmente tinha desenhado algo, já era alguma coisa. Andava olhando muito para o teto ultimamente. Pelo menos, era o que reportavam a ele.

— Olha o que eu trouxe — anunciou Brenner. — Sua nova irmãzinha.

A menina era ligeira, isso ele tinha que admitir. Eight saltou da cama, correu até o carrinho e parou a poucos centímetros. Espiou a bebê com apreensão. Estava um pouco tímida. Nervosa.

— Esta é a Eleven — disse o dr. Brenner.

— Eleven. — Eight ponderou, olhando para as mãos. — Vou ter que contar os dedos dos pés também. Quer dizer que tem mais crianças aqui? Com outros números?

— Essa é a sua amiga, a Eleven. — Ele franziu o cenho. — É tudo de que você precisa saber.

— Ela é pequenininha demais para ser minha amiga.

— Ela vai ficar maior um dia, e vai ser como você.

Enquanto assimilava as palavras dele, Eight se inclinou no carrinho para examinar a bebê irrequieta. Por fim, sussurrou:

— Vou cuidar de você, bebê Eleven. — Então, sorriu para ela. — Posso ajudar a cuidar dela?

— A enfermeira vai ensinar você a brincar com ela em segurança. Que tal?

— Vamos ser uma família de amigas — cantarolou ela. — Eight e Eleven! Irmãs!

Não exatamente, pensou ele. *Mas, contanto que sirva aos meus propósitos, tudo bem.*

Ele se perguntou se Terry Ives ainda estaria choramingando com a irmã e com qualquer repórter que se prestasse a escutar a história da criança roubada.

A criança era dele. Ela deveria ter ouvido quando ele disse isso.

Terry estava sentada em um banco no parque, à espera. Era um dia bonito, e Glória tinha sugerido o ponto de encontro. Terry sabia que era porque a amiga achava que o ar puro lhe faria bem. Ela havia passado muito tempo enfurnada em casa depois que saiu do hospital, tentando convencer Becky a acreditar na versão dela da história e telefonando para repórteres, atrás de pistas sobre o que Brenner fazia antes de se estabelecer em Hawkins.

Brenner tinha roubado a filha dela. Disso ela tinha certeza, mas não conseguia convencer ninguém.

Era difícil para ela sair de casa, e ali, no banco, ela entendeu por quê. Era fácil se esquecer da escuridão. Ela não pretendia passear com frequência à luz do sol enquanto não estivesse com a filha.

O dr. Brenner cumpriu a promessa, exceto pelo sequestro. Não convocou ninguém de volta para os experimentos com ácido. Afinal, tinha vencido. Não ousaria tentar a sorte. E Terry não conseguia acessar o vazio desde aquela noite, por mais que se esforçasse. As habilidades dela pareciam ter desaparecido junto com a criança.

Ken tinha confirmado presença no piquenique, mas Glória telefonou para Terry de manhã cedo e comentou que ele não poderia ir. Estava apaixonado, saindo com um ex-militar. Quem diria? Terry estava feliz por ele. De quebra, ainda juntava pistas. Ele tinha confirmado que Kali continuava no laboratório e parecia saudável.

Ainda estavam empenhados em derrubar Brenner, e Terry insistia em ser a fachada da operação. Não estava disposta a perder mais pessoas queridas.

Alice acabou se afeiçoando ao Canadá. Estava trabalhando para os primos e não planejava voltar tão cedo.

— Que linda você está, Terry! — comentou Glória, surgindo de trás do banco e dando a volta.

— Mentirosa! Você que está!

Glória estava deixando o cabelo natural crescer, encaracolado. Combinava com ela.

— Não era eu quem estava parecendo um zumbi até outro dia, com três meses de olheiras acumulados.

Glória se sentou do lado dela. Trazia uma bolsa maior que o normal, agarrada junto ao colo. Terry conhecia a amiga bem o bastante para interpretar a linguagem corporal dela.

— Glória? O que foi? Está inquieta assim por quê?

— Tenho uma coisa para você. Ken que arranjou. — Glória olhou para os lados e, quando se certificou de que estavam mesmo a sós, abriu a bolsa e pegou um envelope pardo. — O namorado dele trabalha no laboratório.

— Ah, não.

— É um cara legal. Ele pegou isso para o Ken

— O que é?

— Dá uma olhada!

Glória juntou as mãos no colo e aguardou. Terry não sabia o que esperar. Ela abriu o envelope, e uma fotografia caiu. Em preto e branco.

Terry pegou a foto, desesperada.

Um bebê sentado, quase tombando. Bochechas redondas. Tufinhos de cabelo. E... eram as orelhas do Andrew, não eram?

O envelope continha uma folha de papel também. Ela tirou e leu. PROJETO ÍNDIGO. *Cobaia 011. Dosagem: Infantil. Responsável: Dr. Martin Brenner. Potencial: Extremo.*

Terry voltou a atenção para a foto e ficou olhando para a filha. Então esse era o rosto dela! Será que estava sorrindo? Ela ainda ia sorrir. Um dia.

Uma lágrima escorreu pelo rosto de Terry.

— É ela! Ela está viva! A Jane está viva!

Ela ainda veria a filha de novo. E nada nem ninguém a impediria.

Agradecimentos

Todo livro é criado por um grupo, não só um autor sozinho em uma sala. Gostaria de agradecer a diversas pessoas por me ajudarem a tornar este livro possível. Em primeiro lugar, agradeço a minha fantástica editora na Del Rey, Elizabeth Schaefer, por acreditar que eu era a pessoa certa para escrever este livro e ser uma parceira de trabalho incrível, e à equipe toda da editora, que trabalhou para fazer o livro acontecer e levá-lo até o leitor. E, claro, este livro não existiria sem a visão dos irmãos Duffer e da Netflix: obrigada por me darem a honra de explorar um aspecto tão importante desse universo. Um agradecimento especial a Paul Dichter pelas considerações e conselhos.

Gostaria também de agradecer a Carrie Ryan e Megan Miranda por compartilharem comigo vinho e alegria, discutirem os primeiros romances de Stephen King e ouvirem meus desabafos sobre prazos em momentos importantes da jornada. A R. D. Hall, pela bela obra de arte que contemplei enquanto escrevia. Muitíssimo obrigada a Tim Hanley, pelas consultas a quadrinhos de época ao alcance de um e-mail.

E o pessoal de sempre... Minha agente, Jenn Laughran. Meus pais. Meu marido, Christopher, que me ajuda a cruzar todas as linhas d chegada, e os cachorros e o gato, que incentivam o raciocínio e a pr crastinação em igual medida. E, claro, os mais sinceros agradecime tos a todos vocês que leram o livro. Nunca deixem de ser estranho

1ª edição MAIO DE 2019
reimpressão DEZEMBRO DE 2025
impressão BARTIRA
papel de miolo PÓLEN NATURAL 70 G/M²
papel de capa CARTÃO SUPREMO ALTA ALVURA 250 G/M²
tipografia ELECTRA